河出文庫

古典新訳コレクション

源氏物語 4

角田光代 訳

河出書房新社

目次

源氏物語

4

初音《はつね》

幼い姫君から、母に送る新年の声

六条院に暮らす女君たちも、二条院に暮らす女君たちも、
それぞれにふさわしい日々を送っているとか……。

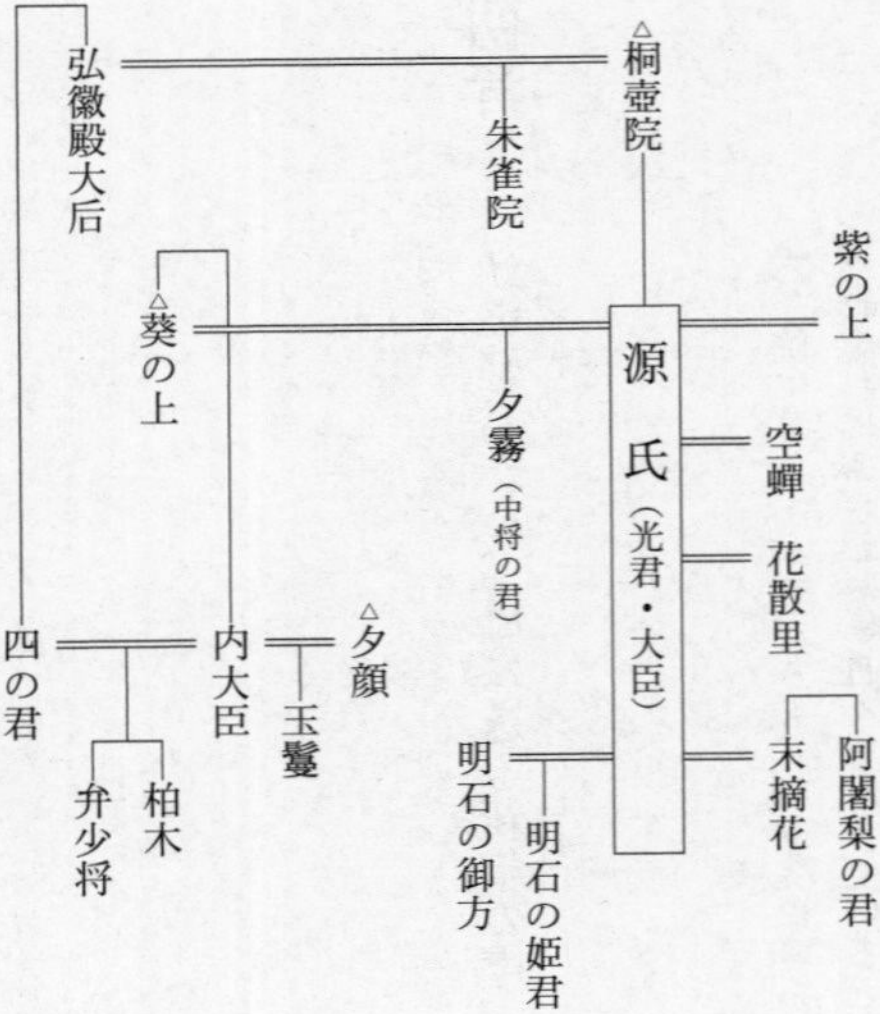
△桐壺院
弘徽殿大后
朱雀院
紫の上
源氏（光君・大臣）
△葵の上
夕霧（中将の君）
空蝉
花散里
末摘花
阿闍梨の君
明石の御方
明石の姫君
△夕顔
玉鬘
内大臣
四の君
柏木
弁少将

＊登場人物系図
△は故人

年も改まった元日の朝、空の景色が、雲ひとつもなくうららかで、たいしたことのない身分の者の垣根の内でも、雪のあいだから若草がみずみずしい緑色を見せはじめ、早くも霞《かすみ》がたなびき、木の芽も萌え出て、人の心も自然とのびのびするように見える。ましてや、玉を敷きつめてあるような光君《ひかるきみ》の六条院は、庭をはじめ見どころが多く、一段と飾り立てている女君たちの住まいの様子も、伝えようにも言いあらわす言葉がないほど。

春の御殿の庭はとりわけ、梅の香りと御簾《みす》の内から流れる香が混ざり合い、この世の極楽浄土とまで思える。とはいえ紫《むらさき》の上《うえ》はゆったりと落ち着いた暮らしぶりである。仕える女房たちも若くうつくしい者ばかりを明石《あかし》の姫君のお付きとして選び、こちらには少々年配で品のある、衣裳《いしょう》も容姿も感じよく整えた者たちが残り、そこかしこに集まっては正月の「歯固め」の祝いをし、鏡餅まで取り寄せて、千歳《ちとせ》の栄えも明らかな邸《やしき》ながら、この一年のはじめの祝い言を言い合ってはしゃいでいる。そこへ光君が顔を出したので、みな懐手《ふところで》をなおして居住まいをただし、なんと決まり悪いこと、と恐縮している。

「じつに大層な祝い言をしているものだね。みんなそれぞれに願いごとがあるんだろう。ちょっと聞かせておくれ。私が祝ってあげるから」と笑う光君の姿を、女房たちは年のはじめのめでたさだと思って見つめる。我こそは、と自信のある女房の中将の君が、古歌「近江《あふみ》のや鏡の山を立てたればかねてぞ見ゆる君が千年は（古今集／近江《おうみ》の鏡の山には君の千年の栄えが今からすでに映っている）」を引用し、

「『かねてぞ見ゆる』などと、鏡餅に話しかけておりました。自分たちの願いごとなど何もしておりませんよ」と言う。

朝のあいだは人々が参上し騒がしかったので、夕方になって、女君たちに年賀の挨拶をしようと入念に身支度をし化粧をする光君の鏡に映る姿こそ、まことに見る甲斐《かい》のあるうつくしさである。

「今朝、ここの女房たちがはしゃいでいたのがとてもうらやましかったから、あなたには私が鏡餅を見せてあげよう」と、戯《ざ》れ言《ごと》なども織り交ぜながら、紫の上に祝い言を言う。

うす氷とけぬる池の鏡には世にたぐひなきかげぞならべる
（薄氷がとけて鏡のような池に、世に並ぶもののないほど幸せな二人の影が並んで映っています）

本当にすばらしい夫婦仲である。

くもりなき池の鏡によろづ代をすむべきかげぞしるく見えける
（曇りのない鏡のような池に、いつまでも仲よく住む私たちの姿がはっきりと見えます）

何ごとにつけても、二人はこうして末永い契りを仲睦《なかむつ》まじく詠み交わしている。今日は、長寿を願い小松の根《ね》を引く子の日だった。千年の春を願って祝うにはいかにもふさわしい日なのである。

幼い姫君のところへ光君は向かう。女童《めのわらわ》や下仕《しもづか》えの者たちが庭の築山《つきやま》の小松を引いて遊んでいる。若い女房たちも心浮き立ち、じっとしていられない様子である。姫君の母、明石の御方の住む西北（冬）の御殿から、今日のためにわざわざ用意したらしい、贈りものの入った鬚籠《ひげこ》（かご）や食べものの入った破籠《わりご》（折り箱）がいくつも贈られている。えも言われぬほどみごとな五葉の松に移り飛ぶ細工物の鶯《うぐいす》も、何か思うところがあるように見える。

「年月をまつにひかれて経《ふ》る人にけふ鶯《うぐひす》の初音《はつね》聞かせよ
（子《ね》の日に小松を引くように、長い年月あなたに会える日を待つことで生きながらえている私に、今日は鶯の初音——今年はじめての便りをくださいな）
音もしない里より」
と手紙にあるのを、光君はしみじみと不憫《ふびん》に思い、正月早々縁起でもないのに涙がこぼれそうになる。
「お返事は自分でしなさい。初音——新年のご挨拶を遠慮すべき人でもないでしょう」と、硯《すずり》を用意して姫君に書かせる。姫君は本当にかわいらしく、明け暮れにそばにいてさえ、飽きることなく見ていたいほどなのだから、実の母親が会わないまま年月がたってしまったのも罪つくりなことだと光君は心苦しく思う。
ひきわかれ年は経《ふ》れども鶯《うぐひす》の巣立ちし松の根を忘れめや
（お別れしてから年月がたってしまいましたが、どうして鶯が巣立った松の根
——母君のことを忘れるでしょうか）
幼い心のままに、くどい詠みようではありますが……。
花散里《はなちるさと》の東北（夏）の住まいを見ると、今はその季節ではないせいか、たいそう静まりかえって、わざわざ趣向をこらすこともなく、上品に暮らしている様子が見てと

れる。年月がたつにつれて、光君とは互いに心を許し、しっとりとした夫婦仲である。今はもう男女の関係ではないのである。けれどもじつに仲睦まじく、夫婦というよりきょうだいのような、めったにない間柄である。几帳《きちょう》を隔ててはいるけれど、光君がそれを少し押しのけると、女君はそのままにしている。光君の贈った縹色《はなだいろ》の衣裳は、やはり地味な色合いで、髪もすっかり盛りを過ぎて、薄くなっている。

人目を気にするほどではないけれど、葡萄鬘《えびかづら》（かつら）でもしてきちんと身仕舞いすればいいのに……。私以外の人ならげんなりしそうな様子だけれど、こうして面倒をみていることはうれしいし、満足だ。もし心変わりしやすいほかの女のように私から離れていたら、いったいどうなっていたか……。などと、光君は対面するたびに、自身の心の変わらなさも、女君の落ち着いた人柄も、うれしく、申し分なく思うのである。去年からのできごとをこまやかに話して聞かせ、それから西の対《たい》に向かう。

まだたいして住み馴れていないわりには、なかなか趣味よく整えて、かわいらしい女童《めのわらわ》たちの姿も優美で、女房も大勢いる。部屋の調度は必要最低限で、こまごまとした道具類は充分には揃《そろ》っていないが、それはそれでこざっぱりと暮らしている。姫君（玉鬘《たまかずら》）自身も、ああなんときれいなのかと一目見て思うほどで、山吹色の衣裳がいっそう引き立てている容姿は、じつにはなやかで、一点の曇りもなく隅々まできらびやかで、いつまでも見ていたいほどである。長年の心労のせいか髪の裾が少し細く、さらりと衣裳に掛かっているのが、いかにも清らかである。どこもかしこも人目を引くほどのあざやかな姿に、もしこうして引き取らなかったとしたら……、と光君は思うのだけれど、それにつけても、このまま娘として見過ごすことができるのでしょうかね……。

こうして何も隔てることなく光君と対面し、やはり考えてみると、心にはまだ実の親子ではないゆえの隔たりがあって奇妙に感じられ、姫君は夢を見ているような心持ちなのである。すっかり打ち解けて振る舞うこともできないのだが、それがまた光君には魅力的である。

「あなたがここに来てからもう何年もたったような気がして、お目に掛かるのにも気兼ねがないし、私の願いもかなった思いだ。どうか遠慮せず、あちらの女君（紫の上）のところにもお出かけなさい。はじめて琴《こと》を習う幼い人もいるようだから、いっしょに稽古すればいい。気の許せない、軽薄な人はだれもいないから」と光君が言うので、

「仰《おお》せの通りにいたします」と姫君は答える。そう答えるしかありませんものね。

日暮れ頃、光君は明石の御方の住まいに向かう。そちらの渡殿《わたどの》の戸を押し開けるや

いなや、御簾《みす》の中から吹く風が優雅な香りを漂わせ、何にもまして気高く感じられる。御方本人の姿は見えない。どこにいるのかと見まわしてみると、硯のあたりがにぎやかに、幾冊も草子が散らばっているので、光君はそれを手に取って見る。唐の綺《からき》（薄い織物）の、それはみごとに縁取りの刺繍《ししゆう》をした敷物に、風雅な七弦琴《しちげんきん》を置き、由緒ありげな火桶に侍従香《じじゆうこう》をあたり一面に薫き燻《たくゆ》らせている。それに裛被香《えびこう》の匂いがまじっているのはなんとも洒落《しやれ》ている。無造作に散らばっている手習いも、手法は独特で教養深さを思わせる書きぶりである。といっても仰々しく草仮名《そうがな》を多用して知識をひけらかしたりはせず、好ましくしっとりと書いてある。娘である姫君からの返信を、めったにないことと喜ぶ気持ちをそのままに、しみじみとした古歌をいろいろと書きつけて、

「めづらしや花のねぐらに木《こ》づたひて谷の古巣をとへる鶯《うぐひす》

（なんと珍しいこと、花の御殿に住みながら、谷の古巣を訪ねてくれた鶯よ）

待っていた声が聞けました」などとある。「梅の花咲ける岡べに家しあれば乏《とも》しくもあらず鶯の声（古今六帖／梅の花咲く岡のあたりに住んでいると鶯の声もよく聞こえます）」から、

「咲ける岡辺に家しあれば」などと、思い返してはみずからをなぐさめる意味の歌を

書いてあるのも、光君は手にとって見つめてはほほえんでいる。その姿は気後れするほど立派である。光君が筆を濡《ぬ》らしてすさび書きをしていると、御方がいざり出てきて、さすがに自身はかしこまって礼儀正しく振る舞い、好ましい心づかいであるのを、やはりほかの人とは違うと光君は思う。白い衣裳に、くっきりとした黒髪が掛かっているのが、裾がさらりと細くなっているのも、ひどく優美さが加わっている。離れがたく感じた光君は、新年早々紫の上が騒ぐかもしれないと気にも掛かるが、その夜はこちらに泊まった。やはりこの御方への寵愛は異なるのだと、女君たちはおもしろくない思いである。春の御殿ではまして、もっと不愉快に思う女房たちがいる。

空も白む曙《あけぼの》のうちに光君は春の御殿に向かった。明石の御方は、そんなに急いで夜の暗いうちにお帰りにならなくとも、と思うと、見送った後もいっそうさみしさが身に染みる。光君は、自分を待っていたであろう紫の上も、またひどく心外なことに思っているだろうとその心の内を思い、気がねして、

「変にうたた寝をしてしまって、大人げなく眠りこんでしまったのを、そう言って起こしてもくれないものだから……」と機嫌を取っているのもおもしろく見える。それにたいしてとくに返事もないので、これは厄介、と思った光君は寝たふりをしつつ、日が高くなってから起きた。

今日は臨時客の相手に忙しいのをいいことに、紫の上とは顔を合わせないようにしている。上達部《かんだちめ》、親王《みこ》たちがいつものように残らず挨拶にやってくる。管絃《かんげん》の遊びをし、その後の引き出物やご祝儀などの品が、格段にすばらしい。大勢集まっている人々は、我こそは人に劣るまじと振る舞っているが、光君と少しでも比べられるような人はひとりもいない。ひとりひとりを見てみればすぐれた人物も多い時代なのであるが、光君の前では圧倒されてしまうのだから、みっともないこと。人の数にも入らない下仕えの者たちでさえ、この六条院に参上する時はとくべつに気を遣うのである。まして若い上達部などは心に秘めた思いがあって、そわそわと緊張しているので、姫君（玉鬘）がまだいなかった頃とは様子も違う。

花の香りを誘う夕風がのどかに吹いてくると、庭の梅もだんだんとほころんできて、ちょうどたそがれどきなので、さまざまに響く管絃の音もすばらしく、「この殿は……」とうたい出す催馬楽《さいばら》の拍子もじつにはなやかである。光君もときどき声を揃えてうたうが、「さき草の……」から終わりのあたりは、聴き惚《ほ》れてしまうほどのみごとさである。何ごとも、光君がちょっと関わると、そのまばゆい光に引き立てられて、色も音もひときわ輝きはじめ、その違いもはっきりわかる。

こうして盛大に行き交う馬や車の音を、遠く離れた場所で聴く女君たちは、極楽浄土に生まれたのに、まだ花開かない蓮《はちす》の中にいるとは、こういう気持ちのことかと打ちひしがれたように思う。まして二条東院に住んでいる女君たちは、年月がたつにつれて所在なさばかりが積もるけれど、「世の憂きめ見えぬ山路へ入らむには思ふ人こそほだしなりけれ（古今集／世の中のつらいことがない山路へ入るには、愛する人こそが絆《ほだし》――妨げになる）」と古歌にあるが、それこそ「世の憂きめ見えぬ山路」に入ったつもりになろうと思っている。つれないあのお方のお心をどんなふうに咎《とが》め立てなどできようか、ご訪問がないほかは心細いこともないのだ、仏の道を志す女君（空《うつ》蟬《せみ》）はその道一筋に勤め、仮名文のいろいろの書物の学問に心を打ちこむ女君（末摘《すえつむ》花《はな》）は、その願い通りに暮らし、生活の上での経済的な処遇においても、女君たちの思い通りの住まいなのである。光君は騒がしい数日を過ごして後、二条東院に向かった。

常陸宮《ひたちのみや》の御方（末摘花）は、立派な身分なのでいたわしく思い、人目につく表面的なことは十二分に丁重な扱いをしている。しかし、その昔、うつくしさも盛りと思えた若き日の髪も年とともに薄くなり、その上、滝のよどみも負けそうな白髪まじりの横顔を、光君は気の毒に思い、まともに顔を合わせることもない。正月用に贈った柳の衣裳も興ざめなように見えるが、着ている人の問題だろう。光沢もない黒い掻練《かいねり》の、ばりばりと音がするくらい強ばった一襲《ひとかさね》に、その柳の織物の袿《うちき》を着ているのはいかにも寒そうで痛々しい。下に着るべき袿はいったいどうしてしまったのだろう。鼻の色だけが春霞《はるがすみ》にも隠れそうにないほど鮮やかなので、光君は思わずため息をもらし、几帳をことさら引いてあいだを隔てる。かえって女君はそこまで気にしておらず、今は、このようにやさしく、ずっと変わらない愛情に安心し、心から頼っているようなのがいじらしい。こうした生活面などもふつうの人のようにはいかず、目も当てられないほど気の毒な悲しい身の上なのだと思うと、不憫《ふびん》に思わずにいられず、せめて私だけは……と光君が心に留めているのも、めったにない奇特さというもの。女君の声もじつに寒そうで、震えながら話している。光君は見かねて、

「御衣裳などお世話する人はおりますか。こうした気楽なお住まいでは、ただもうくつろいで、ふっくら柔らかいものをお召しになればいい。うわべばかり取り繕った身なりはよくないですよ」と言う。女君はぎこちなく、それでも笑みを浮かべて、

「兄の、醍醐《だいご》寺の阿闍梨《あじやり》の君のお世話をしておりますので、私の着るものなどは縫えずにおります。皮衣《かわぎぬ》まで兄にとられてからは寒くなりました」と答える。……ほら、あの、女君と似て鼻の赤い兄上ですよ。

無垢《むく》な心とはいえ、ここまで開けっぴろげなのもどうかと思うのだが、この女君の

前では光君は生真面目《きまじめ》で堅苦しくなってしまう。

「皮衣などはまあ、山伏の蓑《みの》代わりとして兄君に譲ればいいですよ。ところで、このあいだ惜しまずに着られるように贈った白妙《しろたえ》の衣は、なぜ七枚くらい重ねて着ないのですか。何か入り用の時は、私がうっかり忘れているようなことでも、おっしゃってください。私はもとから間の抜けた、鈍い性格なものですから、行き届かないところもあるでしょう。ましてあれこれと雑事も押し寄せてくるので、ついつい……」と言い、向かいの二条院の御蔵を開けさせて、絹や綾《あや》を贈る。東の院は荒れたところはないけれど、光君が住んでいないので周囲はひっそりとしていて、庭先の木立だけがたいそう立派で、紅梅が咲きはじめているその色合いを、賞賛する人もいないのを眺め、

ふるさとの春の梢《こずゑ》にたづね来て世の常ならぬ花を見るかな
（昔住んでいたところの春の梢《こずえ》を訪ねてきて、この世のものとは思えない花——鼻を見つけたよ）

とひとりごとに口ずさむが、女君は何もわかっていないでしょうね。

尼姿の空蝉《うつせみ》のところにも光君は顔を出した。この女君は邸《やしき》を我がもの顔で振る舞うことなく、ひっそりと部屋住みのようにして、部屋の大部分を仏に譲って勤行《ごんぎょう》に励ん

でいるのを光君は殊勝に思う。また、経や仏の飾り、かんたんにしつらえた閼伽《あか》（仏に供える水）の道具なども、風情《ふぜい》があり、優美で、やはりこまやかな心の人なのだと思える様子である。趣味のいい青鈍色《あおにび》の几帳《きちよう》に、女君はすっかり姿を隠しているが、その袖口だけ、尼となった今はかつてと色が違っているのがかえってなつかしく思え、光君は涙ぐむ。「出家したあなたは、もう手の届かない人とはるかに思いやって、あきらめるしかないのですね。でもさすがにおつきあいだけは、絶えることもなくて」

尼君も、しんみりとした様子で、

「こうしてお頼りさせていただき、けっして浅いご縁ではなかったのだと思い知らされます」と言う。

「私にずいぶんとつらい思いをさせて悩ませたかつての報いを、仏に向かって謝罪しておられるのこそお気の毒というもの。おわかりですか。男というものは私のようにおとなしく引っこむとは限らない、と。思い当たることもあるのではないですか」と光君は言う。

あの、継子《ままこ》（紀伊守《きのかみ》）に言い寄られた昔のできごとをお聞きになったのだと、尼君は恥ずかしくなり、

「こんな有様をお目に晒《さら》すことのほかにどんな報いがあるとお思いですか」と、はげ

しく泣いた。

尼君は、昔よりもずっと奥ゆかしくなり、こちらが気後れするほどの気品も加わり、こうして遠い人になってしまったと思うと、かえって離れがたく感じるのだが、色めかしいことを話しかけるわけにもいかず、昔や今のあたりさわりのない話をする。せめてこのくらいの話し相手になってくれればなあ、とあちらの常陸宮《ひたちのみや》の御方（末摘花）のほうを見やる。

このようなかたちで光君の庇護《ひご》の元に暮らす女君たちは多いのである。光君は一様に顔を出し、

「なかなか逢《あ》えない時もありますが、心の中では忘れていませんよ。ただ限りのある命の別れだけが気掛かりです。人の命だけはわからないものだから」とやさしく言うのである。どの女君も、それぞれの人柄に応じて光君はいとしく思っている。自分はとくべつであると思い上がってもいっこうにかまわない高貴な身分でありながら、そのように尊大に振る舞うことはなく、場所に応じて、また女君の身分に応じて、だれにもやさしく接するので、この程度の愛情にすがって多くの女君が年月を過ごしているのだった。

今年は男踏歌《おとことうか》の儀式がある。まず内裏《だいり》で行われ、それからこの六条院に参上する。道のりは遠く、夜明けになってしまう。朱雀院《すざくいん》に向かい、それからこの六条院に参上する。月が曇りなく澄みきって、薄く雪の積もった庭がえも言われぬほどうつくしい。殿上人《てんじょうびと》なども達人が多い時代で、笛の音もじつにみごとに吹き鳴らし、この六条院では格別気を引き締めて演奏する。女君たちにも、こちらに見物にやってくるようにと前もって知らせていたので、左右の対屋《たいのや》や渡殿《わたどの》に数々の部屋をしつらえて、みなそこにいる。夏の町の西の対《たい》の姫君（玉鬘《たまかずら》）は、寝殿の南の部屋に行き、明石《あかし》の姫君と対面する。紫《むらさき》の上《うえ》も同じところにいるので、几帳だけ隔てて挨拶をする。

男踏歌の一行が、朱雀院の母宮の御方（弘徽殿大后《こきでんのおおきさき》）の邸などをめぐっているあいだに、夜も次第に明けはじめ、六条院では水駅《みずうまや》（男踏歌の一行を接待する場所）でかんたんにすませてもいいのに、しきたり以上にとくべつに趣向をこらして、それは豪勢に歓待する。

月の光も白々としてくる夜明け、雪もだんだん降り積もり、松風は高い木から吹き下ろす。光景も寒々としてくる頃合いに、男踏歌の一行の着古した青の袍《ほう》に白襲《しろがさね》という色合いは、なんのはなやかさもない。冠《かんむり》に挿《さ》す綿の花も色つやがあるわけではないが、六条院という場所のおかげか、風情があって、心も満たされ、寿命が延びるかのようである。光君の子息である中将の君（夕霧《ゆうぎり》）や内大臣の子息たちが、一行のほかの人々より抜きん出て目立ってはなやかである。ほのぼのと夜が明けていくと、雪が少しちらついて薄ら寒いなか、催馬楽《さいばら》の「竹河《たけかわ》」をうたいながら一行が舞う姿、心地よい歌声を、絵に描き残すことができないのは残念なこと。女君たちの様子はというと、だれも彼も劣らない女房たちの袖口が、御簾の下からびっしりとこぼれ出ていて、その色合いも、曙の空に、霞のなかから春の錦があらわれたかのようである。不思議なほど心の満たされる見物《みもの》である。とはいっても、高巾子《こうこじ》（巾子の高い冠）をかぶった人の異様な姿や、祝い言の卑猥《ひわい》で滑稽な言葉を仰々しく言い立てるのは、かえってこれといっておもしろいようなこともなかったのだけれど……。恒例の通り、みな褒美の綿をもらって退出した。

夜がすっかり明けて、女君たちはそれぞれ帰っていった。光君は少し眠って、日が高くなってから起きた。

「中将（夕霧）の声は、弁少将《べんのしょうしょう》（内大臣の次男）にほとんどひけをとらないようだね。不思議なくらい才能のある人が出てくる時代だよ。昔の人は本格的な学問といった面ではすぐれた人も多かったが、趣味の道では、この頃の人よりすぐれていたとは言えないいんじゃないか。中将などは、真面目一辺倒の政治家にしようと思っていたんだ。というのも、私の遊び好きの愚かしさを見習うなかれと思ったからだが、やっぱり心の底では遊びのわかるような人であってほしいね。落ち着き払っていて、生真面目な外面《そとづら》だけでは、つきあいづらいだろうからね」と、息子の中将の君を心底いとしく思っているようである。男踏歌でうたわれていた「万春楽《ばんすらく》」を口ずさみ、「女君たちがここに集まった機会に、なんとか音楽の催しをしたいものだな。我が家の後宴《ごえん》をしよう」と光君が言い出して、いくつもの琴《こと》の、立派な袋に入れてだいじにしまっておいたものをぜんぶ取り出し、きれいに拭いて、ゆるんだ緒を調律させたりする。女君たちはみなさんそれぞれ、気持ちを引き締めて緊張していることでしょうね。

胡《こ》蝶《ちよう》

玉鬘の姫君に心惹かれる男たち

うつくしい姫君に思いを寄せる君達は、それは大勢いたのです。
そしてついに光君も……。

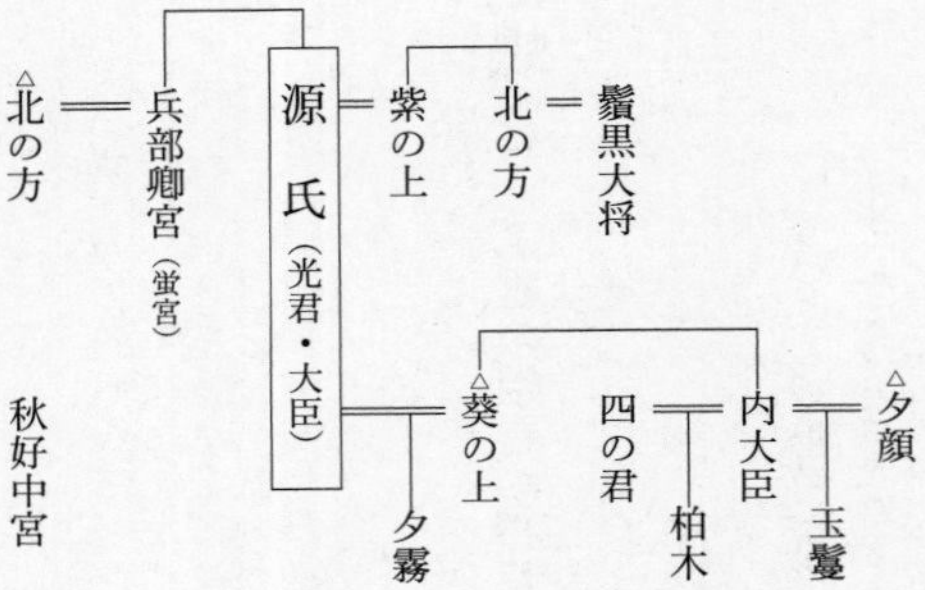

＊登場人物系図
△は故人

三月二十日過ぎのある日、春の御殿の庭は、いつにもまして色うつくしく花も咲き誇り、鳥の声も響き渡っていて、ほかの町の女君たちは、あちらではまだ春の盛りが過ぎないのかしらと不思議に思っている。築山《つきやま》の木立や池の中の島のあたり、緑濃くなった苔《こけ》の景色などを、若い女房たちが遠くからしか眺められずにもの足りなく思っているようなので、光君《ひかるきみ》は、かねてから造らせていた唐風《からふう》の船を急いで装備させる。船をはじめて池に下ろす日には雅楽寮《うたづかさ》（歌舞、音楽をつかさどる役所）から楽人《がくにん》を呼び、船で音楽の催しをする。親王《みこ》たちや上達部《かんだちめ》が大勢集まった。

この頃、秋好中宮《あきこのむちゅうぐう》（かつての梅壺女御《うめつぼのにょうご》）は内裏《だいり》から里に下がっていた。かつて「春まつ園は」という歌で中宮が春秋の優劣を挑んだ、その返歌はこの季節がちょうどいいだろうと紫の上《むらさきのうえ》は考える。光君もどうにかしてこの花の季節を中宮にご覧に入れたいと思い、そう勧めてみるが、中宮は理由もないのに軽々しく出かけて花見を楽しめるような身分ではないので、中宮付きの若い女房たちのうち、こういうことに関心のありそうな人たちを船に乗せる。もともと秋の御殿の南庭の池はこちらに通じるように造らせてあり、ちいさな築山を、あいだを隔てる関に見立ててあるのだが、その山の先を漕ぎめぐらせる。春の御殿の東の釣殿《つりどの》には、紫の上付きの女房たちを集めておく。

竜頭《りょうとう》の船と鷁首《げきす》の船を唐風《からふう》にはなやかに飾り付け、舵取《かじと》りの棹《さお》をさす童子《わらわべ》はみな、みずら（髪を左右に分けて耳の横で束ねる）に結い、これまた唐風の装束で揃《そろ》え、この大きな池の中に漕ぎ出したのだから、本当に見知らぬ国に来たような心地《ここち》になり、なんておもしろいのだろうと、こうしたものを見馴《みな》れない女房たちは思うのである。中の島の入江の岩陰に船を寄せて見まわすと、ちょっとした石の有様も絵に描いたかのようである。あちらこちらに霞《かすみ》のたなびく木立の梢《こずえ》も、錦を張りめぐらせたかのようである。紫の上の庭のあたりは遠くまで見渡せ、色も深まった柳が枝を垂れ、花々もたとえようもないほどいい匂いを漂わせている。よそでは盛りを過ぎてしまった桜だが、ここでは今を盛りにほほえむように咲き、廊に沿って藤の紫も色濃く次々と咲きはじめている。まして池の水面に影を映す山吹は、岸からこぼれるばかりに咲き誇っている。水鳥たちがつがいで遊び、細い枝をくわえて飛び交い、鴛鴦《おしどり》が、波紋の上に模様を織り出しているようなのは、何かの図案として描いておきたいほどである。斧《おの》の柄《え》が朽ちてしまうほど、時のたつのも忘れて日を過ごす。

風吹けば波の花さへ色見えてこや名に立てる山吹の崎

(風が吹くと、池の波さえも色づいて、これがあの有名な山吹の崎ですね)

春の池や井出《ゐで》の川瀬《かはせ》にかよふらむ岸の山吹そこもにほへり

(春の御殿の池はあの山吹の名所の井出の川瀬まで続いているのでしょうか、岸の山吹は水底まで咲き誇っています)

亀の上の山もたづねじ船のうちに老いせぬ名をばここに残さむ

(大きな亀の上にあるという蓬萊山《ほうらいさん》まで、わざわざ訪ねていくこともありません。この船の中で不老不死の名を残しましょう)

春の日のうららにさしてゆく船は棹《さを》のしづくも花ぞ散りける

(春の陽射しがうららかにさすなかを棹さして進む船は、その棹の先から落ちる雫《しずく》も花が散るようです)

などなど、とりとめもなく思い思いに詠みあって、行き先も、帰る古里《ふるさと》も忘れてしまうほど、若い女房たちが心奪われるのももっともな水面の風景である。

日が暮れてくると、「皇麞《おうじょう》」という音楽がじつにすばらしく聞こえるなか、船は釣殿に着き、女房たちはまだ乗っていたかったが仕方なく降り立った。この釣殿はいたって簡素な造りながら優美である。紫の上と中宮に仕える若い女房たちが、我こそはと着飾った衣裳《いしょう》やその姿は、花を混ぜ合わせた錦にも劣らないように見える。聞いたことのないような珍しい音楽が次々と演奏される。舞人《まいびと》は光君がとくべつに選ばせて、見物客たちが満足するようにと技の限りを披露させる。

夜になり、まだもの足りず、庭前《にわさき》に篝火《かがりび》を灯して、階段の下の苔の上に楽人を呼び集め、上達部や親王たちもみなそれぞれに琴や琵琶《びわ》などの弾き物、笛などの吹き物を演奏する。音楽の師たちのうちでもことにすぐれた人ばかりが、双調《そうじょう》を吹きだすと、それを階上で待ち受けて合奏する琴の調べもじつにはなやかに混じり合う。催馬楽《さいばら》「安名尊《あなとうと》」を演奏する時などは、生まれてきてよかったと、何もわからないような身分の低い男たちまでもが、門のあたりにずらりと並んだ馬や牛車《ぎっしゃ》に紛れるようにして満面の笑みで聴き入っている。空の色も楽器の音色も、春の調べや響きは秋より格段にまさっているということを、集まった人々はよくわかったことでしょう。

夜を徹して音楽の遊びを続ける。音調を変えると、さらに「喜春楽《きしゅんらく》」が続き、光君の弟、兵部卿宮《ひょうぶきょうのみや》（蛍宮《ほたるのみや》）は催馬楽の「青柳《あおやぎ》」をくり返しみごとにうたい上げる。光君もいっしょになってうたう。

夜が明けた。朝の鳥のさえずりを、中宮は離れたところでうらやましく聞いた。六条院はいつも春光に包まれているが、心を寄せられるような姫君がいないのをもの足りなく思う男たちもいた。けれども今は、夏の町の西の対《たい》の姫君（玉鬘《たまかずら》）が、非の打ちどころのないうつくしさで、しかも光君がとくべつだいじに世話をしているということが世間にも知れ渡り、光君が思った通り、思いを寄せる人も多いらしい。我こそ姫君にふさわしいと自信のある身分の男たちは、つてを頼っては思いをほのめかし、手紙を送ってくるが、そうもできないまま心の内に恋の炎を燃やしている若い君達《きんだち》もいるようだ。その中には、姫君が自分の腹違いの姉だとは知らずに思いを寄せる、内大臣の子息もいるようである。

兵部卿宮もまた、長年連れ添っていた妻が亡くなり、この三年ほどはさみしいひとり暮らしなので、今はだれに遠慮することもなく、その心の内を漏らす。今朝も、ひどく酔ったふりをして藤の花を髪に挿し、なよなよと戯れているその姿は、なんとも魅力的である。光君は、自分の望み通りになったと心の底では思っているが、あえて気づかないふりをしている。兵部卿宮は盃《さかずき》をさされた時に、飲み過ぎてひどく苦しげな面持ちで「心に思うことがなければ、このまま逃げ帰っているところです。こらえきれない」と辞退する。

紫のゆゑに心をしめたれば淵《ふち》に身投げむ名やは惜しけき
（紫のゆかりある方に心を奪われてしまいましたから、この藤――恋の淵に身投げして、噂《うわさ》になってもかまわない）

兵部卿宮はそう詠んで、光君に同じ藤の花を渡す。光君はにっこり笑い、
淵《ふち》に身を投げつべしやとこの春は花のあたりを立ち去らで見よ
（淵に身投げできるかどうか、今年の春は花のあたりを立ち去らないで見てごらん）

と熱心に引き止めるので、兵部卿宮は立ち去ることができず、今朝の管絃《かんげん》の遊びはひとしおすばらしいものとなる。

今日は、中宮の春の季の御読経《みどきよう》（宮中行事のひとつ）の初日だった。そのまま退出することなく、休息所に入って装束を着替える人も多い。差し障りのある人はそのまま退出していく。正午頃にみな秋の町に向かう。光君をはじめとして、みなずらりと着席する。殿上人《てんじようびと》たちもひとり残らず参列する。大方が光君の権勢に引き立てられて、重々しく荘厳な法会となっている。

春の町の紫の上から供養の志として、仏に花を供える。鳥と蝶、それぞれに装束を分けた童《わらわ》が八人、顔かたちなどとくべつすぐれた者を選ばせて、極楽の迦陵頻《かりようびん》という

も。鳥に扮した童には銀の花瓶に桜を挿したもの、蝶の童には金の花瓶に山吹を挿したものを持たせ、同じ花でも花房がみごとで、またとなくすばらしいものを用意してある。春の町の庭前の築山から漕ぎ出してきて、秋の町の庭に着く頃、風が吹いて花瓶の桜が少し散り交《か》う。じつにうららかに晴れ、春霞《はるがすみ》のなかから鳥と蝶の童があらわれる様は、胸に染みいる優美な光景である。昨日春の町にしつらえた楽屋をわざわざこちらに移すことなく、中宮の御座所《おましどころ》に通じる廊下を楽屋のようにして、一時的に胡座《あぐら》（折りたたみ椅子）をいくつも並べてある。童たちは階段のもとに近寄り、花を献上する。僧に香を配る行香《ぎょうこう》の人々がそれを取り次ぎ、閼伽《あか》に供える。紫の上からの手紙は、中将の君（夕霧《ゆうぎり》）が使者となって届ける。

花園の胡蝶《こてふ》をさへや下草《したくさ》に秋まつむしはうとく見るらむ

（春の花園を舞う胡蝶さえ、下草に隠れて秋を待つ松虫は、冷ややかにご覧になるのでしょうか）

中宮は、かつての紅葉の歌のお返しなのだと、ほほえんで読む。昨日、春の町に行った女房たちも、本当にあの春のうつくしさはとても負かすことなどできませんと、花に心奪われて言い合っていた。鶯《うぐいす》のうららかな声にまじって、「迦陵頻《かりょうびん》」という曲名の鳥の舞楽がはなやかに聞こえてきて、池の水鳥もあちこちでさえずっていると、曲調が早くなって音楽が終わっていくのは、何度でも聴きたいほどのおもしろさである。蝶の童たちは鳥にもまして軽やかに飛び立ち、山吹の垣根、咲きこぼれる花の陰に舞い入る。

中宮職の次官をはじめとして、しかるべき殿上人たちがそれぞれ褒美の品を取り次いで童に与える。鳥の童たちには桜襲《さくらがさね》の細長《ほそなが》、蝶の童たちには山吹襲《やまぶきがさね》の細長が贈られる。前々から用意してあったかのようである。楽人たちには白い衣一襲や巻絹など、身分に応じて与えられる。中将の君には藤襲《ふじがさね》の細長を添えて、女の装束を肩に掛ける。

中宮から紫の上への返事には、

「昨日は私もそちらに伺いたくて、声を上げて泣きたいほどでした。

　胡蝶にもさそはれなまし心ありて八重《やへ》山吹を隔てざりせば

　（「来」という名の「胡」蝶に誘われて私も行きたかったです、そちらで八重山吹の隔てをお作りにならなければ）」とある。

紫の上も中宮も、修練を積んだ教養深い二人ではあるけれど、このような場合の歌のやりとりは難しかったのか、思いの外いまひとつの歌ですこと。

それはそうと、昨日春の御殿に見学に行った女房たちの、中宮付きの人々には、紫の上から趣向をこらした贈りものがいろいろとあったのです。でもまあ、それも書き出すとたいへんなことになりますからね……。

明けても暮れても、こういうちょっとした遊び事が頻繁に行われ、晴れ晴れした気持ちで過ごしているので、仕えている女房たちも自然となんの心配ごともないような心持ちである。女君たちはそれぞれに親しく便りを送り合っている。

西の対の姫君（玉鬘）は、あの踏歌の時の対面以来、紫の上ともやりとりを続けている。心づかいの深さなどは、至らないこともあるかもしれないが、ずいぶんしっかりしていて、親しみやすい性格とみえ、気のおけるようなところもないので、女君たちはみなこの姫君に好意を持っている。言い寄る人々もじつに多い。けれども光君は、そうかんたんに婿を決めることはできず、また自身の胸の内でも、父親に徹することのできない気持ちがあるのか、いっそ実の父である内大臣に知らせようか……などと思う時もあるのだった。中将の君（夕霧）が少々親しげに御簾の近くに来ることもあり、直接やりとりをするのを姫君は恥ずかしく思いもするが、姉弟なのだからそれが当然と人々も承知している。中将の君も真面目《まじめ》一方で、彼女が姉であると信じて疑わない。

内大臣の子息たちは、この中将の君についてきて、何かと思いをほのめかしては、悩ましそうにうろついている。姫君はそれを、恋愛のせつなさではなく心苦しく思い、本当の父親に真実を知ってもらいたいと人知れず思い続けている。しかしながらそのように少しでも打ち明けることなく、ただ自分に心を許して頼り切っているその気持ちが、光君にはかわいらしくて、無垢なものに思える。似ているというほどではないが、やはり母君の面影があり、それに加えて才気もある。

夏の衣更え《ころもが》であたらしく衣裳もあらたまった頃、空模様にも妙に風情があり、光君ものんびりとできる頃なので、あれこれと遊び事を催して過ごしている。西の対の姫君に送られる恋文がどんどん増えていくのを、思った通りだと光君はおもしろくなり、何かにつけて西の対に足を運んでは恋文を読み、これといった人には返事を書くよう勧めたりするので、姫君は気も抜けず、つらい思いをしている。

弟、兵部卿宮の、言い寄って間もないのに、すっかり恋い焦がれているような恨み言を書き連ねた手紙を見つけ、光君はにこやかに笑う。

「昔から隠しごとをすることもなく、大勢いる兄弟の中でも、この君とはお互いとくべつ仲よくしてきたのだが、こうした恋のことになると私には隠し通してきたのだ。それがこの年になって、こうした恋心を見るとおもしろくもあるし、またかわいそうにも思う。やはり返事はしたほうがいい。多少とも教養ある女には、あの親王のほかに言葉を交わせるほどの相手は思いつかないもの。本当に奥深い人柄だしね」と、若い女なら興味を持たずにはいられないようなことを言い聞かせるが、姫君はただもう決まり悪く思うばかりである。

右大将（鬚黒《ひげくろ》）で、じつに実直で重々しい様子の人が、恋の山には「孔子《くじ》の倒れ（孔子《こうし》でも倒れる）」ということわざを体現するかのように思いを訴えているのも、これはこれでまた一興、と光君は思う。恋文をみな見比べてみると、唐の薄い藍色の紙で、じつになつかしく薫香が深く匂うものを、細くちいさく結んだ文がある。

「これはどうして結んだままなのだ？」と言って光君は開いて見る。筆跡はじつにみごとで、

思ふとも君は知らじなわきかへり岩漏《も》る水に色し見えねば

（私がこんなに思っていることもあなたはご存じないでしょう。湧きかえって岩間を流れる水のように、思いに色はありませんから）

と、書きようは洒落《しゃれ》ている。「これはだれから？」と光君は訊《き》くが、はきはきとした答えはない。

右近を呼び、光君は話す。

「こうして手紙を送ってくる人たちについては、よく相手を選んで返事をさせるように。近頃の、色恋を好む浮ついた、新らしもの好きな女がよからぬことをするのも、

男だけが悪いとも言えない。私の経験から言っても、なんと薄情な恨めしいことだと、つれなくされた折には、思いやりのない女だと思うし、あるいは話にもならない身分の女なら、なんと無礼なと思うものだが、そんなに深い心からでもない、花や蝶にかこつけて男から送られてきた手紙には、焦《じ》らして返事をしないほうがかえって男の気持ちをあおることもある。しかしまた、返事をしないまま、男が忘れてしまうならそれはそれでいいではないか。何かのついでのようないい加減な手紙に、すぐに返事をしてしまうなんてことはしないほうがいい。あとで世間の非難を招くことになる。とかく女が慎しみを忘れて、心のおもむくままに、ものごとの情趣を知ったかぶりして、風流もよく心得ているという反応を示して、それが積み重なればよくない結果に終わるものだ。兵部卿宮や右大将は、見境なくいい加減なことを言うような人ではないのだから、あまりもののほどをわきまえないようなことは姫君には似つかわしくない。二人より下の身分の者には、その思いの深さによって按配《あんばい》しなさい。変わらぬ心を尽くし続ける男にはその功労も認めてあげなさい」

姫君は顔を背けているが、その横顔はじつにうつくしい。撫子襲《なでしこがさね》の細長に、卯《う》の花襲の小袿《こうちき》を着て、色合いも親しみやすく洒落ている。物腰も、そうはいっても田舎暮らしの名残《なごり》で、ただありのままにおっとりしているように見えたのだが、六条院の女君たちの様子を見習うにつれ、たいそう見栄えよく、たおやかになり、化粧などもきちんとするようになって、まったく非の打ちどころのない、はなやかで可憐《かれん》な姿である。だれかの妻となって赤の他人となってしまうのはどんなにくやしかろうと光君は思わずにいられない。

右近もにこにこして見つめ、光君は親と言うにはふさわしくないくらいお若くていらっしゃる、姫君とご夫婦としてお並びになったらお似合いでしょうに……と思うのである。

「けっして人さまのお手紙などはお取り次ぎしておりません。先ほどご覧になられた三つ四つのお手紙は、そのままお返ししてあちらさまに決まり悪い思いをさせてしまうのもどうかと、お手紙だけを受け取ったようですが、お返事はなさっていません。殿がお勧めする時だけです。それですら姫君はおつらそうですが」と右近が言う。

「ところで、この若々しく結び文にしてあるのはだれの手紙？　ずいぶん熱心に書いてあるようだけれど」と、光君は笑みを浮かべて見ているので、

「それは、使いの者がしつこく置いていったものです。内大臣さまのご子息の中将の君（柏木《かしわぎ》）が、こちらに仕えております『みるこ』という女童《めのわらわ》を前からご存じで、そのつてでございます。ほかの女房は気づかなかったのでしょう」と右近は言う。

「なんていじらしいことだろう。まだ官位は低いけれども、内大臣のご子息たちにどうして恥をかかせられよう。公卿《くぎょう》といっても、この中将の声望に肩を並べられる人は必ずしも多くはない。その中でも彼はじつに落ち着いた男だ。そのうち姫君が姉なのだと知る時も来るだろう。今ははっきりそうとは言わないで、うまく言い繕っておきなさい。それにしてもみごとな書きようだ」と、その手紙をすぐには下に置こうとしない。

「こう何やかやと言うのをどうお思いになるかと気が咎《とが》めるが、あの内大臣に実の子だと知ってもらうにしても、あなたはまだ世馴れていないし、何もわからない状態で、長年別々にお暮らしのきょうだいの中に出ていくのもいかがなものかとあれこれ考えているのだよ。やはり世間並みに結婚して落ち着いてこそ、一人前の人としてご対面する機会もあるだろうと思うのだ。兵部卿宮はひとり身のようだけれど、人柄はたいそう浮気性で、通っているところもたくさんあるという噂だし、召人《めしうど》（主人と男女関係のある女房）とか、聞き苦しい名のつく女房たちが大勢いるらしい。そうしたことにいちいち目くじらを立てず、夫のいいところを見てゆけるような人なら、うまく穏便にやり過ごせるだろうね。けれど癖のある性質だったら、夫から飽きられるようなことも、そのうちあるだろうから気をつけないといけない。右大将（鬚黒）は、長年連れ添った妻がひどく年をとっているのを嫌がって、あなたを望んでいるようだが、それも妻の側の人たちは困ったことだと思っているとか。それももっともなことだから、私もあれこれ考えて、人知れず決めかねているのだよ。こうしたことは、親などには、自分の考えはこうだとはっきり言い出しにくいだろうけれど、あなたはそんなお年でもないし、今は何ごとも分別もおつきでしょう。私を亡き人と同様に、母君だとお思いなさい。あなたのお気持ちに添えないのは、心苦しいから」と、光君は真剣に言うが、姫君は困ってしまって、返事をしようという気にもなれない。けれどもあまりにはきはきしないのもどうかと思い、

「ものごころもつかないうちから、親などいないことに馴れてしまって、どのように考えたらいいのかわからないのです」と答える様子がじつにおっとりとしている。たしかにそうだと光君は思い、

「それなら世間の言うように、産みの親より育ての親と思って、私の並々ならぬ気持ちがどれほどのものか、最後まで見届けてくれないか」と、睦《むつ》まじく話しかける。けれど自身の本心はさすがに決まり悪く思えて、打ち明けることができない。意味ありげな言葉はときどき言ってみるが、姫君は気づかないようなので、甲斐《かい》のないため息をつきながら帰っていく。

庭前《にわさき》の呉竹《くれたけ》がじつに青々と伸びて、風になびいているのに心惹《こころひ》かれ、光君は立ち止まり、

「籬《ませ》のうちに根深くうゑし竹の子のおのが世々にや生《お》ひわかるべき

（垣根の中に根深く植えた竹の子——だいじに育てた娘も縁を得て、私から離れていくのだろうか）

思えば恨めしくもなるはずだ」

と、御簾《みす》を引き上げて言うと、姫君はいざり出てきて、

「今さらにいかならむ世か若竹の生ひはじめけむ根をばたづねむ

（今さらどんな時に、若竹の生いはじめた元の根——生みの親を尋ねていけましょう）

尋ねても、かえって決まり悪い思いをするだけでしょう」

と言うのを、光君はじつにいじらしいと思う。

けれどもじつは、姫君は心の中ではそんなふうにあきらめてはおらず……。どんなきっかけで父君が自分のことを耳に入れてくれるだろうかと待ち遠しい思いだけれど、この光君の心配りがめったにないほど行き届いていて、内大臣は実の親とはいえ、ずっといっしょにいたわけではないのだから、とてもここまでこまやかに面

倒はみてくれまいと思う。昔の物語を見るにつけても、だんだん人の有様や世の中の様子がわかってきて、ひどく気兼ねして、自分から進んで名乗り出ることは難しいだろうと思っているのだった。

光君は姫君をますます可憐だと思い、紫の上にも話して聞かせる。

「不思議となつかしく思える人なんだ。彼女の亡き母君は、ぱっと晴れやかなところがなさすぎた。この姫君はものごともよくわきまえていそうで、親しみやすいところがあって、なんの心配も要らないように思える」などと褒めている。紫の上は、このまま何もせずにいるはずのない光君の性分をよく知っているので、さてはと思い、

「ものごとをよく見抜けるお方のようなのに、心の底からあなたをお頼りしているらしいのがお気の毒ですね」と言う。

「どうして私が頼りにならないなんてことがあるか」と光君。

「いいえ、この私も、たえられないほど悩んだことが幾度もありますから、そうしたあなたのお心を思い出すあれこれがありまして」と笑みを浮かべて紫の上が言うので、なんと鋭いのかと光君は思い、

「嫌なことを想像するね。あの姫君ならそうしたことはすぐわかるだろう」と言って、面倒なので話をやめてしまう。そして胸の内で、この人がこんなふうに推測するにつ

けても、この先どうしたものかと思いは乱れ、一方では、人の道を踏みはずしそうなけしからぬ自身の心も、思い知らされた気持ちになる。

姫君のことが気に掛かるままに、光君はしばしば西の対《たい》にやってきては面倒をみている。

ひと雨降ったあとのしめやかな夕暮れどき、庭前の若楓《わかかえで》や柏木などが青々と茂っていて、なんとなく気持ちのいい空を光君は見上げ、

「和《わ》してまた清し（四月の天気和して且《また》清し――四月の天気は和やかで清々しい）」

と白氏文集《はくしぶんしゅう》の詩の一節を口ずさみ、すると姫君の、匂い立つようなうつくしい姿が思い出されて、いつものようにこっそりと西の対に向かった。姫君は手習いなどしてくつろいでいたが、姿勢を正し、恥ずかしそうにしているその顔の色つやがみごとにうつくしい。ものやわらかな雰囲気は、亡き女君（夕顔）を思い出させ、光君はたまらなくなって、

「はじめてお目に掛かった時は、こうまで似ているとは思わなかったが、不思議なくらい、母君かと思い違いをしてしまうことがたびたびあるよ。せつないような気持ちになる。息子の中将には亡くなった母君（葵の上）のうつくしさの面影もないし、それを見馴れているから、親子とはいえそんなに似ないのだろうと思っていたが、あな

たのような人もいるのだね」と涙ぐんでしまう。箱の蓋に入っている果物の中から橘《たちばな》の実をもてあそび、「五月《さつき》待つ花橘の香をかげば昔の人の袖の香ぞする（古今集／五月に咲く橘の花の香りをかぐと昔の恋人の袖の香りを思い出す）」から、

「橘のかをりし袖によそふればかはれる身とも思ほえぬかな

（橘の香りをかぐにつけても、母君と別人とはとても思えない）

いつまでもずっと心に掛かって忘れられず、なぐさめようもなく長年過ごしてきた。こうして会えるのは夢ではないかとばかり思ってみるが、やはりこれ以上たえきれない。私を嫌ったりなさるな」と、光君は手をとる。女君はそんなふうにされたことがないので、どうにも不快に思うが、おっとりした態度を崩さない。

袖の香をよそふるからに橘のみさへはかなくなりもこそすれ

（袖の香《か》につけても母が偲《しの》ばれるということは、橘の実——私の身も、母のようにはかなく消えるのかもしれません）

厄介なことになったと思い、顔を伏せている様子はたいそうなつかしく、手のひらもふくふくと肉付きよく、体つきや肌合いがきめこまやかでかわいらしく、光君はかえって恋心が募る思いで、今日は少しばかり本心を打ち明ける。女君はつくづくつらくなり、どうしていいかわからず、わなわなと震えているのがはっきり見えるのだが、

「どうしてそんなに私を疎むのか。うまく隠して、だれにも見咎められないように用心している。あなたもさりげなさを装って隠せばいい。今までもけっして浅くはない親心に、恋心も加わったのだから、この気持ちはほかに比べるものなどないと思うよ。ああして手紙を送ってくる人たち以下だと思うのか。実際のところ、私のように深い心の持ち主は世の中にそういるものではないよ、だから、あなたをほかの男にまかせるのは心配でならないのだ」と光君は言う。

……まったくなんとまあ、差し出がましい親心なのでしょう。

雨はやみ、竹に風がそよぎはじめ、明るく月の光が射し込み、うつくしい夜のしめやかな風情である。女房たちは親子水入らずの話し合いに遠慮して、だれもそばには控えていない。いつも直接会える間柄ではあるが、こんな好機はめったにないので、光君は口に出したことで気持ちが昂《たか》ぶったのか、肌に馴染《なじ》んだ衣裳の衣擦《きぬず》れの音もうまくごまかし、するりと脱いで、すぐ近くに添い臥《ふ》してしまう。女君はひたすら我が身が情けなく、人が見たらどう思うかと、あまりのことにおそろしくなる。実の親のそばにいたならば、あまりだいじにされず放っておかれたとしても、このようにつらい目に遭うこともなかっただろうと思うと悲しくて、隠そうとしても涙があふれる。女君があまりにも痛々しい様子なので、

「こんなに嫌がられて、つらいよ。ぜんぜん知らない相手でも、男女の仲の常として、女はみんな許すようなことなのに、こんなに長く親しくしていて、このくらいの振る舞いを見せて、なぜそんなに嫌がることがある？　これ以上の無理強いはぜったいにしないから。我慢しようにもできない私の気持ちをなぐさめたいだけだ」と、しみじみとやさしく話して聞かせる。こうして近づいてみると、今までにまして昔に戻ったように感じられて胸が締めつけられる。しかし自身の心ながら、あまりに唐突で軽率だったと光君は気づき、反省せずにはいられず、女房たちも変だと思うに違いないので、あまり夜の更けないうちに帰ることにした。

「あなたに嫌われたら本当につらくなる。これがほかの男だったなら、こんなにぼんやり手をこまねいてなんかいないよ。限りなく底知れぬ愛情なのだから、人から咎められるようなことはけっしてしない。ただ亡きあの人が恋しいあまり、そのなぐさめにとりとめもないことを話したいのだ。あなたもそういう私の心を汲んで言葉を交わしてほしい」と、親身になって言うが、女君はすっかり取り乱し、ひたすら嫌で嫌でたまらない様子である。

「こんなに嫌われているとは思わなかった。これ以上ないほど憎いと思っているようだね」と光君は嘆き、「けっして人に気づかれないように」と告げて去る。

女君も二十二歳と年齢こそ重ねているけれど、男女の仲を知らないばかりか、多少ともそうした経験のある人の様子も知らないので、これ以上男と女が近づくことがあるとは想像もできない。まったく思いも寄らない関係になったと嘆かわしく、気分も悪くなり、女房たちは具合が悪そうだと扱いに困っている。

「殿のお心づかいが隅々まで行き届いていらして、もったいないほどです。本当の親といっても、これほどのお気遣いもお世話もしてくださらないでしょう」などと乳母《めのと》の娘の兵部《ひょうぶ》などがこっそりと耳打ちするにつけても、ますます心外で、不愉快な光君の気持ちをすっかり疎ましく思い、自身の身を情けなく思うのだった。

翌朝、光君からさっそく手紙が送られてきた。気分が悪いと言って横になっていたが、女房たちが硯《すずり》を持ち出して「お返事を早く」と言うので、姫君はしぶしぶ手紙を見る。白い紙の、表面はそっけなくて堅苦しいものに、じつにみごとに書いてある。

「類まれなほどのあなたの冷たさが、つらくてかえって忘れられない。女房たちもどう思っただろう。

うちとけて寝も見ぬものを若草のことあり顔にむすぼほるらむ

（心を許して共寝をしたわけでもないのに、若草――あなたはなぜ事ありげな顔で悩んでいるの）

子どもでいらっしゃいますね」

と、それでも父親ぶって書かれた言葉も、姫君は心底いとわしく思い、返事を書かないのも人には変に思われるだろうから、分厚い陸奥国紙《みちのくにがみ》に、ただ、

「お便りいただきました。気分が悪いのでお返事は失礼いたします」と書く。

こうしたところはさすがに堅物だ、と光君は苦笑して、これなら恨みがいがある、などと思うのだから、なんとも仕方ないご性分ですこと。

こうして打ち明けてしまった後は「太田の松の」（恋ひわびぬ太田の松の大方は色に出でてや逢はむと言はまし——恋い悩み、逢いたいとなかなか言い出せない）と思わせることもなく、いろいろとうるさいことを言ってくるので、姫君は切羽詰まった気持ちになって、身の置きどころもないほど悩み、本当に病気になってしまう。このように、ことの真相を知る人も少なくて、他人も身内も、光君をすっかり実の親のように思っているので、こんなことが世間に知れたら、たいへんなもの笑いになって嫌な評判も立つだろう、父の内大臣が私のことをいずれお知りになっても、親身にはなってくださらないだろうから、なおさら、このことをお耳になさればは軽はずみな女だとお思いになるだろう……と、何かにつけて不安になり、思い悩んでいる。

兵部卿宮（蛍宮）や右大将（鬚黒）などは、光君の意向として、まったくのぞみが

ないわけではないと伝え聞き、じつに熱心に言い寄っている。

岩漏《も》る……の歌を送った中将（柏木）も、光君が求婚者のひとりとして認めているということをほのかに伝え聞くと、実の姉だという事実を知らないまま、ただ一途《いちず》に喜んで懸命に恋の恨み言を訴えては、うろうろしているようですよ。

蛍《ほたる》

蛍の光が見せた横顔

蛍の輪舞で垣間見たその姫君のことを、
兵部卿宮はますます忘れがたく思ったことでしょう。

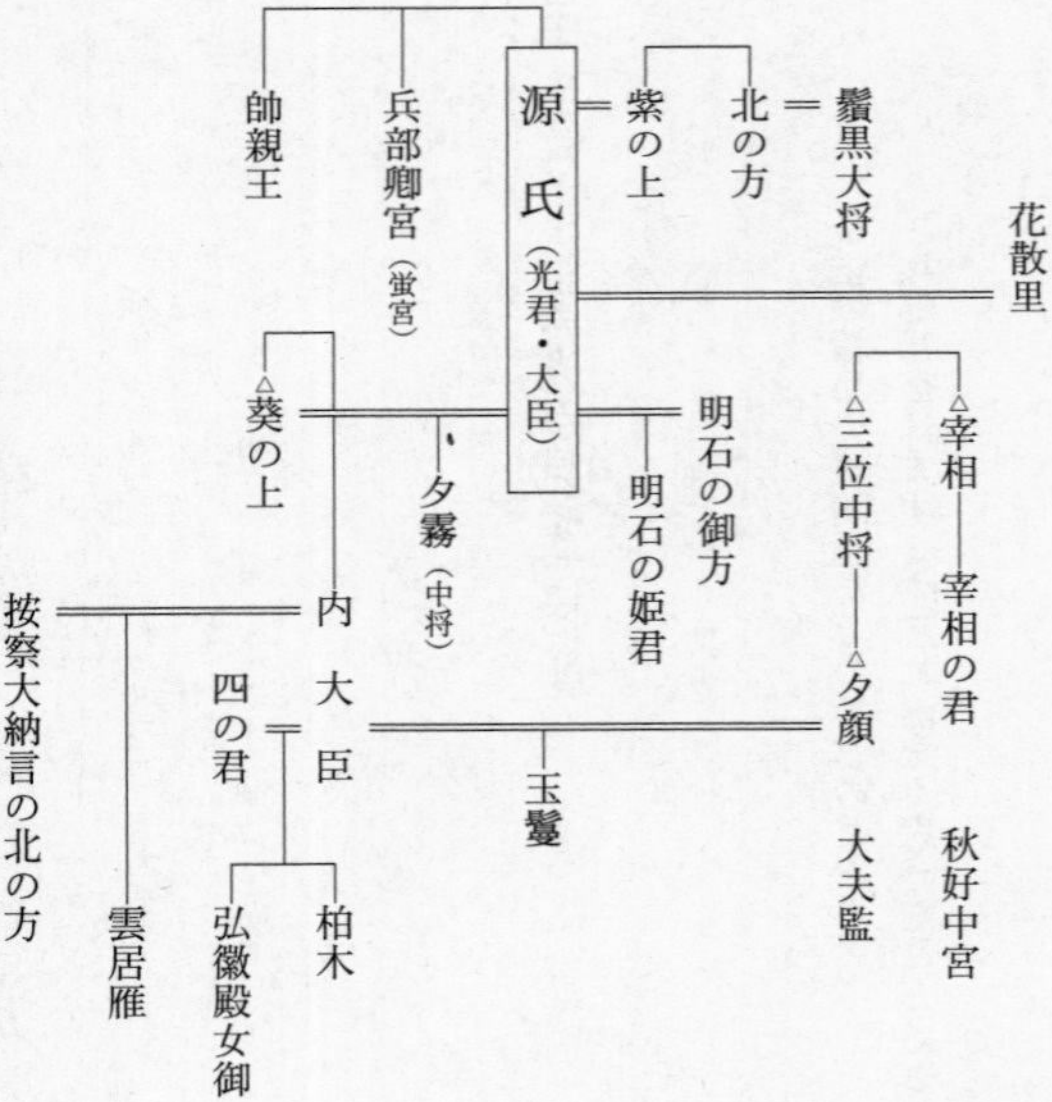
花散里
△宰相
宰相の君
秋好中宮
△三位中将
△夕顔
大夫監
鬚黒大将
北の方
紫の上
明石の御方
明石の姫君
玉鬘
源氏（光君・大臣）
夕霧（中将）
兵部卿宮（蛍宮）
帥親王
内大臣
△葵の上
四の君
柏木
弘徽殿女御
按察大納言の北の方
雲居雁

＊登場人物系図
△は故人

今は太政大臣という重々しい身分で、何にしてもゆったりと落ち着いた日々を過ごしているので、光君《ひかるきみ》を頼りにしている女君たちはそれぞれにふさわしく、みな思い通りに身の上も定まって、なんの不安もなく申し分のない日々を送っている。夏の町の西の対《たい》の姫君（玉鬘《たまかずら》）だけは、気の毒なことに、思いもしなかった気苦労が増えて、どうしたらいいのかと思い悩んでいるようだ。あの、大夫監《たいふのげん》のぞっとするような有様とは比べものにもならないとしても、こんなことになっているとはだれも思いもしないので、姫君は自身の心ひとつにおさめて、まったく思いがけなく疎ましいお方だと光君のことを思っている。何もかも充分にわきまえている年齢なので、あれこれ考え合わせてみると、母君が亡くなってしまったのがやはりとても残念なことだとあらためて惜しく悲しいことに思えるのだった。

光君も、いったん思いを打ち明けてしまうとかえって苦しくなった。人目を憚《はばか》りながらも、ちょっとした冗談も言えなくなってしまった、そのつらい気持ちのまま足繁く姫君の元にやってきては、そばに女房もおらず、もの静かな時は、ただならぬ様子で思いを訴える。姫君は胸のつぶれる思いながらも、あまりすげなく拒絶して決まり悪い思いもさせられぬ相手なので、ひたすら気がつかないふりをしている。姫君は、明るく、親しみやすい性格なので、光君の前ではひどく生真面目《きまじめ》に用心しているけれど、やはり魅力的な愛嬌《あいきょう》あふれる様子は隠しようもない。

光君の弟、兵部卿宮《ひょうぶきょうのみや》（蛍宮《ほたるのみや》）などは真剣に恋文を送っている。まだそんなに求愛の功労を積んでもいないのに、もう五月雨《さみだれ》の頃になってしまったと嘆いてみせては、「せめてもう少しおそばに行くことを許してくだされば、私の思いの一端でも申し上げて、心を晴らしたいものです」などとせっつく。その手紙を光君が見て、「いいではないか。この方々が恋に夢中になるのは、見ごたえがあるよ。そっけなくしないように。ときどきお返事もしたほうがいい」と教えて書かせようとするけれど、姫君はますます不快に思い、気分がすぐれないと言って書かないでいる。女房たちも、とくに家柄が高く、しっかりした縁故を持つ者などほとんどいない。ただ母君（夕《ゆう》顔《がお》）の叔父《おじ》の宰相《さいしょう》ほどの身分だった人の娘で、たしなみなどもそれなりに身につけた者が、落ちぶれて暮らしていたのをさがし出し、宰相の君としてそばに仕えさせていた。字なども上手に書き、そのほかたいていのこともしっかりした分別ある者なので、こうした折々の返事などは彼女に書かせている。光君は彼女を呼び出し、書くべき言葉を口にして返事を書かせる。

この手紙に兵部卿宮がどう対応するのか、見たいと思っているのでしょうね。

姫君本人は、光君との嘆かわしい心配ごとが起きてからは、この宮が心をこめた手紙を送ってくれる時は、少しは目を留めることもある。宮に対してとくべつの思いがあるわけではなく、こうした光君の不快な振る舞いを見ずにすますすべはないものかと、さすがに結婚のことを考えてみることもあるのだった。

光君が大人げなくもひとりわくわくして兵部卿宮を待っているとは知らずに、まんざらでもない返事があったことを珍しく思い、宮は至極こっそりとやってきた。女房は妻戸《つまど》の間《ま》に敷物を用意し、几帳《きちょう》だけを隔てて姫君の近くに招き入れる。それはそれは気を配って、部屋に燻《くゆ》らす香を奥ゆかしく漂わせ、姫君の世話をしている光君の様子は、親というよりうっとうしいおせっかい屋だが、さすがに親身ではある。宰相の君なども、宮への返事を取り次ぐことも思いつかず、恥ずかしがって引っこんでいるのを、光君が「もじもじするな」と袖を引いたりつねったりするので、どうしていいかわからずにいる。夕闇の頃が過ぎて、ぼんやりした空も曇りがちで、しっとりとした兵部卿宮の雰囲気もじつに恋にふさわしい。部屋の奥からほのかに漂う追い風にも、いっそうかぐわしい光君の衣裳《いしょう》に薫《た》きしめた香が加わり、部屋じゅうに深く薫きしめた香が立ちこめ、宮は、かねてから想像していたよりもすばらしい姫君の様子を心にしっかりと刻んだのだった。宮が口にする、気持ちのほどを伝える言葉は、いかにも大人びて、恋に溺れたふうもなく、それはすばらしいものである。光君は、これは興味深いと思いつつ、ほのかに聞こえる言葉に耳を澄ませる。

姫君は東側の部屋に引っこんで寝《やす》んでいたのだが、宰相の君が宮の言葉を取り次ぐためにいざり入ったのといっしょに、光君も近づき、

「あまりにも暑苦しい対応だ。何ごとも臨機応変に振る舞うのが無難というものだ。やたらと子どもっぽく振る舞うような年齢でもない。この宮にまで、よそよそしく人《ひと》伝《づて》にご返事をするなんてよくないことだ。ご自分でお答えにならないまでも、もう少し近くにお寄りなさい」と忠告するが、姫君はどうしていいのかわからない。光君はこうしたことにかこつけても部屋に入りかねない人だから、あれこれ思いめぐらせて困り果て、そっと抜け出して、母屋と宮のいる妻戸の間との境にある几帳のそばで横になる。何やかやと長々と訴える宮の言葉に返事をすることもなくためらっていると、光君が近くに寄って、几帳の帷子《かたびら》を一枚横木に掛けるのと同時に、ぱっと何かが光る

——紙燭《しそく》が差し出されたのかと姫君はびっくりする。夕方、薄い帷子に蛍をたくさん包んでおいて、光が漏れないように隠しておいたものを、何気なくあたりを整えるふりをして光君が放したのである。それが急に明るく光り出したので姫君は驚き、扇で顔を隠す。その横顔がじつにうつくしい。

突然意外な光が見えたら、宮もきっとのぞいてみるに違いない。私の実の娘だと思うばかりにこうして熱心に口説くのだ。姫の容姿がここまで完璧だとは思ってもいないだろう。恋に一途《いちず》な宮の心を惑わせてやろう……と、光君は企んだのである。本当の自分の娘ならば、こんなふうに大騒ぎはしないだろうに、まったく困ったことを思いつくもの……。

光君はほかの戸口から、こっそりと抜け出してしまった。

宮は、姫君のいるのはあのあたりだろうと見当をつけていたが、もう少し近い気配がするので、心をときめかせ、みごとな薄物の帷子の隙間から奥をのぞいたところ、一間ほど隔てた見通しのいいところに、まったく予想もしない光が姫君をほのかに照らして、そのすばらしさに目を奪われる。すぐに女房たちがその光を隠してしまった。けれどもほのかな光は、恋のやりとりのきっかけにもなりそうである。束の間淡く照らされた、すらりとした姿で横たわっていた姫君がうつくしかったのを、宮はいつまでも見ていたかったと思う。たしかに、光君の計画通り、この光景は宮の心に深く刻まれたのである。

「鳴く声も聞こえぬ虫の思ひだに人の消《け》つには消ゆるものかは

(鳴く声も聞こえない蛍の思いでさえ、人が消そうとして消せるものではありません。まして私の心の火はどうして消せようか)

私の気持ちをわかっていただけましたか」

こうした時に返歌をああだこうだと思案するのもひねくれているので、速さだけを取り柄に姫君は、

声はせで身をのみこがす蛍こそ言ふよりまさる思ひなるらめ

(声は出さずにひたすら身を焦がしている蛍のほうが、声に出しておっしゃるあなたより、深い思いを抱いているのでしょう)

などと、そっけなく返事をし、姫君自身は奥に引っこんでしまう。あまりのよそよそしさに傷ついた宮は、たいそう恨めしく思う。好色がましいようなので、夜明けまで居続けることなく、軒の雫《しずく》もつらく、五月雨《さみだれ》に濡《ぬ》れつつまだ夜更けのうちに帰っていった。

「五月雨にもの思ひをれば時鳥《ほととぎす》夜深く鳴きていづちゆくらむ(古今集/五月雨の音を

聞きながらもの思いにふけっていると、夜更けの空に時鳥が鳴くのが聞こえる、いったいどこへいくのか)」と古歌にありますから、こんな時にはきっと時鳥も鳴いたことでしょう。面倒なのでいちいち確かめもしませんでしたけれど……。

兵部卿宮の容姿の優美さは光君にとてもよく似ていらっしゃると女房たちは褒めそやしている。昨夜、女親のように姫君の世話を焼いていた光君の様子を、内情は知らないまま、身に染みてありがたくもったいないことだとみな言い合う。

姫君は、こうしてさすがに親らしいとは言えない思いを抱いている光君の様子に、すべては自分の運命のせいなのだろうと思う。実の父にも自分のことを知ってもらい、人並みに扱っていただく身の上となって、このように光君に愛していただくのであればなんの不釣り合いなことがあるだろう。けれども実際はふつうの人とは違う境遇なのだから、いつか世間の語り草になるのではないか……と寝ても覚めても悩んでいる。

とはいえじつのところ光君は、姫君をありふれたつまらない境遇にはさせまいと思っているのだった。実際このように困った性分なので、亡き六条御息所《ろくじょうのみやすどころ》の娘、(秋《あき》好《このむ》)中宮《ちゅうぐう》にも、養父として折り目正しく振る舞えるはずもなく、何かあるたび、穏やかならず言い寄ってみたりしている。ただ中宮は及びもつかないほど高貴な身分なので、それが面倒でもあるから、光君も本気になってはっきりと口説くことはないけれど、こちらの姫君は、人柄も、親しみやすくさっぱりしているだけに、つい思いを抑えがたくなるのである。光君は、人が見ていたら不審に思われるに違いない振る舞いも時にはするものの、珍しいほど自制しているので、そうはいっても何ごともない関係ではある。

翌日の五月五日には、光君は夏の町の馬場の御殿に出かけ、そのついでに西の対にも立ち寄った。

「どうだった？　宮は夜更けまでいらした？　あまり近づけないようにしよう。面倒なところのある人だからね。人の心を傷つけたり、あやまちを犯したりしない人はめったにいないものだよ」など、宮を褒めたりけなしたりして忠告をする光君の姿は、どこまでも若々しくきれいに見える。つやも色合いもこぼれるばかりのみごとな袿《うちき》に、直衣《のうし》を無造作に重ねたその取り合わせも、どこにふつうとは異なるうつくしさがあるのか、この世の人が染め出したようにも見えないのである。ふだんの直衣と変わらない模様《あやめ》も、菖蒲《あやめ》の節句の今日は目が覚めるように見え、衣裳に薫きしめた魅惑的な香りにつけても、もしよけいな心配ごとがなければ本当にすばらしく思うようなご様子なのに……と姫君は思うのである。

宮から手紙が来る。白い薄様の紙で、じつに立派な筆跡で書かれている。

いえ、その時はすばらしく思えたのですが、こうして伝えてみますと、これといったこともない歌ですね。

今日さへや引く人もなき水隠《みがく》れに生《お》ふるあやめのねのみ泣かれむ

（端午の節句の今日でさえ、引く人もなく水の下に隠れている菖蒲の根——あなたに相手にされない私は、人目に隠れて声を上げて泣くのでしょうか）

のちのちまで語り草になりそうな、それは長い菖蒲の根に手紙が引き結んであるので、「今日のお返事はぜひ」などと光君は勧めておいて、出ていった。女房たちもみな、「どうかお返事を」と口々に言うので、姫君も心に思うところがあったのか、

「あらはれていとど浅くも見ゆるかなあやめもわかず泣かれけるねの

（水の面にあらわれると、菖蒲の根はずいぶん浅く見えるものです——声を上げて泣かずにはいられないとおっしゃるあなたのお気持ちが浅いことがわかりました）

気持ちがお若いですね」と、あっさりと書いてあるようだ。筆跡にもう少し風情があれば……、と風流好みの宮はきっともの足りない思いで、この返事を眺めたはず。

悪病除けの薬玉など、すばらしい趣向をこらしたものがあちこちから姫君に贈られる。つらい日々を過ごしてきた長年の名残《なごり》もない暮らしぶりで、心にものびのびとし

たゆとりも生まれ、どうかこのまま世間から非難されるようなこともなく過ごしたいと、姫君もどうして思わずにいられようか。

光君は東の御方（花散里《はなちるさと》）の部屋にも立ち寄った。

「中将（夕霧《ゆうぎり》）が、今日の衛府《つかさ》の競射《きようしや》のついでに、男たちを連れてやってくるようなことを言っていたから、そのつもりでいておくれ。まだ明るいうちにやってくるだろう。奇妙なもので、ここでは目立たないようこっそりとする催し物でも、この親王《みこ》たちが聞きつけてやってくるものだから、どうしても大げさなことになってしまう。用意しておいてほしい」と言う。

馬場の御殿は、この東の廊から見通しのきく、遠くないところにある。

「若いみなさんも渡殿《わたどの》の戸を開けて見物したらいい。この頃は左近衛府《さこんのつかさ》に立派な官人が多いのだ。そのへんの殿上人《てんじようびと》にも引けをとらない」と言うので、女房たちも見物を楽しみにする。西の対からも女童《めのわらわ》たちが見物にやってきて、廊の戸口に御簾《みす》を青々と掛け渡し、垢抜けた裾濃《すそご》の几帳（帷子《かたびら》の裾を濃く染めた几帳）をずらりと立てて、女童や下仕《しもづか》えの者たちが右往左往している。菖蒲襲《あやめがさね》の衵《あこめ》（女童の表着《うわぎ》）に、二藍《ふたあい》の羅《うすもの》の汗衫《かざみ》（女童の正装）を着ている女童たちは西の対からやってきたのだろうか。感じのいい、物馴れた者ばかり四人、下仕えは、棟《おうち》の花の色をした裾濃の裳《も》に撫子《なでしこ》の若葉色の唐衣《からぎぬ》、いずれも今日の端午の節句に合わせた装いである。こちら（花散里）の女童は、濃い紅の単襲《ひとえがさね》に、撫子襲《なでしこがさね》の汗衫をゆったりと着ている。それぞれ張り合っている様子なのがおもしろい。年若い殿上人などは目をつけては気のあるそぶりを見せている。未《ひつじ》の刻（午後二時頃）、光君が馬場の御殿に行ってみると、たしかに親王たちも集まっている。騎射の競技も、公の儀式とは様子が違い、中将、少将たちも連れだって参加しており、風変わりではなやかな趣向で、日暮れまで遊んでいる。女たちには何もわからない競技ではあるが、舎人《とねり》たちまで華麗な衣裳で着飾り、無我夢中で競技にあわてふためいているのを見るのはおもしろい。馬場は南の春の町まで通じているので、紫の上《むらさきうえ》のほうでもこのような若い女房たちが見物した。左が勝てば「打毬楽《たぎゆうらく》」、右が勝てば「落蹲《らくそん》」といった舞楽を乱声《らんじよう》で演奏したが、そんな勝ち負けの大騒ぎも、夜になるとすっかり見えなくなった。舎人たちはそれぞれ褒美の品を頂戴する。夜もだいぶ更けてから人々はみな退散した。

光君は今日は東の部屋で寝《やす》むことにした。女君（花散里）にあれこれ話し、「兵部卿宮は、だれよりも抜きん出てすばらしいね。顔立ちなどはそうでもないが、心づかいや物腰など優雅で、じつに魅力がある。こっそり見てみたか？　みんなが立派な人だと言うけれど、今ひとつかな」と言う。

「弟君でいらっしゃるけれど、ずっと大人びてお見えでした。これまでも長年こうした折には必ずいらして、お親しくなさっていると聞いていますが、昔、内裏《だいり》でちらりと拝見してからは、お見かけしていませんでした。容姿などずいぶんと大人っぽくなられましたね。帥親王《そちのみこ》（光君の異母弟）はおきれいなようですが、雰囲気が劣っていて、大君《おおきみ》（諸王）程度の風格でいらっしゃいますね」と女君は言うので、一目でよく見抜いたものだと光君は思うが、笑みを浮かべて、そのほかの人々のことはいいとも悪いとも言わないでいる。他人のことに難をつけ、貶《おとし》めるようなことを言う人は困りものだという考えなので、姫君に文を寄越す右大将（鬚黒）などですら、世間では立派な人だという評判だが、身近につきあうにはもの足りないだろうと思っていても、光君は口には出さないでいる。

今はただ表向きの夫婦仲というだけで、寝床は別々にして寝む。どうしてこんなふうになってしまったのかと、光君は気の毒にも思う。たいていこの女君はなんやかやと嫉妬めいたことを言ったりせず、もうずっと長いこと、こうした折節にふさわしい催し物も人伝《ひとづて》に見たり聞いたりするだけだったが、今日の騎射競技は珍しくこちらで催されたというだけで、この夏の町の晴れがましい名誉と女君は思っているのである。

その駒《こま》もすさめぬ草と名に立てる汀《みぎは》のあやめ今日や引きつる

（その馬も食べようとしない草と評判の、水際の菖蒲《あやめ》のような私を、節句の今日は引き立ててくださったのですか）

とおっとりと詠む。どうということのない歌ではあるが、光君は胸打たれる思いである。

にほどりに影をならぶる若駒《わかごま》はいつかあやめに引き別るべき

（いつもつがいでいる鳰鳥《におどり》《かいつぶり》のように、あなたと影を並べる若駒の私は、いつ菖蒲のあなたと別れることがあろうか）

——お二人とも、あけすけな歌だこと。

「朝に夕にといっしょにいられるわけではないが、こうして逢《あ》えると気が休まるよ」と、半ば冗談ではあるが、相手がのんびりしている性格なので、しんみりとした口ぶりで光君は言う。女君は、帳台を光君に譲り、自身は几帳を隔てて寝むのである。そば近くで共寝するなどということは、まったく不釣り合いだと女君はあきらめているので、光君も無理に誘うことはない。

例年よりも長雨がひどく続き、心も空も晴れることなく所在ないので、六条院の女君たちは絵や物語などのなぐさみごとで日々を暮らしている。明石《あかし》の御方はこうしたことも優雅に仕立て上げて、娘である姫君の元に贈る。田舎住みの長かった西の対《たい》の姫君（玉鬘《たまかずら》）は、なおさらのこともの珍しく思えることばかりで、明けても暮れても書いたり読んだりすることに夢中になっている。こうしたことが得意な若い女房も大勢いる。さまざまな世にも珍しい人の身の上を、本当のことなのか嘘《うそ》なのか、たくさん物語っているけれども、自分のような境遇はないものだと西の対の姫君は思う。『住吉物語』の姫は、書かれた当時は当然ながら、今でも世間的な評判は格別だけれど、継母《ままはは》の差し金で主計頭《かぞえのかみ》といういやらしい老人がすんでのところで姫を手に入れようとするところなど、あの大夫監《たいふのげん》の恐ろしさをつい思い出して比べてしまう。

光君も、どこもかしこもこうした絵物語が散らばっていて、目につくので、

「ああ、うっとうしいことだ。女というものは面倒くさがらずに、人にだまされようと生まれてきたものらしいね。こんなにたくさんある物語の中に、本当のことなんてじつに少ないのに、一方ではそれをわかっていながら、こうしたでたらめ話に夢中になって、まんまとだまされて、暑苦しい五月雨どきに髪の乱れるのも気にせず、書き写しているんだからね」と笑うものの、また、

「このような昔の物語でなくては、本当にどうにもならない所在なさをなぐさめることもできないね。それにしても作り話の中には、たしかにそういうこともあると心に

響くものがある。いかにもそれらしく言葉を連ねてあると、たいしたこともないとわかっていながらむやみに感動もするし、いたいけに姫君がもの思いに沈んでいると、ちょっとは心惹《こころひ》かれるよ。それから、とてもそんなことはあり得ないと思っているのに、大げさに誇張してあると思わず心を奪われる。落ち着いてもう一度話を聞くと癪《しやく》に障るが、最初はこちらの興味を引く効果があるんだろう。この頃幼い姫君が女房にときどき読ませているのを立ち聞きすると、口先の達者な人間が世の中にはいるものだと思うよ。作り話をしなれた人の、口から出まかせだろうと思うけれど、そうばかりでもないのかな」

「たしかに嘘をつき馴れた人は、そんなふうに思うのかもしれません。私にはただ本当のこととしか思えません」と西の対の姫君は、硯《すずり》を押しやる。

「いや、ぶしつけに物語をけなしてしまったね。物語というものは神代からこの世に起きたことを書き残したものだという。『日本書紀』などはほんの一面に過ぎない。

物語にこそ、より本当のことがくわしく書かれているのだろう」と光君は笑う。「だれそれの身の上だとしてありのままに書くことはないが、よいことも悪いことも、この世に生きる人の、見ているだけでは満足できず、聞くだけでもすませられないできごとの、後の世にも伝えたいあれこれを胸にしまっておけずに語りおいたのが、物語のはじまりだ。良いように書こうとすれば良いことだけを選び出すことになるし、読者の求めに応じては、めったにないような悪行を書き連ねもする。その善も悪もそれぞれ誇張されてはいるが、世の中にまったくないことではないよ。異国の物語は書き方は異なっているが、同じ日本の物語でも今と昔なら違っているし、内容に深い浅いの差はあれど、ただ単に作りものと言ってしまっては、物語の真実を無視したことになる。仏が立派なお心からお説きになった経文も、方便ということがあって、悟りのない者はそこかしこに矛盾点を見つけては疑いを持つだろう。経典の中にそうした方便は多いけれど、せんじ詰めていけば結局は同じひとつの主旨となる。菩提《ぼだい》（悟り）と煩悩（迷い）との隔たりとは、さっきの、物語の善人と悪人と似たような違いということだ。よく言えば、すべて何ごとも意味があるということだ」と、物語を、ことさらたいせつなもののように説明する。

「ところでこうした古い物語の中に、私のような真面目一本の愚か者の話はあるかい？　物語の中のひどく世間離れしている姫君でも、あなたのように冷たくて、とぼけたふりをしている人はまずいないだろうね。それならば私たちのことを世にも類なき物語にして、世間に語り伝えよう」と光君が近づいて言うので、姫君は顔を襟《えり》に引き入れて隠し、

「そうでなくてもこんなにもめったにない話は、世間の語り草になってしまうでしょう」と言う。
「めったにないと思っているんだね。私もめったにない気持ちだよ」と寄り添う姿は、ずいぶんくだけすぎているようだ。
「思ひあまり昔のあとをたづぬれど親にそむける子ぞたぐいなき
（思案のあまり昔の例をさがしてみても、親に背く子はそういませんよ）
親不孝は、仏の教えでも厳しくいさめているのに」
姫君は顔を上げることもしないので、光君は髪を掻《か》き撫《な》でつつ、しきりに恨み言を言う。姫君がやっとのことで、
ふるき跡をたづぬれどげになかりけりこの世にかかる親の心は
（昔の例をさがしてみても、子に思いをかけるような親の心はこの世に見あたりませんでした）
などと言うので、光君は恥ずかしくなり、それ以上乱れた振る舞いをすることはない。はてさて、二人の関係はこの先どうなっていくのでしょう……。
紫《むらさき》の上《うえ》は、幼い姫君の注文にかこつけて、物語を手放しがたく思っている。『くま

の物語』の絵に描いてあるのを、「本当にみごとに描いてある絵ですこと」と思って眺めている。幼い女の子が無邪気に昼寝をしている絵に、昔の自分を思い出して紫の上は見入っている。

「このような子ども同士でもずいぶんませているものだ。私など、世間の語り草になるくらい、人とは違っておっとりしていたものだね」と光君は話し出す。

たしかにその通り、あまり例のない恋ばかり、たくさん経験してきましたものね。

「姫君の前で、この色恋沙汰の物語などは読み聞かせないでほしいね。物語の中で秘めた恋をする娘をすてきだなどと思わないまでも、こんなことが世間にはあるものだと、当たり前に思ったらたいへんなことになる」と言うのを、もし西の対《たい》の姫君（玉鬘《たまかずら》）が聞いたならば、自分に対する扱い方とはずいぶんな差ではないかとおもしろくない気持ちになるはず。紫の上は、

「いかにも浅はかに物語の真似をする人は、見るにたえないものですものね。でも、『宇津保《うつほ》物語』の藤原の君の娘（あて宮）こそは思慮深くてしっかりした人で、間違いはないのでしょうけれど、愛想のないもの言いや物腰に、女らしいところがないようなのも、同じようによくないのではないかしら」と言う。

「実際の人もそういうものだよ。人それぞれに違う考えに固執して、ちょうどよく振

る舞うことができない。教養がないわけでもない親が熱心に育て上げた娘の、おっとりしたところだけがただひとつの良さで、そのほか足りないところが多いと、いったいどんなふうに育てたのかと親の育て方まで思いやられるのは気の毒だね。なんといっても、さすがにこの親にしてこの娘ありと思えるならば、育てた甲斐《かい》もあるし、親も鼻が高いだろう。まわりの人が、言葉を尽くして、気恥ずかしいほど褒めていたのに、その当人の言動に感心できるところがないとじつにがっかりさせられる。だいたいつまらない者には、なんとしても姫君を褒められたくないね」と、光君はただこの幼い姫君が批判などされないようにと、何かにつけて考えては、口にする。昔の物語には継母《ままはは》が意地悪をするものも多いが、継母の気持ちとはそうしたものだと思いこまれるのも困ると、姫君と養母である紫の上との関係にも配慮して慎重に選り分け、書き写させては絵などにも描かせている。

光君は、息子である中将の君（夕霧《ゆうぎり》）を、紫の上のそばには近づけないようにしていたが、幼い姫君とはそう遠ざけることのないよう習慣づけている。自分の生きているうちはどちらにしても同じことだけれど、亡き後のことを考えると、やはり馴染《なじ》んでいて、親しみがあったほうが、とくべつな思いで姫君の後ろ盾になってくれるだろうと思い、南面《みなみおもて》の廂《ひさし》の間《ま》に中将の君が入ることを許している。が、台盤所《だいばんどころ》という女房の詰所の中に入ることは許さない。そう多くはない子どもたちなので、光君はそれぞれたいせつに面倒をみているのである。中将の君は、だいたいにおいて性格が思慮深く生真面目《きまじめ》なので、光君は安心して姫君をまかせている。まだあどけない人形遊びなどがおもしろい様子の姫君を見ていると、中将の君は、かつてあの人（雲居雁《くもいのかり》）といっしょに遊んで過ごした年月を思い出さずにはいられない。人形遊びの相手を一生懸命つとめては、ときどき涙ぐんでいる。差し障りがなさそうなところでは、他愛もなく口説いてみるような人はたくさんいるが、相手が真剣になるほどのことはしない。それなりに相手としてふさわしいと心惹《こころひ》かれる女がいても、あえて本気ではないことにしてしまう。そうしてやはり、あの六位の浅緑の袖と馬鹿にされたのを見返してやると思う気持ちばかりが、最優先の重大事として忘れられないのである。とりすがって頼みこんだら、内大臣（雲居雁の父）も根負けして女君との結婚を許してくれるかもしれないが、つらい思いを味わわされた時に、どうにかしてこの内大臣に筋を通して反省してもらいたいと決意したのを忘れることはない。女君本人にだけは並々ならぬ思いを言葉の限り伝えているが、表向きには焦る気持ちを見せようとしない。それで女君の兄弟たちも、この中将の君を小憎らしく思うことが多いのである。

西の対の姫君（玉鬘）の姿を、右中将《うちゆうじよう》（内大臣の長男、柏木《かしわぎ》）はたいそう深く胸に刻み、しかし言い寄る仲介役もなんとも頼りないので、この中将の君に泣きついたのだが、

「人のこととなると、恋にうつつを抜かすなんて褒められたものではないね」などと無愛想に返事を寄越す。昔の父大臣たちお二人に似ているじゃありませんか。

内大臣は多くの夫人とのあいだに子どもたちがいる。その母方の評判や人柄に応じて、また、どのようなことも思い通りにできる自身の信望や権勢にまかせて、どの子どもたちもそれなりの地位に就かせている。しかし、娘はそう多くはないが、弘徽殿《こきでんの》女御《にようご》も思っていたように皇后にはなれず、東宮妃にと考えていた姫君（雲居雁《くもいのかり》）も思い通りにはならなかったことを、じつに残念に思っている。あの夕顔《ゆうがお》とのあいだに生まれた撫子《なでしこ》（玉鬘《たまかずら》）のことは、以前の雨夜の品定めの折にも話したほどで、いったいどうなったのだろう、と忘れたことはない。

あのどこか頼りなかった母親の考えが足りないせいで、いかにもかわいらしい子だったのに行方知れずになってしまって……。そもそも女の子というものは、けっしてけっして目を離してはいけないものなのだ。今頃どこかで生意気にもこの私の子だと

名乗り、みじめな境遇に落ちぶれているだろうか。いずれにしても申し出てくれたら……と、ずっと思い続けている。子息たちにも、

「もし私の子だと名乗る者がいたら、聞き逃すな。若い頃、心のままに褒められないようなこともずいぶんしたが、その子の母親に関しては、いい加減には思っていなかったのに、つまらないことで私を恨んで姿を隠してね。こうして数少ない娘のひとりを失ったのが本当に残念だ」といつも言っている。ひと頃はそれほどでもなく、忘れていたのだが、ほかの人たちがそれぞれに娘をたいせつに育てていることが多いので、自分の思い通りにならないことがつくづく情けなく、不本意に思うのだった。

内大臣は夢を見た。上手に占う者を呼び、夢合わせをしてみたところ、

「もしやずっと長いことご存じでなかったお子を、だれかが養女にしているというようなことを耳にしたことはございませんか」と言う。

「女の子が養子になるなんてめったにないことだ。どういうことだろう」とこの頃になって考えるようになり、また口に出してもいるようだ。

常夏《とこなつ》

あらわれたのは、とんでもない姫君

内大臣が見つけ出して引き取った姫君は、
ずいぶんと気の毒な評判だということです。

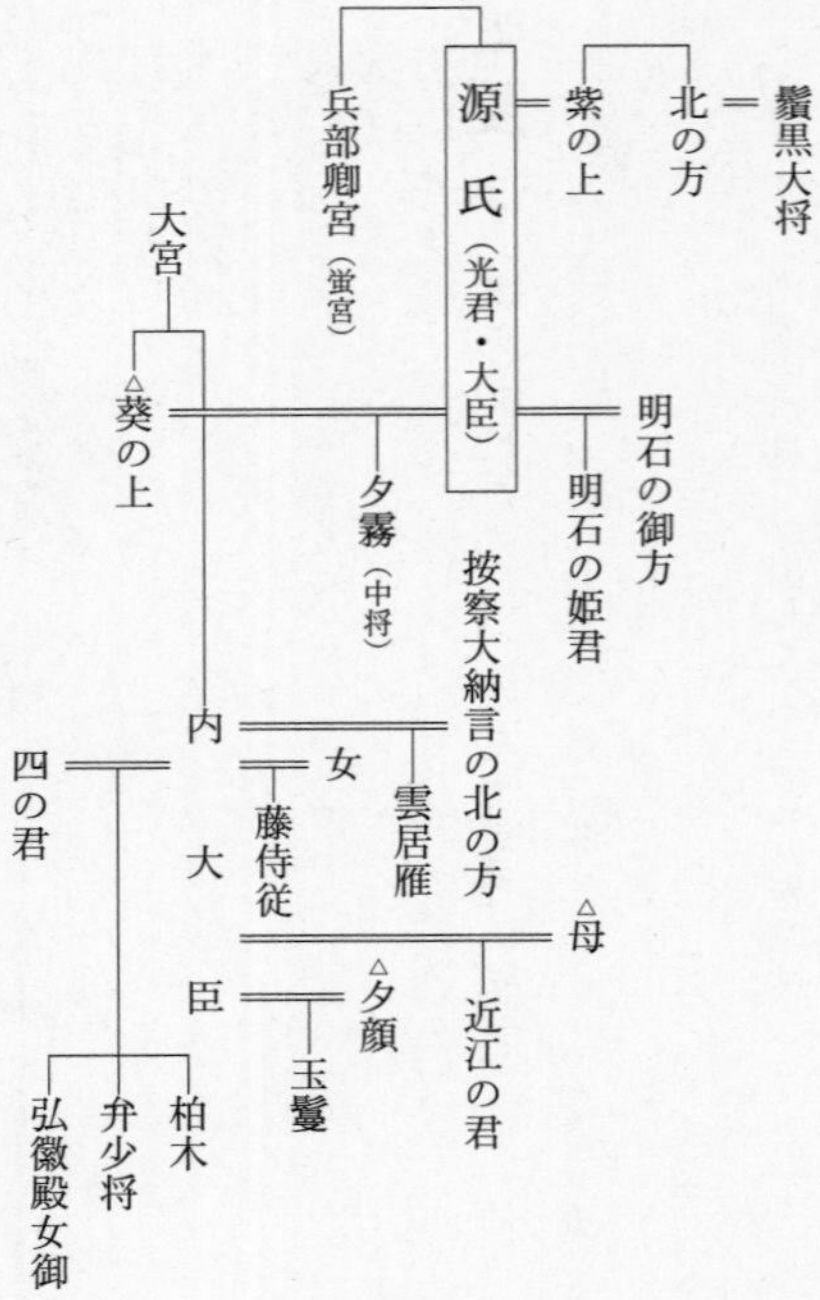
鬚黒大将
北の方
紫の上
源氏（光君・大臣）
兵部卿宮（蛍宮）
明石
明石の御方
明石の姫君
大宮
△葵の上
夕霧（中将）
按察大納言の北の方
内大臣
雲居雁
女
藤侍従
四の君
△母
近江の君
△夕顔
玉鬘
柏木
弁少将
弘徽殿女御

＊登場人物系図
△は故人

ひどく暑い日、光君《ひかるきみ》は六条院の釣殿《つりどの》に出て涼んでいる。中将の君（夕霧《ゆうぎり》）もいる。親しい殿上人《てんじようびと》たちも大勢いて、西川（桂川《かつらがわ》）でとれた鮎《あゆ》や、近くの川でとれたいしぶし（川魚）といったものを光君の前で調理し、供す。いつものように内大臣の子息たちも、中将の君をたずねてやってきている。

「退屈して眠たかったところだ。ちょうどいいところに来てくれた」と光君は酒を飲み、氷水を持ってこさせて水飯《すいはん》にして、それぞれにぎやかに食べはじめる。風はよく吹いているが、日も長く、雲ひとつない空が西日になる頃には、蟬《せみ》の声もじつに暑苦しく聞こえる。

「水の近くにいてもまったく役に立たない暑さだ。不作法も許しておくれ」と、光君はものに寄りかかって横になっている。「まったくこう暑くては管絃《かんげん》の遊びも気乗りがしないし、一日過ごしにくくてつらいものだね。宮仕えの若い人たちはたまらないだろう、帯や紐《ひも》もほどけないからね。せめてここでは楽にして、この頃の世間で起きたことで、何か珍しくて眠気が覚めるものがあれば話して聞かせておくれ。なんとなく年寄りじみた気がして、世間のことにも疎いんだ」

しかしみな、こういう珍しいことがありましたと言い出せるような話も思いつかず、恐縮したように、たいそう涼しい高欄《こうらん》に背中を押しつけて控えている。

「どこで聞いたのだったかな、内大臣がよそで生ませた娘をさがし出して、大事に育てていると言う人がいたが、本当なのか」と光君は弁少将《べんのしょうしょう》（内大臣の次男）に訊《き》く。

「大げさにそう言い立てるようなことでもないのですが、この春頃、父がこんな夢を見たと語りましたところ、人伝《ひとづて》に聞きつけた女が、私こそそのことで訴えたいことがあると名乗り出たのです。それを中将の朝臣《あそん》（内大臣の長男、柏木《かしわぎ》）が聞きつけまして、本当にそのような関係だという証拠があるかと問い詰めました。私はそのあたりのくわしい事情は知らないのです。しかし近頃ではじつに珍しい話だと世間の人も噂《うわさ》しているようです。こうしたことこそ、父にとって家の恥となることでした」と話す。

噂は本当だったのかと思い、

「ずいぶん多く子どもたちがいるのに、列から離れて後れた雁《かり》を無理矢理さがし出すのは欲張りというものだ。私は子どもが少ないので、そうした話の種になるような娘を見つけたいところだが、名乗り出てもつまらない家柄だと思うのか、そんな話は耳にしないね。それにしても、その娘のこともまったく無関係とは言えないのではないか？　父君もずいぶんと奔放にあちらこちらと忍び歩きをしていたようだしね。底まで清く澄んでいない水に映る月が、曇らないはずがない、ということだよ」と笑みを浮かべて言う。中将の君も、このことについてはくわしく聞いていたので、真面目《まじめ》な顔もしていられない。弁少将とその弟の藤侍従《とうじじゅう》は、まったく手痛い言葉だという顔をしている。光君は中将の君に、

「おまえはそうした落葉でも拾ったらどうだ。みっともない評判を後世に残すよりは、想い人（雲居雁《くもいのかり》）の異母姉妹で満足したほうがずっといいじゃないか」とからかうような口ぶりである。

こんな具合に、光君と内大臣は表面上はじつに仲睦《なかむつ》まじいが、やはり昔からさすがにしっくりしないところがあった。まして息子の中将の君に結婚を許さずみじめな思いをさせて、つらい立場にさせている内大臣の冷淡さに光君は腹を据えかね、今の言葉を内大臣が耳にしてくやしがればいい、と思っているのだった。

こうした話を聞くにつけても、光君は思うのである。

西の対《たい》の姫君（玉鬘《たまかずら》）を内大臣に会わせたら、軽んじるような扱いはしないだろう。

内大臣は、白黒はっきりさせて、ものごとを正しく見極め、善悪のけじめもはっきりとつけ、褒める時は褒めて、けなし軽んじることも人一倍激しい人だから、西の対の姫君が自分の娘だと知ったらどんなに気分を害するだろう。ともあれ内大臣が思いもつかないくらい姫君を立派にして、引きあわせたら、とてもおろそかには考えられまい、それまで姫君はくれぐれもぬかりなくお世話しよう——と。

夕暮れが近づき、風がたいそう涼しくなり、若い人たちは帰りたくないといった面持ちである。

「気軽にくつろいで涼んでいったらいい。だんだん、こうした若い人たちに疎まれるような年齢になってしまったな」と、光君は夏の町の西の対に向かうので、君達《きんだち》はみな見送りに出る。

たそがれどきの薄暗さのなか、だれもがみな同じ色の直衣《のうし》でだれがだれとも見分けがつかない。光君は姫君に「少し外に出ておいで」と言い、そっと耳打ちする。「弁少将や弟の侍従などを連れてきたよ。本当はここに飛んできたいのに、生真面目な中将の君が連れてこないのは思いやりがないというものだね。この人たちはみんな、あなたに気持ちがないわけではない。たいしたことのない身分の女でも、深窓に隠されているあいだは、その身分に応じて男は心惹《こころひ》かれるものらしい。なおさら、我が家の評判は、内々のごたごたはいざ知らず、まったく実際より過大に、大げさなほど噂されたり想像されたりしているようだ。ここには多くの女君たちが暮らしているけれど、さすがにもう男たちが言い寄るには不釣り合いな方々だ。こうしてあなたがここにいるのだから、ぜひ彼らの気持ちが深いか浅いか見てみたいものだと、退屈のあまりそんなことを願っていたが、その願いもかなったような気がするよ」

庭前《にわさき》には雑多な草木などは植えず、色を揃《そろ》えた唐撫子《からなでしこ》も大和撫子《やまとなでしこ》も、優美に作った垣の中で咲き乱れているのが、夕影のなかでひときわ色が冴《さ》えてうつくしい。人々は花のそばに立ち寄っても、思うまま手折ることができないのをもの足りなく思いながらたたずんでいる。

「みんな見識のある人たちだ。心配りもそれぞれきちんとしていて難がない。右中《うちゅう》将《じょう》（柏木）はそれにも増して落ち着いていて、気後れするくらいすぐれた人だ。どうだ、便りは送ってくるか？　そっけなくして放っておくなんてことはしないように」

と光君は言う。

中将の君は、こうしたすぐれた人たちの中でも、一段と優美でうつくしい。

「中将を認めないとは内大臣も困った人だよ。まじりけのない藤原《ふじわら》氏ばかりできらびやかな一族に、王族の血筋が入るのは嫌だと思いこんでいるのかね」

姫君は、「大君来ませ　婿にせむ　御肴《みさかな》に　何よけむ」という催馬楽《さいばら》から、「来まさば（おいでくだされば）という人の歌もありますのに」と言う。

「いや、そんな、肴《さかな》でもてなされるようなことは望んでいないんだ。ただ、幼い者同士が約束していたのに、その思いを無視して、長いあいだ二人の仲を邪魔している内大臣の気持ちが恨めしい。中将の君がまだ地位も低くて、世間での聞こえも軽々しいと思うのなら、知らん顔で私にまかせてくれたら心配することもないだろうに」などと言い、ため息をつく。それを聞いて姫君は、内大臣と光君はこんなに気持ちのすれ違いのある仲なのだと思い、実の親である内大臣に知ってもらうのはいつになるかわからないことが、つくづく悲しくなってくる。

月も出ない頃なので、灯籠《とうろう》に明かりをつける。

「やっぱり火が近いと暑苦しいね、篝火《かがりび》のほうがいいよ」と、人を呼び、「篝火の台をひとつこちらに」と持ってこさせる。風雅な和琴《わごん》があるので引き寄せて掻《か》き鳴らしてみると、みごとに律《りち》の調べに整えてある。音もじつによく響くので、少し弾いてみて、

「こうした音楽には興味がないのかと、今まであなたを見くびっていたよ。和琴は、秋の夜、月の光が冴える頃、部屋の奥に引っこまないで、虫の音に合わせて掻き鳴ら

すと、親しみやすくはなやかに聞こえる。改まった曲には合わせづらいね。しかしこの楽器は、これ自体でたくさんの楽器の音色や拍子を演奏できるのだからたいしたものだ。大和琴《やまとごと》なんてなんでもないように見せかけて、じつによくできた楽器なのだよ。異国の音楽を知らない女のための楽器なのだろうと思う。どうせなら本気でほかの楽器と合奏して習うといい。奥深い技巧があるわけではないのだが、本当に上手に弾きこなすのは難しいのだろう、現在はあの内大臣にかなう人はいないんだ。ただちょっと掻き鳴らした音に、あらゆる楽器の音が含まれていて、たとえようもないような音色に高々と響くんだ」

それを聞いて姫君は、多少は和琴の心得があって、どうにかしてもっとうまくなりたいと思っていたところなので、ますます内大臣の琴を聴いてみたくなる。

「こちらのお邸《やしき》で、何かそうした音楽の遊びの折に聴くことができますか。いやしい山賤《やまがつ》の者の中でも習い覚える者がたくさんいるとのことで、だれでもたやすく弾けるものだと思っていました。それならば上手な方の演奏は、まるで違うのでしょうね」

と、父の琴を心底聴きたそうに熱心に言うので、光君は、

「そうだね。和琴は東琴《あずまごと》とも言って、その名も田舎くさいようだけれど、帝《みかど》の御前での御遊《ぎょゆう》にも、真っ先に和琴を管理する書司《ふんのつかさ》から女官を召すのは、異国のことはいざ知

らず、我が国ではこの和琴を楽器の中の親と考えているからだろう。その中でも、第一人者とも言える内大臣から教えてもらったなら、さぞ上達するだろうね。この邸にも何かある時はお見えになるけれど、技《わざ》を惜しまず演奏することはまずないだろうな。名人というものはどの道の人でも、気軽に技を見せたりはしないからね。そうは言っても、いつかは聴くことができるよ」と言い、曲を少し弾く。またとなくすばらしく、洒落《しやれ》ていておもしろい。父君ならこれにもまさる音を出せるのだろうかと、親に会いたい気持ちが募り、この和琴のことにしても、いったいいつになれば、父君がくつろいで弾くのを聴けるのだろうと姫君は思うのである。

「貫河《ぬきがは》の瀬々《せぜ》のやはらた」と光君はじつにやさしく催馬楽をうたう。その歌詞の「親避《さ》くる夫《つま》（親が引き離す夫）」というところで少し笑って、さりげなく弾いているのが、なんとも言えずおもしろく聴こえる。「さあ、お弾きなさい。芸事は人前で恥ずかしがってはいけない。『想夫恋《そうふれん》』だけは、心に秘めるという曲名だけに、人前では弾かないこともあったかもしれないがね。しかしそのほかの曲なら、恥ずかしがらずにだれ彼と合わせて弾いたらいい」と光君が熱心に勧めるけれど、あんな田舎の片隅で、ともかく京生まれだと名乗っていた王族の老女に教わったものだから、間違いもあろうと気が引けて姫君は琴に触れることもできない。もうしばらく光君が弾いていてくだされればいい、そうすれば聴いて覚えることもできるかもしれないと気が急《せ》いて、和琴を学びたいあまり光君の近くにいざり寄り、

「どんな具合に風が吹き合わされば、こんなにうつくしく響くのでしょう」と言って耳を傾けている様子は、火影《ほかげ》に照らされ、たいそう可憐《かれん》である。光君は笑い、

「耳のいいあなたには琴の音色はよく聞こえるんだね。私の言うことは聞き分けてくれないのだから、私には身に染みる風がうまく吹き合わさるのだよ」と言って和琴を押しやるので、姫君はうんざりする。

女房たちが近くに控えているので、いつものような冗談も言わず、

「撫子《なでしこ》を存分に見ることもしないであの人たちは帰ったのか。なんとかして内大臣にもこの花園を見せることにしよう。いつどうなるとも知れない無常の世の中だからね。昔、何かのついでに内大臣があなたのことを話し出したのも、つい今しがたのことに思えるよ」と光君がその時のことを語り出したのにつけても、姫君はかなしい気持ちになる。

「撫子《なでしこ》のとこなつかしき色を見ばもとの垣根《かきね》を人や尋ねむ

（撫子――あなたの、いつまでも心惹《こころひ》かれるうつくしい姿を見れば、元の垣根――あなたの母君を彼は尋ねることでしょう）

それが厄介であなたをここに繭《まゆ》のように隠しているのだが、それも心苦しく思っている」と言う。姫君は泣き出し、

山がつの垣ほに生《お》ひし撫子のもとの根ざしをたれか尋ねむ

（いやしい山賤の垣根に生まれ育った撫子の、その母親をどなたが尋ねてくださるでしょうか）

と、なんでもないように答えるその様子は、じつにみずみずしい魅力にあふれている。

「来ざらましかば」と光君は古歌を口ずさむ。ますます募る姫君への思いは苦しいほどで、やはりもう我慢はできそうにないと思う。

西の対にやってくることがあまりにも度重なって、女房たちの目が気になってくると、光君はさすがに気が咎《とが》めて思いとどまり、適当な用事を見つけてはしょっちゅう手紙を送る。ただもうこの姫君のことだけが、明けても暮れても心を占めているのである。

どうしてこんな筋違いの恋をして、心休む間もないほど悩んでいるのだろう。かといってこれ以上苦しむまいと、いっそ姫君を思い通りにしてしまうのも、世間の人から非難されるだろう軽率さだ。自分の評判はさておき、姫君のためにはあまりにも気

の毒……。それに、いくら尽きることのない思いだといっても、春の町の紫の上《むらさきのうえ》ほどに愛せるかというと、我が心ながらあり得ないとわかっている。それには劣る扱いでは、どれほどの幸福と言えようか。私自身は格別に高い身分にあるにしても、その大勢いる妻たちの末席に連なるのでは、世間体もいいとは言えまい。ならばいっそ、平々凡々の納言程度の者から、ただ一途《いちず》に愛されるほうがましだろう。……と自分でもわかってはいて、それだけに姫君も不憫《ふびん》でならず、兵部卿宮《ひょうぶきょうのみや》（蛍宮《ほたるのみや》）や右大将（鬚黒《ひげくろ》）にいっそ結婚を許してしまおうか、そうして自分の元を離れてその人たちに引き取られたら、この思いも消えるだろうか、そうだ、仕方がないけれどそうしよう、と思う時もある。けれども相変わらず西の対に行って姫君の姿を目にし、今は琴を教えることを口実にして、そば近くにいつも寄り添っている。姫君も、はじめこそ光君は気味悪く、またいやらしいとも思っていたのだが、こう近くにいても表立って何かすることもなく、こちらが心配するようなことは何もないらしいとだんだん馴《な》れてきて、そうひどく嫌がることもなくなった。しかるべき返事も、馴れ馴れしくない程度に取り交わしている。そうなると姫君は会うたびに魅力が増し、うつくしさが深まってくるようで、やはりほかの男の元に行かせるわけにはいかないと光君は思い返すのである。それならそれでこの邸に住まわせて今まで通りだいじに世話をし、夫を通わせ、機会をうかがってさりげなく忍びこみ、話などすることで気持ちをなぐさめようか。こんなふうに彼女がまだ男女のことを何も知らないうちに契りを結ぶのは面倒だし、気の毒でもあるが、結婚すれば、夫の厳しい目があっても、男女の情も次第にわかってくるだろう。そうすればこちらも不憫に思うこともないし、またこちらがいよいよ本気になったら、たとえ人目が多くても何とか逢い続けられるだろう……。

などと考えているのですから、まったくけしからぬこと。

しかし結婚させてますます心休まる時がなくなり、姫君を気に掛け続けるのも苦しいだろう、さりとてあきらめてしまうことはどうあっても難しいに違いない。と、世にも珍しい厄介な二人の関係なのである。

内大臣は、このほど見つけ出して迎えた娘について、邸《やしき》の人々も姫君とは認めずに軽んじたことを言い、世間でもまったく馬鹿げたことをしたと悪く言っている、と聞いている。その上、弁少将《べんのしょうしょう》が何かのついでに、「そんなことがあるのか」と光君から訊《き》かれたと話したので、

「その通り。あちらこそ、長年噂にも聞いたことのない山賤《やまがつ》の娘を引き取って、ひとかどの娘のように育てているというではないか。めったに人を悪く言わない光君が、

この家のこととなると何か聞きつけてはけなすのだ。まったく気に掛けてくださってありがたいことだ」と内大臣は言う。

「あちらの西の対《たい》に住まわせていらっしゃるのは、まったく申し分なく見受けられるお方だそうです。兵部卿宮《ひょうぶきょうのみや》などはたいそう思いを寄せて、うまく口説けずにいるとか。並大抵のお方ではあるまいと人々は想像しているようです」と弁少将が言うと、右大臣は反論する。

「いや、それはあの光君の娘と思うから評判になるだけのことだ。人の心とはみなそうしたものだよ。その姫君とやらもたいしたことはないはずだ。ひとかどの身分ならば今までにも評判が聞こえてこよう。もったいないことに、欠点もなく、この世には充分すぎる名声も身分もある、あれほどの光君なのに、れっきとした本妻から生まれてたいせつに育てられ、これなら完璧だとはたから見ても思えるような姫君はいないのだからね。おおかた子どもが少ないから心細くなったのだろう。身分の低い母だが、明石《あかし》の御方が生んだ姫君のほうは類まれな幸運に恵まれて、この先も安泰なのだろうとは思う。しかしあたらしく引き取った姫君は、ひょっとしたら実の子ではないかもしれない。とはいえ、あの光君は一癖ある人だから、それでもだいじに世話するのだろうな」と内大臣は悪口をたたく。「ところで、その姫君の縁談はどう決めるんだろう。兵部卿宮がつきまとってものにしてしまうかな。もともと兄の光君とはとりわけ仲がいいし、人柄も立派で、お似合いの間柄だろう」などと言いながら、中将（夕《ゆう》霧《ぎり》）と勝手に恋仲になった姫君（雲居雁《くもいのかり》）のことを今なお残念に思っている。光君が引き取った娘（玉鬘《たまかずら》）のようにもったいぶって扱い、縁談はどうするのかなどと人の気を揉《も》ませたかったものを、と癪《しゃく》に障る。そして、あの中将の位が婿にふさわしいと思えないうちは、ぜったいに結婚は許さないとの思いをあらたにする。光君がもし熱心に口添えし懇願するのならば、根負けした体《てい》で承服しよう、などと思うが、その中将はいっこうに焦る様子を見せないので、内大臣はおもしろくないのである。

あれこれと考えをめぐらせるままに、ふと出し抜けに姫君（雲居雁）の部屋に向かう。弁少将がお供する。姫君はちょうど昼寝をしていた。羅《うすもの》の単衣《ひとえ》を着て横になっているのは、暑苦しい様子はなく、たいそうかわいらしく小柄な姿である。透けて見える肌はうつくしく、きれいな手つきで扇を持ったまま、腕を枕にしている。投げ出された髪はたいして長くも多くもないが、切り揃《そろ》えられた裾の感じはじつにみごとだ。女房たちもそれぞれ物陰で休んでいるので、姫君はすぐには目覚めない。内大臣が扇を鳴らすと、目を覚ましぼんやり見上げる姫君の目元が可憐《かれん》で、頬が赤らんでいるのも、親の目にはただいとしく見える。

「うたた寝はするものではないよと言ったのに、どうしてそんなにしどけない恰好《かっこう》で寝ているのだ。女房たちも近くに控えずに何をしている。女というものはいつも身のまわりに注意して自分を守っているべきだ。気を許して投げやりに振る舞うのは品がない。だからといってきっちりと身を固めて、不動明王の陀羅尼《だらに》（呪文）を唱えて印を結んでいるようなのも気に入らない。ふだん接する人たちもよそよそしくて、もの越しにしか応対しないというのも、気高いように見えても小憎らしくてかわいげもないというものだ。光君が、将来は后《きさき》にと思っている姫君にしているらしい教育では、すべての方面に偏ることなく通じて、しかもとくべつ突出した才芸は身につけさせない、かといってよくわからずにまごつくこともないように、しかし厳しくしすぎないように、と心掛けているそうだ。なるほどもっともなことだけれど、人というものは、気持ちにしても技術にしても、好きこのむ方面がどうしてもあるものだから、明石の姫君も成長すれば彼女らしさも出てくるだろう。あの姫君が一人前になって入内《じゅだい》する時はどうなっているか、本当に見たいものだ」と内大臣は言う。「あなたを入内させようと思っていた私の願いは、どうやらかなわなくなってしまったが、あなたをどうにか世間の笑い者にはさせまいと、さまざまな人の身の上を聞くたびに思いは乱れるよ。ちょっと試しに、とばかりに近づいてくる男の言うことには、とうぶん耳を貸さないように。私には考えがあるのだ」と、姫君を心からいとしく思いながら話すのである。昔は何ごとにも分別がなく、中将（夕霧）にとって気の毒なこととなったあの騒ぎの時も、かえって臆面もなく父上にお目に掛かっていたものだと今思い出すと、姫君は胸がつぶれるような思いで、恥ずかしくてたまらなくなる。祖母大宮からもいつも、会えない心許《こころもと》なさを嘆く便りがあるけれど、父君がこのように言うことに遠慮して、祖母の邸に行って会うこともできずにいる。

内大臣はあたらしく引き取った姫君（近江《おうみ》の君《きみ》）を北の対《たい》に住まわせている。その新参の姫君について、「どうしたものか、中将（柏木《かしわぎ》）が早合点《はやがてん》して引き取ったものの、人々がこう悪く言うからといって送り返すのもあまりに軽薄だし、愚かしい。こうして邸に置いているので、本気でたいせつに育て上げるつもりなのかと世間が噂しているのも忌々《いまいま》しい。そういう変わり者だということで女御《にょうご》の御方（弘徽殿女御《こきでんのにょうご》）に仕えさせよう。女房たちがひどく不細工だとけなしているらしいが、顔立ちはそんなにひどく言うほどでもない」などと内大臣は考え、娘である女御に、「あたらしい姫君をここに参上させよう。見るにたえないようなところがあれば、老いぼれた女房などに頼んで、厳しく言い聞かせて面倒をみてほしい。けれど若い女房たちの話の種になるような笑い者にはしないでほしい。それではあんまりみっともないし、軽率すぎることになる」と笑いながら言う。

「まさかそんなにひどいことはないでしょう。そのお方を見つけた中将（柏木）が、類まれなる立派な方だと思いこんでいた、その前評判ほどではなかったというだけでしょう。父上がこんなふうに騒いでいらっしゃるものだから本人も体裁が悪く感じるのだろうし、ひとつには決まり悪く思っているのではないかしら」と、内大臣も気後れするような様子で女御は言う。この女御の容姿は、きめ細やかにうつくしいというのではなく、たいそう高貴にすっきりしていながら、なつかしくなるようなやさしさもあり、うつくしい梅の花が開きかけた朝ぼらけを思わせる様子で、言い残したことがたくさんありそうにほほえんでいる。その姿が格段にすばらしいと内大臣は思う。

「中将はなんと言ってもまだ考えが幼くて、よく調べもしなかったから……」などと内大臣が言っているのにつけても、あたらしい姫君の、なんとお気の毒な評判でしょうか。

女御の部屋に行ったついでに、あたらしい姫君の部屋に立ち寄ってのぞいてみると、簾《すだれ》を中から思い切り押し出して、五節《ごせち》の君《きみ》という垢抜《あかぬ》けた若い女房と、双六《すごろく》を打っている。しきりに揉《も》み手をして、相手がちいさな目を出すよう願って「小賽《しょうさい》、小賽」と叫ぶ声はひどく早口だ。なんてことだ、と内大臣は思い、お供の者が先払いの声を出すのも手で制し、なおも妻戸《つまど》の細い隙間から、襖《ふすま》の開いている向こうの部屋をのぞく。五節の君も同じように夢中になって「お返しよ、お返しよ」と賽の入った筒を振り、なかなか賽を出そうとしない。筒の中が見えないように、心の中ではいろいろな思いもあるのかもしれないが、見かけはまるで軽薄な様子である。容姿は、生き生きしていてかわいらしく、髪もきちんと整え、前世の因縁も悪くはなさそうなのに、額がたいそう狭いのと口調の軽薄さで、そんなよさもすべて台無しになっているようだ。とりたてて美人というわけではないが、他人だと言い張ることもできないほど、鏡に見る自分の顔と似ているところがあるので、その宿縁を内大臣は不愉快に思う。

「ここで暮らすのに、居心地《いごこち》悪く馴染《なじ》みにくいということはないかな。私は何かと忙しいばかりで、様子を見にくることもできないからね」と内大臣が言うと、例の早口で、

「こうして住まわせてもらってなんの不足があるもんですか。長年会えず、ずっと会いたいと思っていた父上のお顔をいつも見ていられないことだけが、双六でいい目が出ない時みたいな気持ちです」と言う。

「たしかに、私には身近に仕える者もあまりいないので、あなたに身近にいてもらっ

て始終会えるようにしようと以前は思っていたのだが、なかなかそうもいかない。ふつうの侍女であれば、どんな人であろうと自然と大勢の中に紛れていて、他人からかならずしも目立たないだろうし噂も立ちにくいだろうから、気楽なものだ。そういう場合でも、あれはだれそれの娘、この人の子だと知られる身分になれば、親兄弟の面目をつぶすような場合も多いようだ。まして……」と言葉を切った内大臣の、気後れするほど立派な様子にもかまわずに、

「何もそんな。大げさに考えてお仕えしたらなるほど窮屈でしょうけれど、大御大壺《おおみおおつぼ》（便器）の掃除役でもなんでも、私やりますよ」と言うので、内大臣は我慢できずに笑い出す。

「それはふさわしくない役目だな。こうしてやっとのことで会えた親に孝行しようという気持ちがあるのなら、何かお話しする時のあなたの声を、少しゆっくり聞かせてくれないか。そうしたら私の寿命も延びるだろうから」おどけたところのある内大臣は、苦笑しながら言う。

「生まれつきこういう舌なんでしょう。まだ私が幼い頃から、亡くなった母親がいつも苦にして注意してました。私の生まれた時に妙法寺《みょうほうじ》のお偉いお坊さまが産屋にいて、その人の早口にあやかったのだと嘆いてました。でも、なんとかしてこの早口をなお

すようにします」と、これはたいへんなことだと思っている様子を、まことに親孝行の心の深いことだと内大臣は感心して見ている。

「その、近くにいたという坊さんこそひどいものだ。その早口は、その坊さんが前世で犯した罪の報いだろう。口が利けなかったりどもったりするのも、法華経《ほけきょう》を悪く言った罪に数えられているからね」と内大臣は言い、内心で、我が子ながら気が引けるほどの弘徽殿女御に、この子を会わせるのはじつに恥ずかしい、いったいどんなつもりで、こうまで見苦しい子をよく確かめもせずにさがし出しては引き取ったりしたのか……と思う。また女房たちも大勢、次から次へとこの子を見て、あれこれ言いふらすに違いない、と宮仕えを考えなおすものの、

「女御が里に下がっている時にはお伺いして、みなの立ち居振る舞いを見習いなさい。たいしたことのない人でも、自然と人とつきあいを持って、しかるべき立場になれば、なんとかやっていけるものだ。そうした心づもりで女御に会わないか」と内大臣は言う。

「本当にうれしいです。ただ、なんとかどうにかして、こちらのみなさまがたに認めてもらえるように、寝ても覚めてもずーっと長いこと、それ以外を願ったことはないんです。お許しさえ出たら、水を汲《く》んで頭に乗せて運ぶことだってやります」と、調

子に乗ってまた一段とまくしたてるので、これだけ言ってもどうしようもないと思い、「そんなに身を入れて薪《たきぎ》を拾うようなことはしなくても、あちらに参上すればいい。ただあの、あやかったという坊さんさえ遠ざけていればね」と言う。

冗談に紛らわせていることも気づかず、同じ大臣という中でも、この父君は飛び抜けてうつくしく貫禄があり、きらびやかな様子で、ふつうの者はめったに会えない人だとも知らずに、

「それなら、いつ女御さまに参上しましょう」と言うので、

「日柄のいい日を選んで、というところだね。いや、何も仰々しくすることはない。そのつもりなら今日からでも」と言い捨てて、帰っていく。

立派な四位や五位といった人たちがうやうやしくお供し、ちょっと身動きをするのもたいへんな威勢である内大臣を見送って、

「ああ、なんてすばらしい父上でしょう。これほどの血筋なのに、私ったらみすぼらしい小家に育ったものだ……」と姫君は言う。

「あまりにもご立派すぎて気後れしてしまいそうですわ。そこそこの親で、だいじにしてくださる人に引き取っておもらいになったらよかったのに」と五節の君は言うけれど、そんなことも無理な話。

「いつもそう。あなたはそうやって、私の言うことをぶちこわす。本当に失礼よ。これからは友だちみたいな口をきかないでね。私はとくべつの運命を持った身なんだから」と、腹立ちまぎれに言う顔つきは、親しみやすくて愛嬌《あいきょう》があり、ちょっとふざけているようなところはそれなりにかわいらしく、憎めない。ただたいそう田舎びた、みすぼらしい人たちに囲まれて育ったので、ものの言いようも知らないのである。

たいした意味のない言葉でも、ゆっくりとした声で静かに口にすれば、ふと耳にしてもことさらよく聞こえるもの。また、おもしろくもない歌の話をしても、もっともらしい声音で余韻を持たせて、はじめと終わりを聞こえないくらいかすかに口ずさんだりすると、歌の内容を理解できなくとも、ちょっと聞く程度ならおもしろそうだと耳にも留まりましょう。しかし姫君の早口では、たとえ深い内容の風情あることを言っていても、そんな意味があろうとは思えるはずもありません。うわずった声の調子で口にする言葉はごつごつしていて、訛《なま》りもあり、わがまま放題にいい気になって乳母《めのと》の懐で育てられていた時のまま、態度もよくないので下品に見えてしまうのです。とはいえまったく話にならないというわけではなく、三十字余りで上の句と下の句とで意味のつながらない歌を、即座にいくつも作ったりはするのです。

「さて、女御さまのところに行きなさいと父上はおっしゃっていたから、しぶっていたら女御さまが気を悪くされるかもしれない。今夜参上しよう。父大臣が天下にただひとり私を大事にしてくださっていても、姉妹の方々に冷たくされたら、私はお邸にはいられないもの」と姫君は言う。

この姫君のこの邸での評判は、なんとも軽いようだけれど……。

姫君はまず、弘徽殿女御に手紙を送る。

「葦垣《あしがき》の間近」くにおりますのに、今まで「影踏む」ほどお姿を拝見することもできなかったのは「勿来《なこそ》の関」をお置きになったのかと思います。「知らねども武蔵野《むさしの》」と、お目にかかってもいませんのに同じ縁《ゆかり》というのも畏れ多いのですが、あなかしこ、あなかしこや。

と、点ばかり多い書き方で、紙の裏には、

「今夕にも参上しようと思い立ちましたのは、『厭《いと》ふにはゆる』心、嫌われるとますます気持ちも募るからでしょうか。いえいえ、いいえいいえ、見苦しい字は『あしき手をなほよきさまにみなせ川』でございます」

とやたらに古歌を引用して書き、さらに隅に、

「草若み常陸《ひたち》の浦のいかが崎いかであひ見む田子《たご》の浦波

（年若いので常陸の浦のいかが崎、どうにかして会いたいと思っています、田

子の浦波）

『大川水』の、ひととおりの思いではありません」

と、青い色紙を二枚重ねたものに、草仮名《そうがな》を多用し、角張った筆跡はだれの書風ともわからないあいまいな書きぶりで、文字の下を長く引いてやけに気取っている。行は端に向かって斜めに歪《ゆが》み、倒れそうに見えるが、姫君はにっこりとそれを見て、それでもさすがに女らしく細くちいさく巻き結び、撫子《なでしこ》の花につけている。文を届けさせる樋洗童《ひすましわらわ》（便器掃除係）は、もの馴れていて見栄えはいいのだが、新参者である。

この樋洗童は弘徽殿女御の女房たちのいる台盤所《だいばんどころ》に寄り、「これを差し上げてください」と言う。下仕えの女がよく知っていて、「北の対にお仕えしている童だわ」と言い、手紙を受け取った。大輔《たいふ》の君という女房が女御の元に手紙を持っていき、結びを解いて見せた。女御が苦笑して下に置いた手紙を、中納言の君という、女御の近くに仕えている女房が横目でちらりと見る。

「ずいぶん洒落《しゃれ》たお手紙のようでございますね」と、見たそうにしているので、

「私は草仮名をよく読めないからかしら、歌のはじめと終わりが合っていないように見えるけれど」と、女御は手紙を渡す。「お返事は、このくらい由緒ありげに書かなければ、出来が悪いと軽蔑されるかしら。あなたがすぐにお返事を書いてくださいい

な」と女房にまかせる。あからさまに顔には出さないが、若い女房たちはおかしくてたまらず、みんなくすくす笑ってしまう。

「風流な引歌にばかりこだわっていらっしゃるようですから、ご返歌しにくいです。樋洗童が返事を待っているので、代筆とわかったらお気の毒ですから」と、中納言の君は女御の直筆に似せて書く。

「お近くにいる甲斐《かい》もなく、お目にかかれないのは恨めしいことで、

常陸《ひたち》なる駿河《するが》の海の須磨の浦に波立ち出でよ筥崎《はこざき》の松

（常陸の、駿河の海の、須磨の浦に波が立つように、立ち出ていらっしゃい。

筥崎の松のように待っています）」と書いて読む。

「まあ嫌だ、本当に私が書いたと噂されたらどうしましょう」と女御は迷惑そうな様子だが、

「それは聞く人が聞けばすぐにわかるはずです」と、返事を紙に包んで渡した。

姫君はこの返事を見て、「なんてすてきな歌。待つと言ってくださってるわ」と言い、ひどく甘やかな薫物《たきもの》の香りを、幾度も幾度も薫きしめている。頬紅というものを真っ赤に塗りつけて、髪を梳《す》いて身繕いをしているのは、それはそれではなやかでかわいらしいのである。

女御とのご対面の時には、出過ぎた振る舞いもあるのでしょうね……。

篝火《かがりび》

世に例のない父と娘

やはりどうしても、この姫君をあきらめることができないようで……。

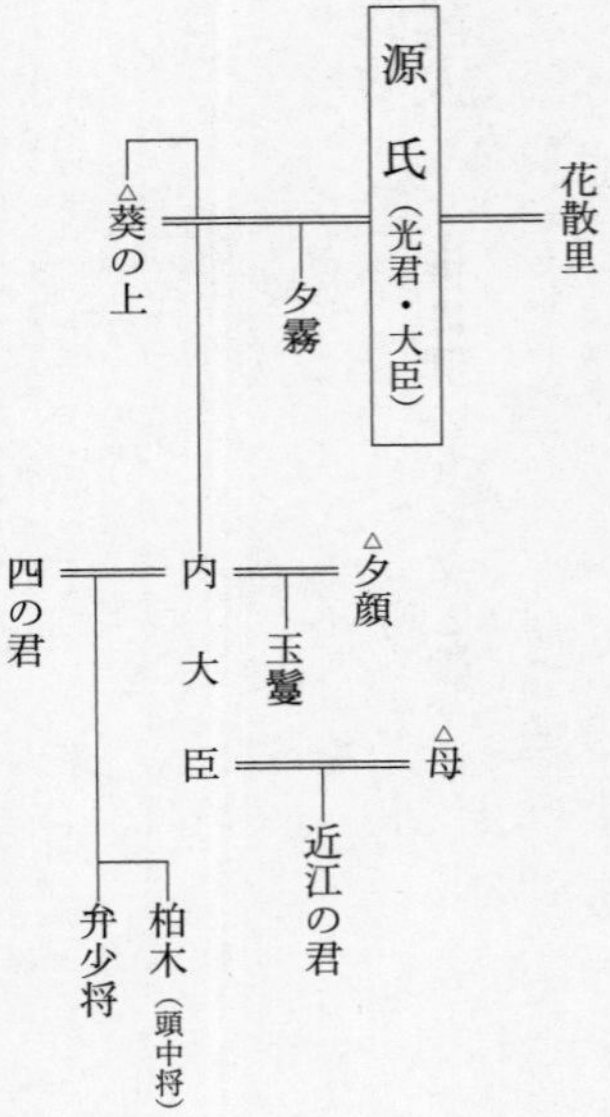

＊登場人物系図
△は故人

近頃、世間の人の噂《うわさ》の種に、内大臣が引き取った娘のことを「内大臣の今姫君《いまひめぎみ》」と言い、何かにつけて言い散らしているのを光君《ひかるきみ》は耳にする。

「どんな事情があるにせよ、これまで人目につくことなく家にこもっていた女の子を、先方のいい加減な申し出だったとしても、あんなにご大層に迎え入れたというのに、その後人目に晒《さら》して噂させたりするのは、理解できないことだ。内大臣はものごとのけじめをはっきりつけたがる人だから、深い事情も調べずに連れ出してきたものの、気に入らなくてあんなひどい扱いをするのだろう。どんなことでもやりよう次第で穏やかにすむものを……」と気の毒がっている。

こうした噂を聞くにつけても、西の対《たい》の姫君（玉鬘《たまかずら》）は、よくぞ自分は……と思うのである。内大臣は実の親だとはいえ、昔からのご性質も知らないままおそばに参っていたら、私も恥ずかしい目に遭《あ》ったかもしれない、よくぞ光君に引き取っていただいたものだ、と思い知らされる。女房の右近《うこん》もそのことをよく話して聞かせている。光君は姫君にたいして下心も持ってはいるが、だからといって心のままに無茶な振る舞いをすることもなく、ますます思いやり深くなる一方なので、姫君もようやく親しく心を開いていく。

秋になった。「わが背子《せこ》が衣《ころも》の裾を吹き返しうらめづらしき秋の初風《はつかぜ》（古今集／夫の着物の裾を裏返して吹く、思いがけない秋の初風）」と、古歌に詠まれる初風が涼しく吹きはじめ、光君も「背子が衣の」とうらさみしい気持ちになる。それにこらえかねては、じつに足繁く西の対にやってきて一日じゅう過ごし、和琴《わごん》なども姫君に教えている。

五日、六日の頃の月はあっという間に西に沈み、うっすらと雲がかかった空景色や、荻《おぎ》の葉音も、だんだん身に染みてくる季節となった。光君は琴を枕にして姫君とともに添い寝している。こんな男女の関係があるだろうかと、光君はふとため息を漏らして夜更かしをしてしまうが、女房に見咎《みとが》められるかもしれないと気になって帰ろうとし、庭前《にわさき》の篝火《かがりび》が消えそうになっているのを、お供の右近大夫《うこんのたいふ》を呼んで焚《た》きつけさせる。

たいそう涼しげな遣水《やりみず》のほとりに、格別な風情で低く広々と枝をのばした檀《まゆみ》の木がある。その下に松の割木を大げさにならない程度に置いて、少し離れたところで篝火を焚いているので、部屋のほうはじつに涼しく、ほどよい明かりに照らされる姫君の姿はみごとなうつくしさである。髪の手触りなどはひんやりと上品な感じで、身を固くして何もかもが恥ずかしそうな様子はまことに愛らしい。光君は帰りがたくてぐずぐずしている。

「絶えずだれかいて焚きつけているように。夏の月のない頃に庭に明かりがないのは、ひどく気味が悪くて心細いからね」と言う。

「篝火《かがりび》にたちそふ恋の煙《けぶり》こそ世には絶えせぬ炎《ほのほ》なりけれ

（篝火とともに立ち上る煙こそは、いつまでも消えることのない私の恋の炎だ）

いつまで待てというのか。くすぶる炎ではないが、人目を忍ぶ苦しい思いなのだよ」

姫君は奇妙な二人の関係だと思いながら、

「行方《ゆくへ》なき空に消《け》ちてよ篝火《かがりび》のたよりにたぐふ煙《けぶり》とならば

（その恋は果てしない空に消してしまってください、篝火とともに立ち上る煙とおっしゃるならば）

人が不審に思うことでしょう」と困っているので、

「さて、それでは」と光君は部屋を出る。東の対のほうから、たのしげな笛の音が、箏《そう》の琴に合わせて聞こえてくる。中将（夕霧《ゆうぎり》）が、いつもいっしょにいる友人たちと遊んでいるらしい。「頭中将《とうのちゅうじょう》（柏木《かしわぎ》）のようだ。ことさらみごとな音色だね」と光君は立ち止まる。

「こちらで、じつに涼しい光の篝火に引き止められているよ」と使者を介して知らせると、三人連れだってやってくる。

「風の音も秋になった、と吹く笛の音が聞こえてきたので、我慢できなくてね」と光君は和琴を取りだして、それは優美に弾きはじめる。中将は盤渉調《ばんしきちょう》で晴れやかに笛を吹く。頭中将は緊張して、うたい出しにくそうである。「遅い」と光君に言われて、弁少将《べんのしょうしょう》が拍子を打ってちいさくうたう声は、鈴虫と間違えるほどの美声である。二度ばかりくり返しうたわせて、琴は頭中将に渡す。なるほど、あの父親の弾く音にかなか劣ることなくはなやかで興をそそる音色である。

「御簾《みす》の中に、音色の良し悪しを聴き分ける人がおいでのようだ。今宵は盃《さかずき》なども心してたしなもう。若さの盛りを過ぎてしまった私は、酔って泣くついでに、つい言うべきではないことを口にするかもしれないからね」と光君が言い、姫君はしみじみとせつなくなる。切っても切れない姉弟の縁は通りいっぺんのものではないからだろうか、姫君はこの内大臣の子息たちを人知れず目にも耳にも留めているが、彼らの方は彼女が姉だとは夢にも思わない。頭中将は、ただもう心のかぎり姫君のことを恋い慕っていて、このような機会にも隠してはおけない気持ちなのだが、さりげなさを装っていて、心のままに琴を掻《か》き鳴らすこともできないでいる。

野分《のわき》

息子夕霧、野分の日に父を知る

はげしい野分は、庭や邸だけでなく、夕霧の心も大きく揺さぶったのかもしれません。

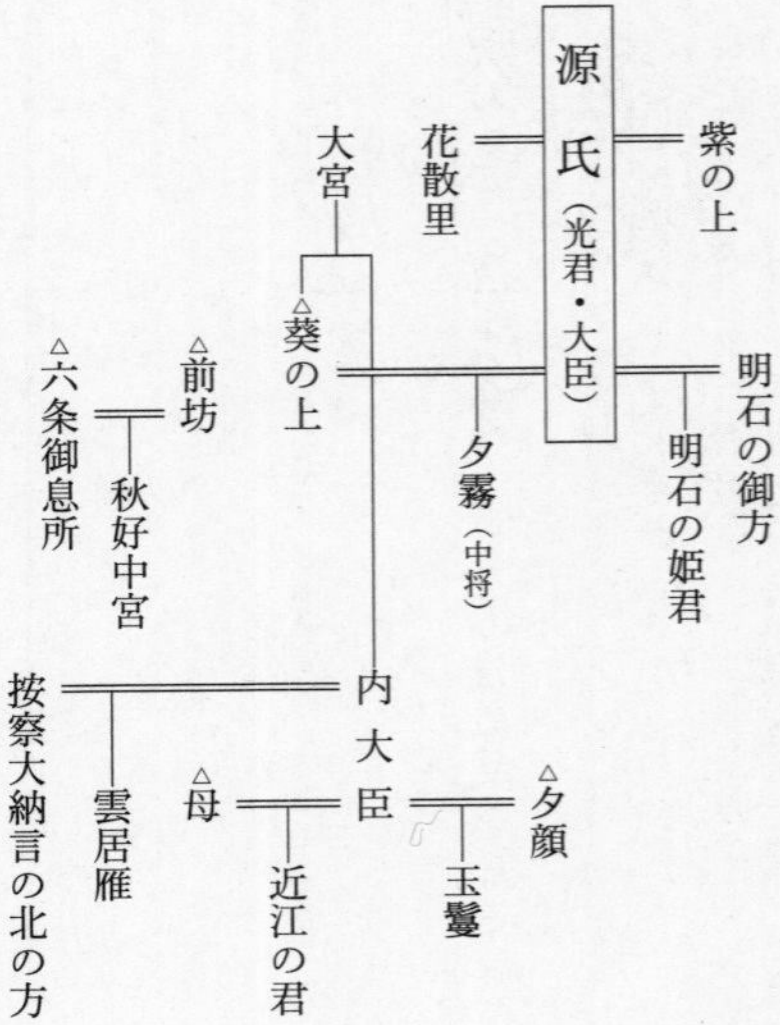
源氏（光君・大臣）
紫の上
花散里
大宮
△葵の上
明石の御方
夕霧（中将）
明石の姫君
△前坊
△六条御息所
秋好中宮
内大臣
按察大納言の北の方
雲居雁
△母
近江の君
△夕顔
玉鬘

＊登場人物系図
△は故人

六条院の秋の町の庭に植えた秋の花が、今年は例年以上に見どころが多く、あらゆる種類の草花を集め、趣向をこらした黒木や赤木の垣根で囲ってある。同じ花でも、枝ぶりもかたちも、朝夕の露の光までもが、世間では見たことのないほど、玉と見紛《みまが》うばかりに輝いている。この広々と造営された野辺の景色を見ると、あの春の山のすばらしさも忘れて、涼やかでさわやかで、心も浮き立つようである。春か秋かと競う時、昔から秋に心を寄せる人のほうが多かったけれど、名高い春の御殿の花園に夢中だった人々ががらりと心変わりする様は、時勢になびく世の有様と変わりがない。

この景色が気に入って、(秋好《あきこのむ》)中宮《ちゅうぐう》は実家である秋の御殿に留まっているので、管絃《かんげん》の催しなどもあってほしいところだが、八月は亡き父、前東宮《さきのとうぐう》の忌月《きづき》にあたり、それもままならない。花の盛りが過ぎてしまうのを気に掛けながら過ごし、花の色がだんだんうつくしさを増していくのを眺めているうちに、野分《のわき》が例年よりもおそろしい勢いで、空の色も一変して吹き荒れはじめた。花が風にしおれていくのを、それほど秋の草花の好きではない人でさえ、まあたいへんと騒ぐだろうに、なおさら、草むらの露の玉が風に乱れ散るのを見て、中宮はどうにかなってしまいそうなほど心を乱して心配している。「大空におほふばかりの袖もがな春咲く花を風にまかせじ（後撰集／大空を覆うほどの袖があれば、春咲く花を風の思うがまま散らさないのに）」の歌の、「大空を覆うほどの袖」は、春よりむしろ秋の空にこそほしいものだ。日が暮れるにつれ、ものも見えないほど激しく吹き荒れてひどくおそろしいので、格子を閉めてしまう。庭が見えず、花がどうなっているのか気が気ではない中宮は、ひどく案じては嘆いている。

南の、春の御殿でも庭の植え込みの手入れをさせていたその折に、こうして吹き荒れだした。「宮城野《みやぎの》のもとあらの小萩《こはぎ》露を重み風を待つごと君をこそ待て（古今集／宮城野の根元のまばらな小ぶりな萩が、露の重みにたわんで、その露を吹き払う風を待つように、私もあなたを待っています）」という歌があるけれど、「もとあらの小萩」が待つには激しすぎる風である。枝もしなり、ひと雫《しずく》も残さず露を吹き散らすのを、紫《むらさき》の上《うえ》は少し端近くで見ている。

明石《あかし》の姫君のところにいる光君《ひかるきみ》の元へ、中将（夕霧《ゆうぎり》）がやってくる。東の対《たい》から紫の上のいる部屋へと続く渡殿《わたどの》の衝立《ついたて》越しに、妻戸《つまど》の開いている隙間を何気なくのぞくと、大勢の女房が見えるので、中将は立ち止まり、音を立てずにそっと見入った。風がひどく吹いているので、隔てのための屏風《びょうぶ》を畳んで片隅に寄せてあり、奥まですっかり見通せる。廂《ひさし》の間《ま》の御座所《おましどころ》に座っている人は、ほかのだれとも見紛うべくもなく、気高くうつくしく、ぱっと照り輝くようで、春の曙《あけぼの》の霞《かすみ》のあいだからみごとに咲き乱れた樺桜《かばざくら》を見るかのような気持ちになる。中将は、どうすることもできず、自分の顔にまでふわっとふりかかって息苦しくなりそうなほどのその魅力的なうつくしさは、周囲をも照らし、類を見ないすばらしさである。御簾《みす》が風に吹き上げられるのを女房たちが押さえているが、その時どうしたわけか、その人はにっこりと笑い、それが我を忘れるほどのうつくしさである。庭の花々を心苦しく思い、見捨てて奥に入ってしまうことができないようだ。そばにいる女房たちも、それぞれこぎれいな姿ではあるけれど、その人ただひとりから中将は目を移すことができない。

父君がこの紫の上と自分を遠ざけて近づけないようになさっているのは、こうして目にした人が心を奪われずにはいられないほどのお姿だから、父君の用心深いご気性から、もしやこうしたこともあろうかと懸念なさってのことだったのか……。そう思うと中将は急におそろしくなってその場を去ろうとするが、ちょうどその時、西の部屋から光君が内の襖《ふすま》を引き開けて近づいてくる。

「ずいぶんとひどい、せわしない風だね。格子を下ろしてしまいなさい。男たちも来ているだろうに、まる見えではないか」と言うのを聞き、中将はふたたび近づいてそちらを見ると、その人は何か言い、光君はほほえんでその顔を見ている。親とも思えないほど若々しく清らかに見え、優美でもあり、今が盛りの立派な顔立ちである。女もうつくしく成熟し、見飽きることのないほどの二人の姿に、中将は強く心を動かされるが、風が渡殿の格子も吹き開けてしまい、自分の立つところが向こうからすっかり見えてしまうので、おそろしくて立ち去った。そして、ちょうど今やってきたかのように咳払《せきばら》いをして、簀子《すのこ》のほうに歩いていく。光君は、

「やっぱりだ。まる見えだったろう」と、あの妻戸が開いていた、と今になって気にしている。


今まで長いあいだ、こんなことはまったくなかったのに。風というものは、なるほど大きな岩をも持ち上げてしまうものだ。あんなに用心深いお二人のお心を騒がせた風のおかげで、めったにない、うれしい目に遭った、と中将は思わずにはいられない。

人々がやってきて、

「じつに激しい嵐になりそうです。艮《うしとら》(東北)の方角から吹いていますので、この御

殿はお静かなのです。馬場の御殿や南の釣殿は危なそうです」と、あれこれ手立てを講じて騒いでいる。

「中将はどこから来たのか」と光君が訊《き》くと、

「三条宮（祖母大宮の邸《やしき》）にいたのですが、風が強くなってきたと人々が申しますので、こちらが心配になって参上いたしました。あちらはここよりずっと心細い様子で、風の音にも、大宮は子どもに返ったようにこわがっていらっしゃるようで、おいたわしいので、こちらはすぐ失礼いたします」と中将は答える。

「そうだね、早く行ってあげなさい。年を重ねて子どもに返るなんてことはあり得ないようだが、本当にみなそうしたものだからね」と光君は大宮をいたわしく思い、「こんなに騒がしい天候ですが、この中将がおそばにいれば一安心と思い、まかせることにいたしました」と伝言を託す。

道中、激しく風が吹き荒れているが、中将は礼儀正しく几帳面な性格なので、三条宮と六条院に参上して、祖母大宮と父大臣に顔を見せない日はないのである。宮中での物忌《ものい》みなどでやむを得ず宿直《とのい》をする日をのぞいては、忙しい政務や節会《せちえ》でどんなに時間をとられ、忙しい時も、何はさておき六条院に参上し、それから三条宮、そこから宮中へと参上するのである。まして今日のような空模様の下、あちらへこちらへと颪に先まわりして、気もそぞろで歩きまわるのは、じつに殊勝な姿である。

大宮はじつにうれしく、また頼もしく思って中将を迎え、「この年になるまでこんなにものすごい野分には遭ったことがありませんよ」とただ震えに震えている。大きな木の枝が折れる音もたいそうおそろしい。御殿の瓦《かわら》さえ残らず吹き散らす勢いに、「こんな中をよく来てくださったこと」と震えながらも言う。あれほど盛んだった太政大臣家の権勢も、大臣亡き今はひっそりとして、孫であるこの君ひとりを頼りにしている。無常の世の中である。今でも世間一般の声望が薄らいだということはないけれど、息子である内大臣は、かえってこの孫よりもよそよそしいのである。

中将は、夜じゅうずっと吹き荒れる風の音を聞くにつけても、わけもなくせつない気持ちになる。いつも心にかけて恋しいと思っている幼馴染《おさななじ》み（雲居雁《くもいのかり》）のことはさておいて、先ほど目にした人の面影が忘れられないのである。これはいったいどんな気持ちなのか、あってはならない思いにとらわれてはいけない、なんとおそろしいことだ、と自身で気を紛らわせ、違うことを考えようとするけれど、それでもふっと頭に浮かんでしまう。

後にも先にも、あんなうつくしい人はそういるものではないだろう。こんなにすばらしい二人のご夫婦仲なのに、なぜ東北（夏）の町の御方（花散里《はなちるさと》）のようなお方が、妻のひとりとして肩を並べているのだろう。まったく比べものにならないではないか、お気の毒なことだ……と中将は考える。あの御方をも見捨てたりしない父君のお気持ちはめったにあるものではない、と思い知らされる。中将は本当に真面目《まじめ》な性格なので、分不相応なことを考えたりはしないが、しかしどうせならあのようにうつくしい人を妻にして日を明かし暮らしたい、そうすれば限りのある寿命も少しは延びるだろう……、と思い続けずにはいられない。

明け方に風は少しおさまって、突然激しく雨が降り出す。

「六条院では離れの建物が倒れたそうです」などと人々が言う。

風が吹き荒れているあいだ、あんなに広くて高い建物が連なっている院で、父君のいる春の御殿のあたりには使用人たちも大勢詰めているだろうけれど、東北（夏）の町などは人も少なくて心細いだろうと、中将ははたと気づいて、まだほの暗いうちに六条院に向かう。道中、横なぐりの雨がずいぶん冷たく車に吹きこんでくる。ただならぬ空模様で、中将もなんだかたましいがさまよい出てしまったような心地《ここち》である。いったいどうしたことか、私の心にまたひとつ、思いが加わってしまったというのか、と中将は思い至るが、しかしそれはまったく分不相応なこと、ああ、なんと狂気の沙汰か、とあれこれ思いめぐらせながら、東北の町に着く。御方（花散里）の元にまず参上すると、昨夜の嵐におびえて疲れ果てているので、何かとなぐさめの言葉をかけ、使用人を呼び、あちらこちら修繕するよう指示を出す。それから南の御殿（春の町）に向かうと、まだ格子も上げていない。御座所のあたりの高欄《こうらん》にもたれて見渡してみると、築山《つきやま》の木々はみな吹き倒され、多くの枝が折れている。草むらは言うまでもなく、屋根の檜皮《ひわだ》、瓦、目隠しのためところどころに建てられた立蔀《たてじとみ》や透垣《すいがい》といったものも散らばっている。わずかに陽が射してくると、かなしみに満ちたような庭の露がきらきらと光り、空一面に霧が立ちこめていて、中将はわけもなく涙を流す。それを拭い隠して咳払いをすると、

「中将が声をかけているようだ。まだ夜明け前なのに」と光君が起き上がる気配がする。なんと言っているのか、紫の上が話す声は聞こえないが、光君は笑い声を立て、

「昔だって、あなたに味わわせずじまいだった、暁《あかつき》の別れだよ。今になって経験するとはかわいそうなことだ」と、しばらく二人で語らっている様子は、なんとも優雅である。女の返事は聞こえないが、かすかながら、こうして戯《ざ》れ言《ごと》を言い合っているらしい言葉の端々から、本当に仲睦《なかむつ》まじいのだなと中将はじっと聞き入ってしまう。

格子を光君がみずから上げる。あまりに近くにいては決まり悪いので、中将は後じさって控える。

「どうだ、昨夜、大宮は待ちわびて、お喜びだったか」

「はい。ちょっとしたことで涙もろくなっていらして、おいたわしかったです」と中将が言うと光君はほほえみ、

「もうそう長いお命でもないだろう。親身になってお世話をしてあげなさい。内大臣はどうも心配りに欠けるようだと大宮はこぼしていらした。内大臣は妙に派手好きでいかにも男らしい人だが、親のご供養なども、見かけの立派さばかり重要視して、世間をあっと言わせてやろうという気持ちばかりで、本当に身に染みる情の深さはない人だ。とはいえ、心の奥は深くてじつに頭のいい人だし、この末の世にはあまるほど教養もあって、うるさいくらいだけれど、人間としてこのように欠点がない人はめったにいないものだよ」などと言う。

「まったくおそろしい風だったが、（秋好）中宮のほうでは、しっかりした宮司《みやづかさ》などがそばにいたのだろうか」と、中将を使者として中宮に伝言をする。「夜の風の音はどんなお気持ちで聞いておられましたか。風が吹き荒れているなか、あいにくと私も風邪をひいてしまい、ひどくつらいので、静養しております」との伝言である。

中将は下がり、春の町と秋の町をつなぐ廊を通り中宮の元へ参上する。夜明けのほの暗いなかを行く中将の姿は、じつに立派でうつくしい。東の対の、南の角に立ち、

中宮の御座所のほうを見やると、格子を二間ばかり上げて、ほのかな朝ぼらけのなか、御簾を巻き上げて女房たちが座っている。若々しい女房ばかり大勢、高欄に寄りかかっているのが見える。くつろいでいる身なりは果たしてどんなものか、夜明けのほの暗さではっきり見えないが、色とりどりの衣裳《いしょう》に身を包んだ姿はみなそれぞれうつくしく見える。中宮は女童《めのわらわ》を庭に下ろして、虫籠の虫に露を与えているのだった。女童たちは、紫苑《しおん》、撫子《なでしこ》、濃い紫や薄紫の袙《あこめ》の上に、女郎花《おみなえし》の汗衫《かざみ》といった季節にふさわしい衣裳で、四、五人ずつ連れだって、あちこちの草むらに近づき、色とりどりの虫籠を持って歩きまわり、風に折られた撫子などの痛ましい枝々を中宮の元に持ってくる。その姿が霧に見え隠れして、じつに優艶である。

御座所から吹いてくる追い風が、匂いのない紫苑の花までいっせいに香りを放っているようなのは、中宮の袖に触れたからだろうか。そう想像すると、そのすばらしさが想像されて緊張し、出ていきづらいけれど、中将はそっと咳払いをして歩き出す。女房たちはとくべつ驚いたふうでもないが、みなすべるように室内に入る。

中宮が入内《じゅだい》した時、まだ子どもだった中将はよく御簾の中に入っていて、中宮には馴染んでいる。そのため女房たちも中将にはそうよそよそしくはない。光君からの伝言を取り次ぎの女房に伝え、御簾の内側には宰相《さいしょう》の君や内侍《ないし》など、中将も知っている女房もいる様子なので、ひっそりと内輪話も交わす。この御殿もまた、みな気高く暮らしているようで、その様子を見ても、中将はさまざまなことを思い出してしまう。

東南（春）の御殿に戻ってみると、格子をすっかり上げて、昨夜見捨てがたかった花々が、見る影もなくしおれ、ひしゃげているのを、光君と紫の上は眺めている。中将は正面の階段に座り、中宮からの返事を伝える。

「激しい風をも防いでくださるかしらと、子どものように心細く思っておりましたが、お使いをお送りくださってようやく気持ちもなぐさめられました」との返事を聞き、

「不思議にか弱い感じがする人だ。女たちだけでは、なんともおそろしくお思いだったろう。それほど荒れた夜だったから、この私をずいぶん冷淡だとお思いだったろう」と、光君はすぐに中宮の元に向かうことにする。直衣《のうし》などを着るために御簾を引き上げて光君が奥に入る時、丈の低い几帳《きちょう》をそばに引き寄せた陰から、ちらりと袖口が見える。紫の上に違いないと思うと胸がどきどきと高鳴る気がし、それも情けないので中将はほかに目をそらす。

光君は鏡を見ながら小声で紫の上に、

「朝の光のなかの中将の姿はきれいだなあ。まだほんの子どもだけれど、そんなに見苦しくないと思えるのも、子を思う親の心の闇というものだろうか」と言いながら、

自身の顔はいつまでも老いることなくうつくしいと思っているようである。身繕いにもたいそう気を遣って、「中宮にお目にかかるのは気後れがするよ。何かきわだった品格があるというわけではないのだが、奥深い感じがして、気を遣わせられるのだ。とてもおっとりして女らしいけれど、なんだか格別な雰囲気のある人だ」と言い、御簾から出ると、中将がもの思いに耽《ふけ》っていて、すぐに気づきそうもない様子で座っている。察しのいい光君の目にその姿はどう映ったのか、すぐに引き返して女君に、

「昨日、風の騒ぎに紛れて、中将はあなたの姿を見たのではないだろうか。あの妻戸が開いていたから」と言う。女君は顔を赤くし、

「どうしてそんなことがありましょうか。渡殿のほうには人の音も聞こえませんでした」と言う。

「いや、なんだかおかしいな」とひとりごとを言い、光君は中宮の元へと向かう。

中宮の部屋の、御簾の内に光君が入ってしまったので、お供をしてきた中将は、渡殿の、女房たちのいるあたりの戸口に近づき、冗談などを言ってみるけれど、心に掛かるあれこれのことがかなしくて、いつもよりも沈んでいる。

中宮の町からそのまま北の町に抜け、明石の御方の住まいを見やると、ここにはしっかりとした家司《けいし》の者たちもおらず、もの馴れた下女たちが草の中で立ち働いている。

女童たちはかわいらしい衵姿のくつろいだ姿で、明石の御方が心をこめて植えた竜胆《りんどう》や朝顔の絡み合っている籬垣《ませがき》など、みな倒れて散らばっているのをあれこれ引き起こしたり、さがしたりしているようである。明石の御方はもの悲しい気持ちで、箏《そう》の琴を手すさびに弾きながら端近くに座っていた。そこへ先払いの声が聞こえてきたので、くつろいで着馴れた普段着の姿に、衣桁《いこう》から引きはずした小袿《こうちき》を羽織って、けじめを見せるところがたしなみ深い。端のほうに光君はちょっと膝をついて座わり、風騒動のお見舞いだけを告げ、そっけなく帰ってしまう。御方にすれば満たされない思いのようだ。

おほかたに荻《をぎ》の葉過ぐる風の音《おと》も憂き身ひとつにしむここちして
（ごくふつうに荻《おぎ》の葉に吹き過ぎる風の音――通りいっぺんのお見舞いをして去るつれなさ――も、つらいこの身にはしみじみとせつなく染みる）

と、ひとりつぶやいている。

夏の町の西の対では、あまりのおそろしさに眠れず夜を明かしたので、姫君（玉《たま》鬘《かずら》）は今朝は寝過ごして、今ごろ鏡を見て身繕いをしている。

「大げさに先払いの声を立てるな」と言い、とくに音も立てることなく光君は入っていく。屏風などもみな畳み寄せて、部屋のものは取り散らかっているが、陽の光がきらきらと射し込むなか、姫君は目の覚めるほどうつくしげな姿で座っている。光君は姫君に近づき、例によって、風騒動につけてもいつもと同じような色っぽい戯れ言を言う。姫君は返事に困り、我慢できないほど疎ましく思い、

「こんなふうに嫌なことばかりですから、昨夜《ゆうべ》の風のままに、どこかに行ってしまいたかったです」と不機嫌に言うが、光君はたのしそうに笑い、

「風のままにどこかに行ってしまうのは軽はずみだよ。それとも目当ての場所があるのだろうね。だんだんここを離れたい気持ちになってきたのだね。無理もないことだよ」と言う。

それを聞き、しまった、ふと思ったことをそのまま申し上げてしまったと思い、姫君は自分でもおかしくなって笑みをこぼす。その顔の色合い、頰のあたりがじつにうつくしい。酸漿《ほおずき》というようなもののようにふっくらとしていて、黒髪のあいだからちらちらと見えるのがなんともかわいらしい。ただ目元があまりにも快活な感じで、それほど上品には見えないが、そのほかは一点の曇りもないのである。

光君は姫君にじつに親身に話しかけている。この姫君の顔をどうにかして見てみたいものだと前々から思っていた中将は、隅の角の間《ま》の御簾が、そばに几帳は立ててあるがきちんとしていないので、そっと引き上げてみる。屛風や家具などが片づけてあ

るので奥までよく見通せる。光君がこうして戯れている様子がはっきりと見える。

何かおかしいぞ、父娘と言いながら懐に抱かれるばかりに近づいていい年頃でもないのに……と、目を離せない。父に見つかるのではないかとおそろしいけれど、あまりの異様さに心底驚いてなおも見入ってしまう。すると柱に隠れるようにして横を向いている女君を、光君が引き寄せる。髪が片側に寄ってはらはらと顔にふりかかった時は、女君も本当に迷惑げでつらそうな様子ではあるのに、それでもされるがままに光君に寄りかかっている。

「これはどうやらすっかり親しい間柄であるらしい、なんと気味悪い、いったいどういうことなのだ。父君は女のことには抜け目のないご性分だし、もともと生まれた時からそばで育てていない娘だから、こんなふうに女として思いを寄せるのだろうか。無理もないのかもしれないが、なんとおぞましい……」と思う。そしてそんなことを考える自分の心まで恥ずかしく思えてくる。

女君のうつくしさは、なるほど姉とはいえ、少々縁も遠い腹違いなのだと思うと、あるまじき思いを抱きかねないほど魅力的に思える。昨日見た紫の上の様子にはどこか劣るけれど、見ていると自然と笑みがこぼれるようなうつくしさは、肩を並べても引けをとらないように見える。八重山吹の花が咲き乱れる盛りに露がかかり、それが夕影に色冴えて見えるような光景が思い浮かぶ——季節には合わないたとえだけれど、それが中将の抱いた印象なのでした。花はいつかは枯れるし、ほつれたおしべやめしべも混ざるけれど、この人の姿のうつくしさはたとえようもないもの。

そばにはだれも出てこず、光君はたいそう親密にひそひそと話しかけていたが、何があったのか、急に真面目な顔つきで立ち上がる。女君は、

吹き乱る風のけしきに女郎花《をみなへし》しをれしぬべきここちこそすれ

(吹き乱れる風に、女郎花《おみなえし》は今にもしおれてしまいそうです——あなたの強引さに私は今にも死んでしまいそうな思いです)

と詠む。中将にはよく聞こえないが、光君がそれを口ずさんでいるのをかすかに聞くと、忌々《いまいま》しく思いながらも興味を引かれ、さらに見届けていたいけれど、自分が近くにいたのだと知られてはまずいと思い、立ち去った。光君の返歌は、

「した露になびかましかば女郎花荒き風にはしをれざらまし

(木の下露になびいていれば、女郎花も激しい風にはしおれることはないのに——私のひそかな思いになびいていれば、あなたも死ぬ思いなどしなくてすむのに)

なよ竹を見てごらん」などと言うけれど、聞き間違いだったのかもしれません、ち

ょっと人聞きのよくない歌ですから……。

光君は西の対から東北の対（花散里の住まい）へと向かう。今朝急に寒くなったので家事を思い立ったのか、裁縫などをしている老女房たちが大勢いて、細長い櫃《ひつ》のようなものに真綿を引きかけていじっている若い女房たちもいる。たいそうきれいな朽《くち》葉色《ばいろ》の羅《うすもの》、今様色《いまよういろ》の、砧《きぬた》で打ってすばらしいつやを出した絹など、部屋じゅうに散らかしてある。

「中将の下襲《したがさね》か。せっかく用意しても、宮中の壺前栽《つぼせんざい》の宴も中止になってしまうだろうに。こんなにひどい嵐だったのだから、何もできないだろう。おもしろくない秋になりそうだ」と光君は言う。

何を仕立てるのだろうか、さまざまな布地の色がそれぞれじつにうつくしいので、この人はこういった染色の方面では紫の上にも引けをとらない、と光君は思う。直衣の花模様を、最近摘んできた花で薄く染めたものなど、申し分のない色をしている。

「私ではなくて中将にこそ、こうしたものは着せたほうがいい。若い人のほうが似合うだろうから」などといったことを光君は言い、引き上げていく。

気疲れする方々の訪問にお供してまわったので、中将はなんとなく鬱々とした気持ちになって、思い人に書きたい手紙も書けないうちに、日が高くなってしまったのを気にしながら明石の姫君のところに行った。

「姫君はまだあちら（紫の上）のお部屋にいらっしゃいます。風をこわがっていらして今朝は起き上がることもおできにならなかったのです」と乳母《めのと》が言う。

「すさまじい風でしたから、夜もこちらの宿直《とのい》を勤めようと思っておりましたが、大宮があまりにもこわがっていらしたもので……。お人形の御殿はご無事でしたか」と中将が訊くと、女房たちは笑い、

「扇で風を送っても大騒ぎですのに、昨夜《ゆうべ》は危うく吹き飛ばされるほどの風でしたから。この御殿のお世話にはまったく手を焼いております」などと話す。

「ちょっとした紙はありますか。それとどなたか、硯《すずり》を……」と中将が乞うと、女房は姫君の御厨子《みずし》に近づき、紙を一巻き、硯箱の蓋《ふた》に入れて差し出す。中将は、「いや、姫君のでは畏れ多い」と言うけれど、母親である明石の御方の格がそう高くないことを思うと、まあいいかという気持ちになり、その紙で姫君（雲居雁《くもいのかり》）に宛てて手紙をしたためる。紫の薄い紙である。墨をていねいにすり、筆の先を幾度も見ては、入念に書き、筆を止めては考えているその姿はじつに立派である。しかしながらへんに型にはまって、どうかと思うような詠みぶりで……。

風騒ぎむら雲まがふ夕《ゆふべ》にも忘るる間《ま》なく忘られぬ君

（風がはげしく吹いて、むら雲が乱れる騒がしい夕方でも、かたときも忘れることのできないあなたです）

それを風に吹き折れた刈萱《かるかや》に結びつけたので、女房たちは、「恋文の名人の『交野《かたの》の少将』は、紙の色と草花の色を揃《そろ》えたと申しますよ」と言う。「そのくらいの色も見分けがつかなかった。どこの野辺のどんな花がいいだろうか」と中将は、こうした女房たちにも言葉少なく応対し、気を許すふうもなく、堅苦しいほど気高く振る舞う。もう一通書いて、それぞれお供の馬助《うまのすけ》に渡すと、馬助はそれをかわいらしい童やもの馴れた随身《ずいじん》にひそひそと耳打ちして手渡している。若い女房たちは、気を揉《も》んで手紙の宛先を知りたがっている。

姫君がこちらに帰ってくるとのことで、女房たちは静かに動きはじめ、几帳を引きなおしたりしている。中将は、幼い姫君と、昨日今日垣間見た女君たち（紫の上と玉鬘）の花のような顔とを比べてみたくなって、いつもはのぞき見など興味はないのに、今日は無理矢理、妻戸に掛けてある御簾の内側に半身を入れて、几帳のほころびから奥を見る。ちょうど姫君が物陰から出てきて、通っていく姿がちらりと見えた。大勢の女房たちがしきりに行き来するので、はっきり見ることもできず、中将は焦《じ》れったくてたまらない。薄紫色の着物に、髪がまだ背丈にまでは届かないが、末は扇を広げたようなかたちで、ひどくほっそりとしてちいさい体つきはいかにも可憐《かれん》で痛々しいほどである。

一昨年くらいまでは、偶然ちらりと見かけることもあったが、それからずいぶんとおうつくしくなられたようだ、盛りの頃はどんなにおきれいなことだろう、と中将は思う。あの垣間見たお二人の顔を、それぞれ桜と山吹にたとえるなら、この姫君は藤の花がふさわしい。背の高い木から花を咲き垂らし、風になびいているうつくしさは、ちょうどこの姫君のような感じだと思う。こんなふうにうつくしい方々を気の向くまま朝に夕にと目にして過ごしてみたいものだ、二人は自分にとって継母《ままはは》と、腹違いの姉妹なのだから、そうすることもできるはずなのに、父君がどなたからも隔てて近づけてくださらないのが恨めしい、などと考えていると、生真面目な中将の心も、そわそわと落ち着かなくなる。

中将が三条宮に行くと、祖母の大宮は静かに仏前のお勤めをしている。この三条宮には、そう悪くはない女房たちが仕えているが、彼女たちの物腰も様子も衣裳も、栄華の盛りである六条院とはまったく比較にならない。容姿のすぐれた尼君たちが墨染《すみぞめ》の衣裳に身を包む質素な姿のほうが、かえってこうした静かな邸では、それなりにしみじみとした風情がある。内大臣もやってきたので、部屋の明かりを灯させて、静かに会話する。

「姫君（雲居雁《くもいのかり》）に長いことお目に掛かっていないのは、あんまりですよ」と、大宮はただ泣いている。

「近いうちに伺わせますよ。身から出た錆《さび》とはいえふさぎこんでいて、しょうがないことにすっかりやつれています。はっきり言ってしまえば、娘なんて持つものではないですね。何につけても心配ばかりさせられて」などと、今なお中将と姫君の件を許せずに、根に持っている様子なので、大宮も情けなくなり、それ以上姫君との対面について言えなくなってしまう。話のついでに内大臣は、

「驚くほど不出来な娘を引き取りまして、手を焼いていましてね」とこぼして笑っている。

「まあ、おかしな話。あなたの娘と名乗るからには、不出来なはずはないでしょうに」と大宮が言うと、

「それがまったく、見苦しいことで……。なんとかしてお目に掛けたいものです」などと答えたとか……。

行幸《みゆき》

内大臣、撫子の真実を知る

念願の実の親にようやく会えたものの、
かえって仮の父親のありがたさを思い知った、とか……。

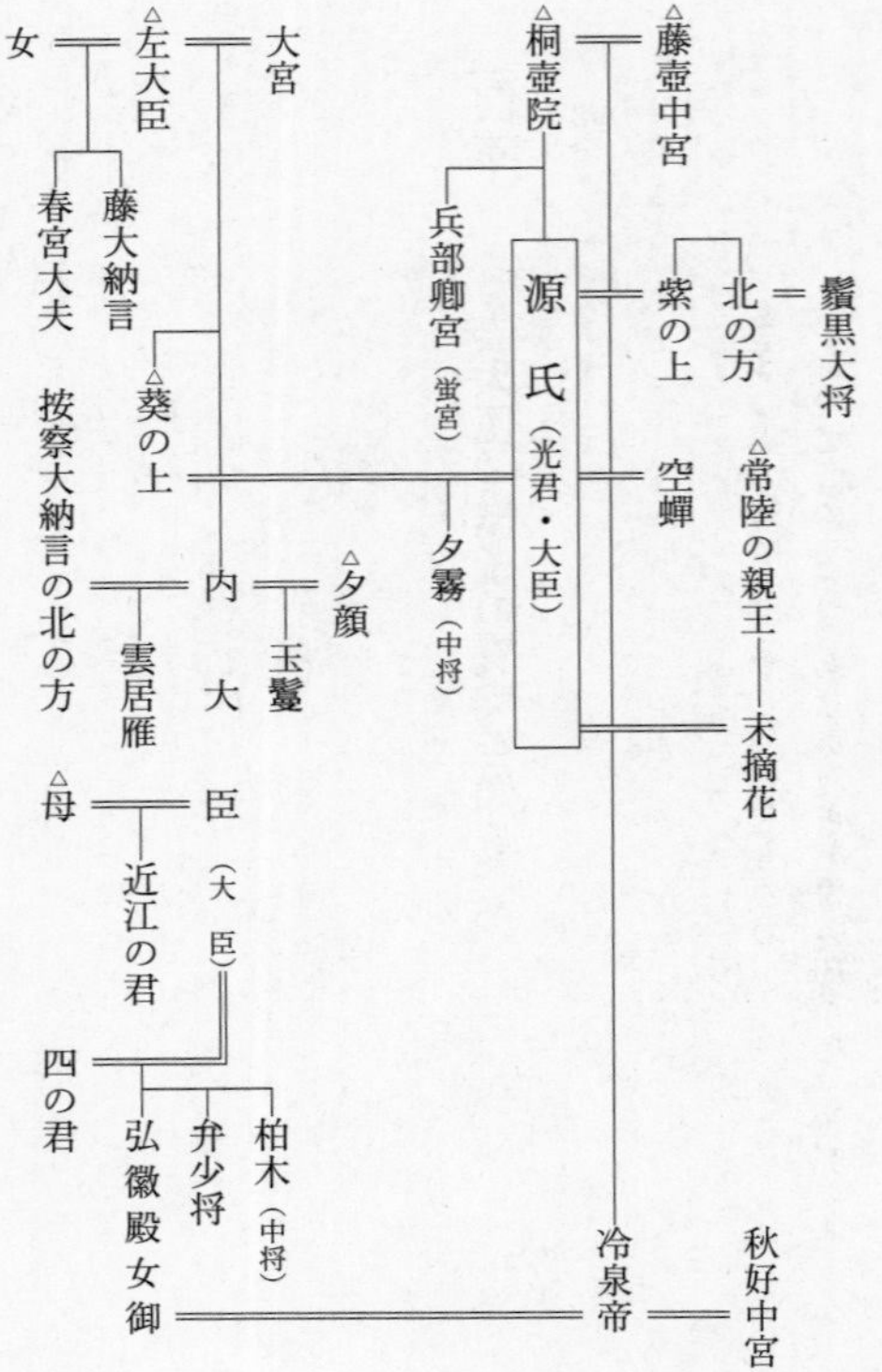
△藤壺中宮
△桐壺院
北の方
紫の上
鬚黒大将
源氏（光君・大臣）
兵部卿宮（蛍宮）
△常陸の親王
空蟬
末摘花
夕霧（中将）
秋好中宮
冷泉帝
大宮
△左大臣
女
藤大納言
春宮大夫
△葵の上
内大臣（大臣）
△夕顔
玉鬘
按察大納言の北の方
雲居雁
△母
近江の君
四の君
柏木（中将）
弁少将
弘徽殿女御

＊登場人物系図
△は故人

光君《ひかるきみ》は、こうして姫君（玉鬘《たまかずら》）のために何から何まで考えつくし、なんとかよい身の振り方を、と思案をめぐらせている。しかし「音無しの滝」のように彼女への思いは流れ出て、姫君にとってはそれは厭《いと》わしく、困った問題なのである。このままでは紫《むらさき》の上《うえ》の想像が本当になってしまって、軽々しい浮き名も立ってしまいそうである。

あの内大臣は、何ごとにおいてもけじめをはっきりさせて、少しの手落ちも我慢ならない性格だから、もし姫君との関係が知られれば、内大臣はなんの躊躇《ちゅうちょ》もなくこの自分を派手派手しく婿扱いするに違いない、そうなったらまったく世間のもの笑いになる……などと、光君は考えなおしている。

その年の十二月に冷泉帝《れいぜいてい》の大原野《おおはらの》への行幸《ぎょうこう》があり、人々はだれも彼も見物に大騒ぎである。六条院の女君たちも次々と牛車《ぎっしゃ》を引き出して見物に出かける。卯《う》の刻（午前五時から七時頃）に行幸の列は出発し、朱雀《すざく》大路を南下して五条大路を西の方角に進む。桂川《かつらがわ》のほとりまで見物の車がびっしりと並んでいる。行幸といっても、かならずしもこう盛大ではないが、今日は親王《みこ》たちや上達部《かんだちめ》も、みなとくべつに気を配って馬や鞍《くら》を整え、随身《ずいじん》や馬副《うまぞい》の容姿も背丈もみごとに揃《そろ》え、それぞれ立派な衣裳《いしよう》で飾り、めったに見られないほどのすばらしさである。左右大臣、内大臣、納言より下の人々も、言うまでもなく残らず仕えている。青色の袍衣《うえのきぬ》、葡萄《えび》染めの下襲《したがさね》を、殿上人《てんじようびと》や五位六位の者たちまでが着ている。ときどき雪がちらちらと降り、道中の空も風情がある。親王たちや上達部で、鷹狩《たかが》りに加わる者は、珍しい狩りの装束を用意している。近衛府《このえふ》の鷹飼いたちは、もっと見馴《みな》れない、思い思いに染めた摺衣《すりごろも》を着ていて、格別の光景である。

めったに見られないすばらしさなので、みな先を争い、たいした身分でもない人の貧弱な牛車は車輪を押しつぶされて、気の毒な様子の者もいる。桂川の浮橋のあたりにも、優美な風情で右往左往している車が多い。

西の対《たい》の姫君（玉鬘）も見物に出かけている。大勢の、競って着飾っている人々の顔立ちや姿を見ても、帝《みかど》の、赤色の衣裳を身につけて、端然として身じろぎもしないその横顔には、だれも比べものにもならない。自分の父親である内大臣に、姫君はこっそりと目を留める。きらびやかで男盛りではあるけれど、やはり限界がある。ふっうの人よりはずっとすぐれた臣下に見えるくらいで、御輿《みこし》の中にいる帝から目を移すことはできそうもない。まして、うつくしいお顔だわ、すばらしいお方だわ、と若い女房たちが死ぬほど夢中の中将、少将、名のある殿上人といった人々がなんでもないように彼女の目にも入らないのは、帝がまったく抜きん出ているからなのである。光君の顔かたちとうりふたつではあるが、思いなしか帝はもう少し威厳があって畏れ多く、立派である。とすると、この帝ほどの人はこの世に二人といないということになる。光君や中将（夕霧《ゆうぎり》）の気品に日頃から馴《な》れている姫君は、身分の高い人々は、みなきれいにしていて格別なのだとばかり思っていた。けれどもこの晴れの場で見劣りしている者たちは、同じ目鼻を持つ人間とも見えないほど、情けなくも圧倒されているのですからね……。

兵部卿宮《ひょうぶきょうのみや》（蛍宮《ほたるのみや》）の姿もある。

右大将（鬚黒《ひげくろ》）は、いつもは重々しく気取っているが、今日の装いははなやかで、「やなぐい」（矢を入れる武具）などを背負ってお供をしている。この右大将は、色黒で顔じゅう鬚だらけで、姫君はとても好きになれそうにない。とはいえ、どうして化粧している顔のようになるはずがありましょう。どうしようもないことなのに、若い姫君は心の中で鬚の右大将を軽蔑してしまうのです。

光君がよくよく考えて勧めた尚侍《ないしのかみ》（内侍司《ないしのつかさ》の長官）としての宮仕えについて、姫君はどうしたものだろうと考える。

宮仕えなど考えたこともなく、私など見苦しいことになるのではないかと遠慮してしまうのだが、帝の寵愛を受けるというのではなく、あくまでも尚侍という公職にある者としてお仕えしてお目通りいただくのであれば、たのしいこともあるかもしれない……と、姫君は思うようになった。

こうして帝は大原野に到着し、御輿を止めた。上達部たちは平張《ひらばり》（仮屋）で食事をし、装束を、直衣《のうし》や狩衣《かりぎぬ》などに着替えはじめたところ、六条院から酒や酒肴《しゅこう》が届けられる。光君は今日もお供をするようにと帝から言われていたのだが、物忌《ものい》みである旨伝えていたのである。帝は蔵人《くろうど》の左衛門尉《さえもんのじょう》を使者として、雉《きじ》をくった枝を光君に送る。

帝からの仰せ言はなんとあったのか、そのようなことを女がお話しするのも具合悪いものですから省略しますけれど。

雪深き小塩《をしほ》の山にたつ雉《きじ》の古きあとをも今日は尋ねよ

（雪深い小塩山《おしおやま》に飛び立つ雉のあとを尋ねて、今日の行幸にはあなたにも参加してほしかった。そういう前例もあるではないか）

……と現太政大臣である光君に送ったのは、その昔、太政大臣がこうした大原野の行幸にお供した前例があったのでしょうか。

光君は使者に恐縮し、丁重にもてなした。

小塩山《をしほやま》みゆきつもれる松原に今日ばかりなるあとやなからむ

（小塩山の松原に雪が降り積もるように、今までも大原野行幸は幾度もありましたが、今日ほどのすばらしい例はなかったでしょう）

……と、その当時耳にしたことが、ところどころ思い出されてきますけれど、覚え違いもあるかもしれませんね。

その翌日、光君は西の対《たい》の姫君（玉鬘《たまかずら》）に、

「昨日は帝を拝見しましたか？　あの宮仕えの件は、その気になりましたか」と手紙を送った。白い色紙にたいそうくだけた文で、こまごまと自分の気持ちも書いていないのが好もしく、「よけいなお世話」と笑うものの、帝に惹《ひ》かれた自分の心をよくお見通しなものだと思う。返信に、

「昨日は

うちきらし朝ぐもりせしみゆきにはさやかに空の光やは見し

（霧もかかった朝曇りの空に雪が降っていた行幸《みゆき》ですのに、はっきりと空の光
——帝のお姿をどうして拝見できましょうか）

何ごともはっきりしかねておりまして」

とあるのを、紫の上も見る。

「宮仕えのことを姫君に勧めてみたのだが、こちらからは養女である（秋好《あきこのむ》）中宮《ちゆうぐう》が仕えているし、このままここの娘として入内《じゆだい》するのは具合が悪い。とはいえ、内大臣に真実を知らせて入内するにしても、あちらからも娘の弘徽殿女御《こきでんのにようご》が仕えているし……などと思い悩んでいるらしいのだ。若い女で、他のだれにも気兼ねせずに帝のそばに仕えるとなれば、帝を一目見てその気にならない者はいないと思うが」と光君が言うので、

「まあ、嫌ですこと。帝をすばらしいと思ったとしても、自分から進んで宮仕えを思いついたとなれば、それは出すぎたことではないかしら」と紫の上は笑う。

「いや、そういうあなただって帝に夢中になると思うな」などと言う。また姫君への返信には、

「あかねさす光は空にくもらぬをなどてみゆきに目をきらしけむ

（光は曇りなく空を照らしていたのに、どうして行幸の雪に目を曇らせてはっ

きり見えなかったなどと言うのか）

やはり宮仕えを決心なさい」などと、しきりに勧める。

いずれにしてもまずは女子の成人式である裳着《もぎ》の儀をすませてからだと光君は思い、そのために必要な調度の、精巧な作りの立派な品々を加えていく。たいていどんな儀式でも、光君がたいしたことだと思っていなくても、いつのまにか仰々しく盛大になってしまうのだが、今回はまして、この機会に内大臣にも真実を打ち明けようかと考えていたので、たいそう立派で、置き場もないくらいに調度を揃えている。

裳着の儀は年が明けて二月に行おうと光君は考える。

女というものは、評判が高く、名を隠すこともできない高い身分の人でも、だれそれの娘として家の中でたいせつにされているあいだは、かならずしも氏神への参詣など表立ってしなくてもいい。だから姫君（玉鬘《たまかずら》）も今までのあいだ、源氏の娘として過ごしてきたが、今考えている入内のことが実現するとしたら、藤原《ふじわら》氏の氏神である春日《かすが》の神のお心に背くことになってしまう。結局は隠しおおせることでもないし、つまらないことに、企みがあってわざとやったことのようにのちのちまで噂《うわさ》されるのもまっぴらだ。並みの身分の者なら、近頃では氏を変えるなどたやすいだろうが……、などと光君はあれこれ考える。親子の縁は切っても切れないものだ、同じことなら、こちらから進んで真実を打ち明けることにしよう、と決心し、裳着の儀で腰紐《こしひも》を結ぶ腰結《こしゆい》の役をあの内大臣にお願いしようと手紙を送るが、母大宮が去年の冬からずっと患っていて、いっこうによくならない、そんなわけで都合が悪いという旨の返事である。中将（夕霧《ゆうぎり》）も、昼夜と三条の邸に詰めていて、祖母の看護に尽くしている。これは時期もよくないし、どうしたものかと光君は考える。

この世は無常だ……。もし大宮が亡くなったりしたら、孫である姫君も本来ならば喪に服さなければならないのに、知らん顔で過ごすとなれば罪深いこととなろう。大宮のご存命中に真実を打ち明けることにしよう、と決意し、光君はお見舞いもかねて三条の邸を訪ねた。

太政大臣となった今は、前にもまして目立たないように出かけるけれど、行幸にひけをとらないほどものものしく立派である。光君の、ますます光り輝くうつくしさをたたえたその顔立ちはこの世のものとは思えないほどで、久しぶりに対面する大宮は、気分の悪さもすっかり吹き飛んでしまう心地がして、起きて座っている。脇息《きょうそく》に寄りかかって弱々しくはあるが、たいそうよく話す。

「そうお悪くはなさそうですね。あの中将が取り乱して、大げさに嘆いているようでしたので、どんな具合でいらっしゃるのかと心配していました。近頃私は宮中にも、とくべつな用件がない限りは参上せず、朝廷にお仕えする者らしくもなく引きこもっていて、何ごとも勝手がわからなくなって、ますます億劫《おっくう》になります。年齢など、私より年上の人が腰の曲がるほどの年までお勤めをしている、なんてことは、今も昔もありますけれど、私は妙に間が抜けている上に、無精になってしまったせいでしょうね」などと光君は話す。

「年をとって弱っているのだと思いながら幾月も過ごしてきましたが、今年になって、よくなる見こみもないだろうと思いまして……。今一度こうしてお目に掛かってお話しすることもないのかしらと心細く思っていましたから、今日こそはまた少し寿命が延びたような気がします。でも、今となっては命を惜しむような年でもありません。近しい人たちにも先立たれて、年老いてひとり生き残っているようなのは、ほかの人のことでも、見苦しいと見聞きしてきましたから、あの世への支度にも気が急《せ》いてならないのです。けれどあの中将が、本当に心を尽くして、不思議なくらいよく面倒をみてくれて、私を心配してくれるのを見ていると、あれこれと後ろ髪を引かれて、こうして生きながらえているのです」と、大宮はただ泣きに泣いてしまう。声が震えているのも愚かしいようだけれど、それも無理からぬことだと光君は胸を痛める。

昔のこと、この頃のことを取り集めていろいろ話しているうちに、

「内大臣は日を開けずしょっちゅうお見舞いに来ているでしょうけれど、こうした機会に会えればどんなにうれしいでしょう。なんとかしてお話ししたいことがあるのですが、適当な機会でもないとなかなか会うこともできないので、気になっているのです」と光君は言う。

「公《おおやけ》のお勤めが忙しいのか、親を思う心が浅いのか、そんなにお見舞いには来ていませんよ。お話になりたいというのはどのような事柄でしょう。中将が恨めしく思っていることもありますから、『中将と姫君（雲居雁《くもいのかり》）の、最初のなれそめがどうかはわからないけれど、今さら強情に引き離したって、いったん広まった噂が取り消せるはずもないし、かえって世間の人も馬鹿馬鹿しいことだと言いふらしているようですから』と、内大臣には言い聞かせているのですが、いったんこうと決めたら昔からけっして譲らない性格ですからね、納得はしてくれないようですよ」

話したいことというのはてっきり中将たちのことだと思った大宮はそう言うが、光君は笑い、

「それについては、今さら言っても仕方がないことだと、二人を許してくれることもあろうかと思って、私もそれとなく口添えをしてみましたが、あんまりにも厳しく二人を戒めた様子を見て、私もどうしてあんな口出しをしたのか、みっともないことを

したと後悔しています。何ごとにおいても浄《きよ》めということがあるのだから、どうして元通りきれいに洗い流してくれないのだろう、とは思いながら、噂が知れ渡ってこんなにも濁ってしまうと、底まで浄めてくれる水など湧き出てくるのは難しいもの。何ごとにおいても後になればなるほど、悪くなっていくもののようです。内大臣にはたいそう気の毒なことと思います」などと言い、続ける。「じつは、内大臣がお世話するべき人を、思い違いがあって、偶然見つけて引き取っているのです。その時は、このような間違いであるとその人が打ち明けてくれなかったので、無理に真相を詮索することもなく、ただこちらも子どもが少ないことですし、先方の言いがかりだとしてもかまうものかと大目に見て、親身になってたいした面倒もみずに年月がたってしまいました。このことをどうしてお耳にされたのか、帝から仰せごとを頂戴いたしました。『尚侍《ないしのかみ》として宮仕えする者がいないので、内侍司《ないしのつかさ》の政務も取り締まれず、女官なども仕事をするのに指示する者もなく、事務が滞ってしまっている。今のところ古老の典侍《ないしのすけ》（内侍司の次官）二人や、相応な者たちが、それぞれに尚侍任官を願い出ているけれども、しっかりした人を選びたいという希望にかなう人がいないのだ。やはり家柄がよく、世間の評判も軽からず、自分の家の家事に悩まされることのない人が、昔から尚侍に任じられてきた。仕事がてきぱきしていて聡明であることを条件とするなら、名家の出身でなくとも、年月の功労によって昇進する例があるが、それに該当するような者もいない。ならば世間での人望によって選ぼうと思う』と帝は内々で仰せになったのです。内大臣も、なかなかいいお話だと思うのではないでしょうか。宮仕えというものは、身分の高い者も低い者も、女御《にょうご》や更衣《こうい》として帝のご寵愛《ちょうあい》を受けることに望みをかけて出仕してこそ、志が高いというものです。尚侍という公の職務に就いて、内侍司の事務を扱い、政事に関することをしっかり処理するといったことは、ご寵愛を受けるのに比べると、どうも張り合いもなく、軽いつまらないことに思われているけれど、どうしてそう言い切れましょう。ただその人の人柄次第で何ごとも決まるものでしょうと、だんだん私もその気になってきて、当人に年齢のことなど尋ねてみましたところ、あの内大臣が引き取るはずの人だったとわかったのです。それで、どのようにしたらいいかを相談して、はっきりさせたいと思っているのですが、何か機会がなければ対面することも難しい。さっそく、このような次第ですと打ち明ける手立てをあれこれ考えて、お便りを送ったのですが、大宮のご病気にかこつけて、気が進まないというふうに断ってきました。たしかに大宮がご病気であるなら時期がよくないと思いとどまっていましたが、ちょうどご気分もよさそうですし、やはりこうして思い立ったこの機会に、と思います。そのように内大臣に伝えてくださいませ」

と言う。大宮は、

「まあまあ、それはいったいどういうことでしょう。内大臣のところでは、さまざまにそう名乗り出る人を、厭《いと》うことなくだれも彼もと引き取っているのに、その人はいったいどういうおつもりで、そんなふうに間違って申し出られたのでしょうね」と言う。

「それにはわけがあるのです。くわしい事情は内大臣もそのうちに姫君から聞くことでしょう。ごたごたした、身分の低い者たちの色恋沙汰みたいなことですから、真実を明らかにしても、ふしだらなことのように世間に噂されるでしょうし、息子の中将にもまだくわしいことは知らせていません。他言無用でお願いします」と光君は口止めをする。

内大臣のほうでも、こうして三条の邸に光君がやってきたと聞きつけて、

「どんなに人も少ないさみしい有様で、威勢の盛んな源氏の大臣《おとど》をお迎えしたことだろう。前駆《さき》の人々をもてなしたり、大臣の席を用意したりするような、気の利いた者もいないだろう。中将は今日は大臣のお供を勤めているだろうし」などと驚いて、子息たちや、親しく出入りしているしかるべき殿上人たちを三条の邸に差し向ける。

「果物と酒など、無礼がないように差し上げるように。私も行くべきだが、それでは

かえって騒がしくなってしまう」などと言っているうちに、大宮からの手紙が届く。「六条の大臣がお見舞いにいらしたのに、うらさみしいところで、人目にも体裁が悪いですし、大臣に申し訳なくもありますから、仰々しくなく、私がこうしてお呼びしたとはわからないように、おいでくださいませんか。直接お目にかかってお話ししたいこともあるそうです」とある。

話したいこととはいったい何ごとだろう、この姫君（雲雁居）のこと、中将の苦情だろうか、と内大臣は考える。

大宮ももう余命幾ばくもない様子で、この件だけはと何度も口にしているし、光君も穏やかに何か一言恨み言でも口にすれば、とやかく反対することもできないだろう。中将が姫君にその気もないようなつれない態度でいるのを見るのは癪《しゃく》に障るし、いっそ機会があれば、そちらの言葉に折れたふりをして二人のことを許してしまおう、と内大臣は思う。

光君と大宮が心を合わせて説得しようとしているのだ、と思うと、ますます反対のしようがないが、しかしまた、どうしてそうすぐにも承諾することがあろう、と思いとどまろうとするのだから、まったく困った、依怙地《いこじ》な性格で……。けれども大宮が手紙を寄こし、光君も直接会うべく待っているというので、畏れ多いことであるし、とにかく参上してあちらの意向を聞いてからにしようと考え、格別念入りに装束を整え、前駆の者たちも大げさにすることはなく出向いていく。君達《きんだち》を大勢引き連れて到着する内大臣の様子は、いかにも重々しく、頼もしい感じがする。背がすらりと高い上、肉付きもよく、じつに貫禄がある。顔立ちも歩き方も、いかにも大臣然としている。葡萄染《えびぞ》めの指貫《さしぬき》（袴《はかま》）に、桜色の下襲《したがさね》の裾を長々引いて、ゆったりとして気取った振る舞いは、なんとまあ立派な姿かと思える。対して光君は、桜の唐織《からおり》の綺《き》の直衣《のうし》の内側に、紅梅色の袿《うちき》を何枚も重ねて、くつろいでいるその姿は、いよいよたとえようもないほどだ。光り輝くようなうつくしさこそ光君がまさっているが、こうして大仰に装いたてている内大臣の様子には、比較はできないのである。

内大臣の子息たちは次々と、美々《びび》しいこぎれいにした兄弟ばかり、みな集まっている。今は藤大納言《とうだいなごん》、東宮大夫《とうぐうのだいぶ》などと呼ばれる、内大臣の異母兄弟たちも、みなそれぞれ立派に出世している。とくに呼んだわけではないが、世評の高い家柄の殿上人《てんじょうびと》、蔵人頭《くろうどのとう》、五位の蔵人、近衛《このえ》の中少将、弁官など、人柄もはなやかで立派な人々が十数人集まったので、盛大である。それより低い身分の人々も大勢やってきて、盃《さかずき》が幾度もまわされ、みな酔っぱらい、人より幸多い大宮の境遇をだれも彼もが話題にしている。

内大臣も、光君と久しぶりに対面し、昔のことを思い出さずにはいられない。離れていればこそ、ちょっとしたことでも競争心も生まれるが、こうして向かい合ってみれば、お互いになつかしい数々のことが思い出され、以前のように心の隔てなく、あれこれと今昔、長年のあいだの話をしているうちに日が暮れていく。内大臣は光君に盃を勧める。

「こちらから訪ねなければいけなかったのに、お呼びがないからと遠慮してしまって……。今日こちらにいらっしゃるのを知りながら私が参らなければ、なお不快な思いをさせてしまうところでした」と内大臣が言うと、

「いや、お叱りを受けるのは私のほうですよ。お怒りだなと思うことがたくさんあります」と、光君は意味ありげに言う。内大臣は、やはりあの件だと思い、面倒なことになった、と恐縮しているふうに座っている。

「昔から、公私につけても腹を割って、大きなことも些細《ささい》なことも相談してきました。あなたとは羽を並べるように力を合わせて、朝廷の補佐役を務めようと思ってきました。年月がたつうちに、それまでの思いとは違う不本意なこともありましたが、それは内々のわたくしごとというものでしょう。およそあなたへの気持ちはちっとも変わっていないのです。たいしたこともなく年齢を重ねていきますと、昔のことがずいぶん恋しくなるけれど、なかなか直接会うこともできません。ご身分柄、制約もあって、

ご威勢のいい振る舞いだとは思いますが、親しい間柄なのだから、そのご威勢も少し抑えて訪ねてくれればいいのに、と恨めしく思うこともありました」と光君が言うと、内大臣は、

「若い時は、たしかに馴《な》れ馴《な》れしく、おかしなくらい図々《ずうずう》しくいつもごいっしょして、なんの隔てもなくつきあっていただきました。朝廷に仕えてからは、羽を並べるなど及びもつかないと思っていたのに、ありがたいことに引き立てていただき、とるに足らない身ながらこんな地位に昇進して朝廷に仕えられるのは、ありがたいことです。そうは思いながら、年齢を重ねると、おっしゃる通りつい御無沙汰ばかりで……」と詫《わ》びる。

この機会に光君は姫君（玉鬘）のことをそれとなく話し出す。内大臣はそれを聞き、「じつに感にたえぬ、珍しい話もあるものですね」と、まず泣き出してしまう。「あの当時から、いったいどうなったのだろうと気になってさがしていたということは、何かの折に、悲しみにたえきれずに打ち明けたような気がします。今こうして私も人並みの身分となると、つまらぬ子どもたちが、いろいろな縁でうろうろとあらわれてきます。それも体裁が悪いしみっともないことだと思いながらも、それなりに子どもたちを大勢並べてみますと、いとしく思える時もあるのですが、そうした時にもまず

あの娘のことが思い出されましてね」と話すついでに、かつて、ずっと昔の雨の夜、あれこれと恋の品定めについて話したことを思い出して、泣いたり笑ったり、二人ともすっかり打ち解けた。夜もずいぶんと更けて、それぞれ帰っていく。

「こうして会うと、遠く過ぎ去った昔のことが思い出されて、なつかしくてたまらない。ここから帰る気にもなれないよ」と、ふだんはけっして気弱なわけではない光君も、酔い泣きというのか、涙ぐんでいる。大宮は大宮でなおのこと、亡き葵《あおい》の上《うえ》のことを思い出し、昔にまさる光君の容姿や威勢を見ると、今なお悲しくて涙をこらえることができず、しおしおと泣く。その涙に濡《ぬ》れる尼衣《あまごろも》は格別の風情《ふぜい》である。

こんなにいい機会であったのに、光君は中将のことについては最後まで口には出さなかった。いったん内大臣は思いやりがないと見極めてしまったので、今さら口出しをするのも人聞きが悪いと思ってやめたのである。内大臣は内大臣で、先方からのそれらしき話もないのに出過ぎたこともできずに、なんとなくすっきりした気持ちになれずにいる。

「今宵もお邸までお送りすべきですが、突然のことでお騒がせするのもどうかと思いまして……。今日のお礼には、あらためて参上するつもりです」と内大臣は言う。

それでは大宮の具合もいいように見えるので、先日伝えた裳着の日を間違えないように、かならずお越しくださいという旨を光君は言い、約束を交わす。

二人とも機嫌よく、それぞれに帰っていく物音は盛大に周囲に響き渡る。内大臣の子息であるお供の君達は、いったい何ごとだろう、久しぶりのご対面で、お二人ともご機嫌がよさそうだったのは、どんなご相談がまとまったのだろう、と、みなてっきり政治の話だろうと推測して、じつはこうしたことだったとは思いも寄らないのだった。

内大臣はまったく突然のことで、もっとよく事情を知りたいし、もどかしくも思うが、はいそうですかとすぐに娘を引き取って親ぶるのもよくないだろう……などと考える。

光君がそもそもあの娘をさがして引き取った経緯を考えると、まず間違いなく、その娘に邪念も持たず見過ごしていたはずはなかろう。れっきとした夫人たちに遠慮して、おおっぴらにその中のひとりとして扱うことはせず、とはいっても、父と娘という関係のままで世間の噂になるのはさすがに厄介なことだと思って、こうして打ち明けたのだろう。と思うとくやしいけれど、しかし光君と娘がそうした仲だというのが疵《きず》といえるだろうか。こちらから進んで光君の側に娘を差し出したとしても、べつに世間体の悪いことにはならないだろう。宮仕えさせるつもりならば、弘徽殿女御《こきでんのにょうご》がどう思うかを考えると、おもしろくはないが……、しかしともかく、光君が考えた末の決定に反対するわけにはいくまいな、と内大臣は考えに考えている。

このような話があったのは二月の上旬だった。二月十六日が彼岸の入りで、まことに吉日である。この前後にはほかに吉日がないと陰陽師が占いの結果を答えた上、大宮の容態も落ち着いているので、光君は急いで裳着の儀の準備を進めた。いつものように姫君の部屋にあらわれても、内大臣に真実を打ち明けた時の様子を話し、それはこまごまと裳着の心得の数々を教える。光君のこうした深い心づかいは、実の親でもこれほどではあるまいとありがたく思うものの、姫君にとって実の父親に会えるのはやはり真実うれしいのである。

このようなことののちに、光君は中将にも内々に事情を話して聞かせた。何か妙だと思うことがずいぶんあったが、そういうことであったのかと思いあたる中将だが、あの自分に冷たい姫君（雲居雁）よりも、野分の見舞いの折に垣間見たこの方の姿が思い出されて、まったく思いもしないことだったと、自分がとんだ間抜けに思えるのだった。けれども、この方に思いを寄せるなどとはあってはならない、間違ったことだと思いなおすところが、この中将のめったにない生真面目《きまじめ》さなのであろう。

そうして裳着の儀の当日となった。三条の大宮から、内々に使者があった。急なことではあったけれど、櫛《くし》の筥《はこ》など、いろいろな品物をとてもうつくしく調え、手紙には、

「お祝いを申そうにも、縁起でもない尼姿ですので、今日はご遠慮いたしますが、それにしましても私の長生きにはあやかって、お手紙を差し上げますことをお許しいただければと思います。しみじみと胸を打つご事情を伺いましたが、私が何か申しますのもいかがなものでしょうか……。あなたのお気持ちにまかせることにいたします。

ふたかたに言ひもてゆけば玉櫛笥《たまくしげ》わが身はなれぬ懸子《かけご》なりけり

（光君、内大臣、どちらの娘であっても、私とは孫として切っても切れぬ縁のあるお方です）」

と、それは古風に、震えた字で書いてある。光君はちょうど西の対《たい》にいて、あれこれと裳着の儀についての指示をしていた時だったので、それを見て、

「古風な文面だけれど、おいたわしいな、この筆跡は。昔は上手だったのに、お年を重ねるにつれて、不思議と筆跡も老いるものなのだね。ひどく震えてしまっている」

などと、幾度も手紙を見ては、「よくもこれほど玉櫛笥にこだわったものだ。三十一

字の中に、玉櫛笥に縁のない言葉がほとんどないのは、かんたんなことではないよ」とそっと笑っている。

秋の町の中宮から裳着のためにと、白い裳《も》、唐衣《からぎぬ》、その他の装束一揃い、髪上げの道具など、またとないすばらしいものに添えて、例によって数々の香壺《こうご》に、とくべつ香りの深い唐の薫物《たきもの》を入れて贈られる。六条院の女君たちもみな思い思いに装束や、お付きの女房たち用に櫛や扇まであつらえたのだが、そのできばえは優劣なく、どの品も、これほどの方々が趣向をこらして競い合ったものだから、当然みなみごとなものである。二条の東の院に住む人々も、こうした支度のことは耳にしていたけれど、自分たちはお祝いできるような立場でもないのだからと、ただ聞き流していたのだが、常陸《ひたち》の宮の御方（末摘花《すえつむはな》）は、へんに礼儀正しくて、こうした折に何もしないではいられない昔気質《むかしかたぎ》なところがあり、どうしてこのような時に他人《ひと》ごととして知らん顔をしていられようかと思い、形式通りに祝儀を贈った。

じつに殊勝な心掛けなのですがね……。

お祝いにはふさわしくない青鈍色《あおにびいろ》の細長が一襲《かさね》、落栗色《おちぐりいろ》とかなんとかいう、昔の人がありがたがった袷《あわせ》の袴《はかま》を一揃え、紫が白っぽく見える霰《あられ》模様の小袿《こうちき》を立派な衣箱《ころもばこ》に入れて、上包みもきちんとして贈った。手紙には、

「お見知りいただくような者でもありませんので気が引けますけれど、このようなおめでたい折にはお祝いを申さずにはいられませんので……。まことにお粗末ですが、お側の者にでもお下げ渡しください」と、鷹揚《おうよう》に書いてある。光君はそれを見て、なんとあきれたことだ、変わらない人だと思い、顔も赤らむ。

「へんに昔気質《むかしかたぎ》なんだ。こういう引っ込み思案な人は、おとなしく引っ込んでいればいいのに。さすがに私までが恥ずかしい」と言い、「返信はしてあげなさい。決まり悪く思うだろうから。父親王《みこ》がそれはそれはかわいがっていらしたのを思い出すと、ほかの人より軽く扱うには気の毒な人なのだ」と続ける。贈りものの小袿の袂《たもと》に、いつもと同じ趣向の歌があった。

わが身こそうらみられけれ唐衣《からころも》君が袂《たもと》に馴れずと思へば

（我が身が恨めしくてなりません、いつもあなたのおそばにいられないことを思うと）

筆跡は、昔からそうだったが、どうしようもなく縮こまって、まるで彫りつけたように強く、堅く書いている。光君はいらいらしつつも、どうにもおかしさをこらえきれず、

「この歌をいったいどんな様子で詠んだのか……。昔はともかく今は助けてくれる者

もいなくて、いっぱいいっぱいだったろう」と気の毒がっている。「いや、この返事は、忙しい折だが私がしよう」と言い、

「だれも思いつかないような奇妙なお心づかいは、なさらぬほうがいいですよ」

と、腹立たしさのあまりに書いて、
唐衣《からころも》また唐衣《からころも》唐衣《からころも》かへすがへすも唐衣なる
（唐衣、また唐衣唐衣、いつまでたっても唐衣か）

と、「いや真面目な話、あの人がとりたてて好きな趣向に合わせたまでだ」、そう言って返事を見せるので、姫君はあでやかに笑いながらも、

「なんてお気の毒な。からかっているようです」と、同情している。いいえ、つまらないことをずいぶん書いてしまって……。

内大臣は、はじめのうちはさほど気が進まなかったのだが、思いも寄らない話を聞いてからは、早く姫君に会いたいとずっと気になっていて、裳着《もぎ》の儀の当日は急いで六条院に向かった。儀式は、従来の決まり以上に目新しい趣向で行われる。光君がいかに格別な心づかいでいるかを思い知らされ、内大臣は畏れ多く思うものの、何か妙だと思わざるを得ない。亥《い》の刻（午後九時から十一時頃）になって、内大臣は御簾《みす》の

中に入る。慣例通りの飾り付けはもとより、御簾の中の座席も、見たことがないほどみごとにしつらえてある。酒肴《しゅこう》が振る舞われる。御殿油《おおとなぶら》も、通常のしきたりよりは少し明るめにして、気の利いたもてなしである。内大臣は姫君を一目見たくてたまらないが、初対面の今宵というのはあまりに早すぎると思って我慢するものの、裳の腰紐《こしひも》を結ぶ時などはこらえきれない面持ちである。光君は、

「今宵は、昔のことはいっさい口にしませんので、あなたもなんの事情も知らない体《てい》でやってください。内情を知らない人々の手前、今宵はまだ、世間一般の作法通りに腰結《こしゆい》の役をお願いします」と言う。内大臣は、

「たしかに、何を申し上げていいのかわかりません」、盃《さかずき》に口をつける時に「お礼の言葉もないほど、世にまたとないご厚意に感謝しておりますが、今までこうして隠していらした恨みも、どうして言い添えずにいられましょうか」と言う。

うらめしや沖つ玉藻をかづくまで磯《いそ》がくれける海士《あま》の心よ
（恨めしいことだ、磯に隠れる海士のように、裳を着るこの成人の日まで、隠れていた娘の心が）

と、やはりこらえることができずに涙を流す。姫君は、恥ずかしくなるほど立派な様子の二人がともにいるので、気後れして、返事もできないでいる。光君が、

「よるべなみかかる渚《なぎさ》にうち寄せて海士《あま》も尋《たづ》ねぬ藻屑《もくづ》とぞ見し
（寄る辺なく、このようなところに身を寄せていた姫君は、海士もさがし出しはしない藻屑——父親もさがし出してはくれない身の上だと思っていたのだ）

それは理不尽な言い掛かりというもの」と言うので、

「いや、その通りです」と、内大臣はそれ以上何も言えなくなってしまって、御簾から出る。

今日は親王《みこ》たち、それ以下の人々も残らず集まっている。その中には姫君に思いを寄せる人々も大勢いるので、内大臣が御簾に入ってからなかなか出てこないのを、どういうわけなのかと不審がっている。内大臣の子息たちのうち、中将（柏木《かしわぎ》）と弁《べんの》少将《しょうしょう》だけがうすうす事情を知っているのだった。姫君が実のきょうだいであると知り、ひそかに思いを寄せていたことを、つらくも、また、うれしくも思っている。弁少将は、「思いを打ち明けなくてよかった」とちいさくつぶやく。ほかの君達《きんだち》が「源氏の大臣《おとど》のお好みはふつうとは異なるから……」「秋の町の中宮のように、入内させるのだろうか」などとそれぞれ言い合っているということを光君は耳にして、内大臣に、

「やはりしばらくのあいだ用心して、世間から悪く言われないように気を配ってください。何ごとも、気楽な身分の人ならば少々乱れたことがあってもかまわないだろうが、私のほうもあなたのほうも、あれこれ人に噂《うわさ》されて悩まされては、ふつうの者より具合が悪い。姫君があなたの娘であると、自然と、だんだん世間に知られていくようになるのがいいと思いますよ」と言う。

「ただもうあなたのおっしゃる通りにしましょう。こんなにもお世話をしていただき、ありがたい養育のもとに守られていましたのも、前世の因縁がとくべつだったからでしょう」と、内大臣。

来客への土産はいうまでもなく、引き出物や祝儀など、それぞれ身分に応じて、慣例として決まりのあることだが、その上になお加えて、比類ないほど立派にした。大宮の病気を理由にいったんは断ったことも考慮して、大げさな管絃《かんげん》の遊びなどはなかった。

兵部卿宮《ひようぶきようのみや》（蛍宮《ほたるのみや》）は、「裳着の儀を終えた今では、断る口実となる差し障りもないのですから……」と、熱心に求婚するけれども、

「帝《みかど》から入内《じゆだい》の意向がありましたので、まず辞退して、それから帝がどう仰せになるか、それ次第ということで、ほかの話はいずれにせよ、その後で決めましょう」と光

君は言う。

父親である内大臣は、かすかに見た姫君の様子を、なんとかもう一度はっきりと見られないだろうかと思っている。少しでも不恰好《ぶかっこう》なところがあれば、あの光君がこれほど仰々しく大切に扱わなかったろう、などと思うと、今はかえってもどかしく、恋しく思えるのだった。今になって、我が子を人の養女にしているのではないかというあの夢も、正夢だったと合点がいくのである。内大臣は、娘である弘徽殿女御《こきでんのにょうご》にだけは、はっきりした事情を話して聞かせた。

世間の人にはけっして知られまいと、この姫君（玉鬘《たまかずら》）のことはひた隠しにしていたけれど、口さがないのは世の人の常である、自然と話は漏れて、だんだんと噂は広がっていく。それを、あの厄介な近江《おうみ》の姫君が聞きつけ、弘徽殿女御《こきでんのにょうご》のそばに、内大臣の子息である中将（柏木《かしわぎ》）や弁少将《べんのしょうしょう》が控えているところへやってきて、

「殿（内大臣）は姫君を迎えるのだとか。とってもおめでたいじゃない。どんな人が、内大臣と源氏の大殿二人にだいじにされているのかしら。聞けば、その人もいやしい生まれだっていうじゃない」とずけずけと言い出し、女御は苦々しく思って何も言わない。

「そのお方は、お二人にだいじにされるだけのわけがあるのでしょう。それにしてもだれに聞いてそんなことを出し抜けに言うんです。口うるさい女房に聞かれでもしたらたいへんですぞ」と中将が言うと、姫君は、

「お黙りなさい。ぜんぶ知ってるもの。尚侍《ないしのかみ》になるのでしょ。私がこちらの宮仕えに急いで出てきたのは、私もそうしてもらえると思ったから。だからそのへんの女房たちのしないようなことまで、進んでやってきたのに。女御さまは薄情です」と恨み言を言うので、子息たちは苦笑し、

「尚侍に欠員があれば、この私こそ願い出ようと思っているのに、あなたも無茶なことを言うね」などと言う。姫君は腹を立てて、

「ご立派なきょうだいの中に、人並みにもしてもらえない者は入るべきじゃないわね。中将の君はなんてひどい人だろう。お節介にもこの私を迎えておきながら、馬鹿にして、からかって。ここは、そこそこの者ではやっていけないお屋敷だ。ああ、こわいこわい」と後ずさってこちらをにらんでいる。憎めない様子ではあるが、じつに腹立たしそうに目尻をつり上げている。

　中将は、この人がこんなふうに言うのを聞いても、まったくその通りに失敗だったと思うので、神妙な顔で聞いている。弁少将は、

「こうした宮仕えも、だれよりも働き者のあなたですから、女御もおろそかにはしないでしょう。まあ、気持ちを鎮めなさいな。天照大神《あまてらすおおみかみ》じゃないけれど、堅い岩をも沫雪《あわゆき》のように蹴散らかしてしまうほどの勢いでいらっしゃるのだから、いつか思いをみごとに遂げられる時が来ますよ」とにやにやしながら言う。中将も、

「天の岩戸を閉じて引きこもっていたほうが無難だろうね」などと言って席を立つので、姫君はほろほろと涙を流し、

「このきょうだいたちはみんなつらくあたるけれど、ただ女御さまのお気持ちがやさしいから仕えているんです」と言い、こまめにかいがいしく、下働きの女房や童《わらわ》もしないような雑用まで、身軽に立ち上がっては走りまわり、落ち着きなく動きまわっては、懸命に働いてみせ、

「尚侍に私を推薦してください」と女御にせがむ。女御もさすがにあきれ、何を考えてこんなことを言っているのかと思うと、まともに相手をする気にもなれない。

内大臣はこの願いを聞いて、じつに愉快そうに笑い、女御のところにやってきたついでに、

「どこにいるか、近江の君よ。出ておいで」と呼ぶと、

「はい」とはっきり返事をして姫君は出てくる。

「たいそうよく勤めている様子だが、公職につくのにふさわしいではないか。尚侍になりたいとなぜもっと早く私に言わなかったのだ」と真面目くさって内大臣が言うと、姫君はとてもうれしくなって、

「そのようにしてほしかったのですが、この女御さまがそのうち伝えてくださるだろうと、思いっ切り頼りにしてたんです。でもほかに尚侍になるべき人がいると聞きましたので、夢の中でお金持ちになって、なんだ夢だったのかと、がっかりして胸に手を置いたような気持ちです」と言う。その口調はじつにはきはきしている。内大臣は笑い出しそうなのをこらえて、

「まったく、妙にまどろっこしいところのある人だね。そう願っていると言ってくれれば、ほかのだれより先にあなたを推薦したのに。源氏の大臣《おとど》の娘（玉鬘）がどんなに身分が高くとも、私がぜひにお願いすれば、帝が聞いてくださらないはずはない。今からでも申し文をきちんと作ってみごとに書き上げなさい。長歌などの心得があるのをご覧になれば、お見捨てにはなりますまいよ。帝は、とりわけ風流なことがお好きな方だから」などと、じつにうまくだましてしまう。

仮にも人の親なのに、ずいぶんひどいじゃありませんか。

「和歌なら、下手は下手でもなんとか続けられます。公のお申し出はおとうさまから

お願いしてもらって、私は言葉を添えるくらいにして、おとうさまのお力を借りることにします」と、両手をすりあわせながら言っている。几帳《きちょう》の後ろでそれを聞いている女房たちはおかしくて死にそうである。笑いをこらえられない人はそっと抜け出して、ほっと人心地《ひとごこち》ついている。女御も顔を赤らめて、なんと見苦しいことだろうと思っている。内大臣も、

「何かとむしゃくしゃする時は、近江の君を見れば気も紛れるよ」などと、もっぱらこの姫君を笑い者にしているが、世間では、

「近江の姫君のことは、ご自分でも恥ずかしいから、照れかくしに、ああしてつらく当たっているのだろう」などといろいろ噂しているのである。

藤袴《ふじばかま》

玉鬘の姫君、悩ましき行く末

月が変わったら、いよいよ宮中へ参内することが決まったのでしたが……。

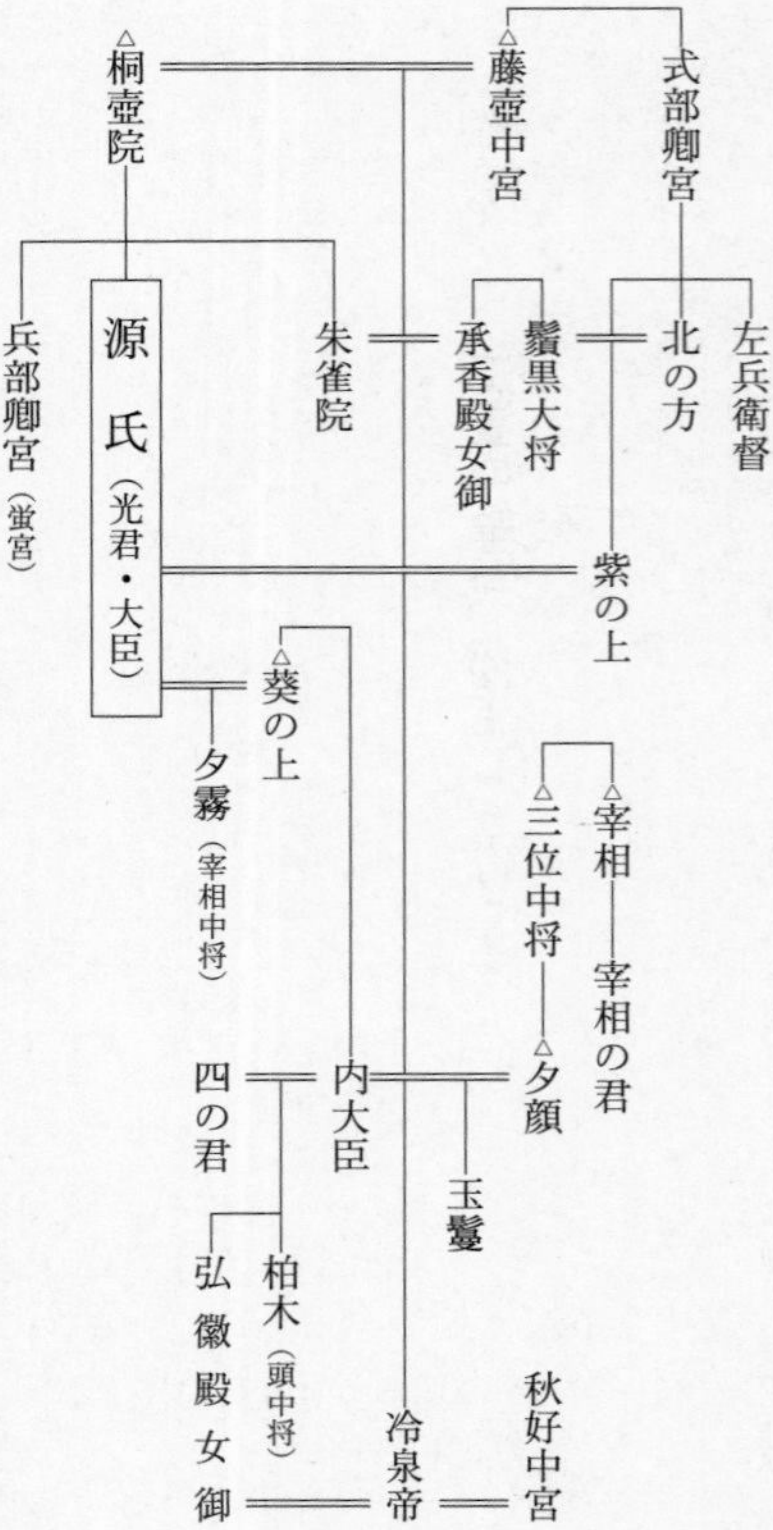
式部卿宮
△藤壺中宮
△桐壺院
兵部卿宮（蛍宮）
源氏（光君・大臣）
朱雀院
承香殿女御
鬚黒大将
北の方
左兵衛督
紫の上
△葵の上
夕霧（宰相中将）
△宰相
△三位中将
宰相の君
△夕顔
内大臣
四の君
玉鬘
柏木（頭中将）
弘徽殿女御
冷泉帝
秋好中宮

＊登場人物系図
△は故人

姫君（玉鬘《たまかずら》）に、尚侍《ないしのかみ》として出仕することをだれもが勧める。けれども、どうしたものだろう、親と思って頼りにしていた源氏の大臣《おとど》のお心ですら、ただ親とばかりに気を許せないのが男女というもの。まして宮中にお仕えして、思いがけなく帝《みかど》のご寵愛を受けるようなことになったとしたら……。（秋好《あきこのむ》）中宮《ちゅうぐう》、弘徽殿女御《こきでんのにょうご》のどちらからも疎んじられたらどうしたらいいのか、宮中で身の置きどころもない思いがするだろう。この身はこんなにも頼りない有様で、どちらの親からも、深いお心でだいじにしていただくほどの者でもなし、世間からも軽く見られている。あれこれと取り沙汰《ざた》されて、どうにかしてもの笑いの種にしてやろうと不幸を祈っている人々も多いし、何かにつけて、これからは気苦労も絶えないのだろう……。と、そうしたことの分別のつかない年頃ではもうない姫君は、さまざまに思い乱れて、だれにも言えずに嘆いている。

……かといって、この六条院で暮らしているのも悪くはないけれど、この源氏の大臣のお心は、厭《いと》わしくて厄介だ。どのような機会にこうした状態から抜け出して、世間がへんに疑っているらしい関係をきっぱりと断ち切ることができるだろう。実の父である内大臣も、源氏の大臣のご意向に遠慮なさって、堂々と私を引き取って、はっきりと娘扱いしてくださるわけでもない。宮仕えをするにしてもここに留《とど》まるにしても、どちらにしてもみっともなく色恋沙汰に巻きこまれて、心を悩ませ、人からとやかく言われる身の上なのだろう。と、実の親にようやく認めてもらってからは、かえって遠慮することもなく、馴《な》れ馴《な》れしくなった光君の振る舞いも加わって、姫君はひとり悩んでいる。姫君には、こういう悩みを、すべてではないにしろ、少しでも漏らせるような女親もおらず、光君も内大臣もどちらも気後れするほど立派で、近寄りがたくすらある様子の二人に、いったいどんなことを「ああなんです、こうなんです」とはっきり相談などできようか。世にも稀有《けう》な自身の身の上を思い嘆いては、胸に染みいるような夕暮れの空を、庭に近い端に出て眺めている姫君の姿はじつにうつくしい。

祖母である大宮が亡くなり、姫君は薄い鈍色《にびいろ》の喪服をしっとりと身につけている。いつもとは異なるその色合いに、顔立ちがじつにはなやかに引き立っているのを、そばに控える女房たちは笑みをたたえて見とれている。そこへ宰相中将《さいしょうのちゅうじょう》（夕霧《ゆうぎり》）が、同じ鈍色ながらもう少し色の濃い直衣《のうし》を着て、冠の纓《えい》を巻いているのがじつに優美でうつくしい姿であらわれた。

中将ははじめから、姉弟だと思いこんで実直な好意を寄せていたので、姫君もそうよそよそしい態度はとらずにいた。そのことに馴《な》れているので、今、実の姉弟ではないとわかったところですっかり態度を変えるのもできかねて、以前のように御簾《みす》越しに、几帳《きちょう》を添えた対面で、取り次ぎなしで言葉を交わす。光君からの使いで、帝から仰せ言の内容をそのままこの中将が伝えにきたのである。

その返事を、鷹揚《おうよう》でありながら、じつにきちんと伝える姫君の様子が、いかにも才気にあふれて、やさしげなことにつけても、中将はあの野分の朝に垣間見た顔を忘れがたく恋しく思う。あの時は、実の姉にそんな気持ちを持つのはとんでもないと思っていたが、事情をすっかり聞き知ってからというもの、平静ではいられないような心持ちである。

父大臣は、この方が宮仕えをしても、めったなことではあきらめたりなさらないだろう。あれほどすばらしい女君たちとのあいだにも、このうつくしい姫君が原因となって何かしら面倒なことがきっと起きるだろう……。そう思うと気が気ではなく、胸ふさがれるような思いがするが、中将はさりげなく真面目《まじめ》くさって、「ほかの人の耳には入れるなとおっしゃったことがあって、それを話したいのですが、どうでしょう」と意味ありげに言う。近くに控えている女房たちも少しずつ下がり、几帳の後ろなどでこちらを見ないようにしている。

中将は、でっち上げた伝言を、いかにも光君からのようにもっともらしく、親身になって話して聞かせる。帝のあなたへの愛情が尋常ではないからそのように用心なさい、というようなことである。姫君は返答のしようもなく、そっとため息をついているが、それがあまりにも奥ゆかしくて愛らしく、じつに魅力的に思え、中将は我慢ができず、

「喪服も今月（八月）にはお脱ぎになるはずですが、日柄がよくありません。十三日に河原にお出になって祓《はら》えをなさるようにと父大臣がおっしゃっています。この私もその時はお供をしようと思います」と言う。

「ごいっしょに、というのも大げさではないかしら。目立たないほうがいいと思いますけれど」と姫君。自身が大宮の喪に服している事情を、世間に知れ渡らないように、という心づかいはじつに思慮深いものである。

「大宮の喪に服していることを世間に知らせまいと隠しておられるのは情けないです。

私などは、悲しみもこらえがたい祖母君の形見の喪服なので、脱ぎ捨てるのも心底つらいのに……。それにしても、不思議なことに、なぜあなたとこうしたご縁があるのかも、また合点がいかないのです。こうして喪服を着ていらっしゃらなかったら、ご縁があることもわかりかねたでしょう」と言う中将に、

「何ごともわかりかねている私には、なおさら、どのようなことなのか筋道をたどることもできませんけれど、こうした喪服の色は妙に悲しく胸に染みいるものですね」

と返す姫君はいつもより沈んでいて、その様子はじつに可憐《かれん》でうつくしいのである。

こういう機会に、と考えていたのか、蘭《らん》（藤袴《ふじばかま》）の花のたいそうみごとなものを中将は持ってきていたが、それを御簾の端から差し入れて、

「これもご覧になっていただく理由があったのです」と、すぐには手放さず持っている。姫君がそうとは気づかずに花を手に取ろうとすると、中将はその袖をすっと引く。

「同じ野の露にやつるる藤袴《ふぢばかま》あはれはかけよかことばかりも

（同じ野の露にしおれている――同じ祖母の死を悼《いた》んで喪服に身をやつす私に、やさしい言葉をかけてください、申し訳程度にでも）」

「東路《あづまぢ》の道の果てなる常陸帯《ひたちおび》のかことばかりも逢《あ》ひ見てしがな（古今六帖／東国の道の果てにある常陸で、ほんの少しでもいいから逢いたいものだ）」を思い浮かべた姫

君は、さては私を口説こうとしているのかと嫌な気持ちになるが、気づかないふりでそっと奥に引っ込んで、

「尋《たづ》ぬるにはるけき野辺の露ならば薄紫やかことならまし

（お尋ねになって、遠い野辺の露、遠い縁だというのなら、藤袴の薄紫――縁があるというのは申し訳程度の言い訳でしょう）

こうして親しくお話ししている以上に、深い縁などありますでしょうか」と言う。

中将は少し笑って、

「縁が浅いか深いか、よくおわかりのはずでしょう。本当に、畏れ多くも帝のご意向で宮仕えなさると承知していながら、抑えることのできない私の胸の内をどうしたらわかってくれますか。かといって、打ち明けたら疎ましく思われるのもつらくて、心に堅く秘めていましたが、どうせつらいなら同じことだと、たまらない気持ちで言うのです。あの頭中将《とうのちゅうじょう》（柏木《かしわぎ》）の気持ちはおわかりでしたか。彼の気持ちを、どうして他人《ひと》ごとなどと思っていたのだろう。今、こうして我がことになってみると、まったく愚かしいと思い知りもしました。真実を知ってからはかえって彼もあきらめて、結局は姉弟の縁は切れないことを頼りにして、気持ちをなぐさめている様子を見ると、なんともうらやましくも妬ましくも思うのです。こんな私をどうかかわいそうと心に

お留めおきください」などと、くだくだしく訴えることも多いのだけれど、はたから見てもあんまりなので、ここには書き記さないことにしましょうか。

姫君はだんだんと奥に退いて、厄介だと思っているようなので、中将は、

「つれない態度をなさるのですね。私があやまちなど犯すはずがない人間だと、今までのことで自然とおわかりになるでしょうに」と、この機会にもう少し胸の内を漏らそうとするが、

「なんだか気分が悪くなりまして」と姫君は奥へ入ってしまう。中将は深いため息をついて立ち上がる。

中途半端に打ち明けてしまったことだ、と後悔するにつけても、中将は、姫君よりひときわ身に染みて恋しく思えた紫の上の様子を思い出し、今くらいもので隔てられていてもかまわないから、せめて声だけでも何かの機会に聞けないだろうかとせつなく思いながら、父である光君の元に行く。あらわれた光君に、中将は姫君の返答などを伝える。

「このたびの宮仕えを姫君は気の進まないことと思っているのでしょう。兵部卿宮《ひょうぶきょうのみや》（蛍宮《ほたるのみや》）など、恋馴れた人が、それは深い思いの限りを尽くして口説いているから、そちらに心を奪われているのかと思うと、それもお気の毒な話だ。けれど姫君は、あ

の大原野の行幸《ぎょうこう》で帝を拝見した時は、なんとすばらしいお方かと思っていた。若い女ならば、ちらりとでも帝のお姿を拝見したからには、宮仕えのことを忘れるなんてできるはずがない。そう思ったから、この件もこうして取りはからったのだが」と光君が言う。中将は、

「それにしても、姫君のお人柄に鑑みて、宮仕えと兵部卿宮と、どちらに落ち着かれればふさわしいのでしょう。宮仕えをしても、秋の町の中宮があのように並ぶ者のない地位にいらっしゃるし、それに、弘徽殿女御も高貴なお方として世の信望も格別でいらっしゃるから、どんなに帝のご寵愛が篤《あつ》くとも、姫君がお二人と肩を並べるのは無理ですよね。兵部卿宮は姫君にひどくご執心の様子でしたが、姫君が女御として入内《じゅだい》なさるのではなく尚侍として入内されるのであっても、宮は、ご自身のお気持ちを踏みにじられたように思われるのではないでしょうか。そうなりますと、宮と父君がお親しい間柄ゆえ、おいたわしいことに思います」と、いかにも大人じみた様子で言う。

「難しいことだ。私の一存でどうこうできるお人ではないのに、大将（鬚黒《ひげくろ》）まで私を恨んでいるらしい。そもそもああした気の毒な境遇を見過ごせなかったのだが、そのせいで筋違いの恨みを買うのだから、かえって軽率なことだった。あの人の母君

（夕顔《ゆうがお》）がしみじみと言い残した遺言が忘れられず、うらさみしい山里に住んでいると聞いたところ、父であるあの内大臣がまるで耳をお貸しくださらないと泣きついてきたので、不憫《ふびん》に思ってこうして引き取ることにしたのだ。私がこれほどたいせつにしていると聞いて、あの内大臣も人並みの扱いをなさるのだろう」と、もっともらしく説明する。「姫君の人柄からして、兵部卿宮の妻としてまことにふさわしいだろう。はなやかで、またじつに優美なところがあって、それでいて賢く、あやまちなど犯しそうもない、だれから見てもお似合いの二人だろう。一方で、宮仕えをしても充分に勤め上げることができる。顔立ちも整っているし才気もある。公の職務にもたどたどしくなく、てきぱきしていて、こういう人をと帝が望んでいらっしゃるお気持ちに、ぴったりとかなうだろう」

などと話す光君の本当の気持ちを知りたくて、中将は言う。

「長い間こうしてお育てになっている父上のお心を、世間では妙なふうに噂しているようです。あの内大臣も、大将（鬚黒）があちらにつてを求めて姫君へのお気持ちを伝えた時にも、そのような意味のことをご返答なさったとか」

光君はそれを聞いて、「どれもこれもまったくの見当違いだな」と笑う。「やはり、宮仕えするにせよなんにせよ、実の父である内大臣が納得して、こうしようという考えに従うべきだな。女には、父、夫、子と、三従の道があるというが、その順番を間違えて、この私の思い通りにするなど、あるまじきことだ」

「しかし内大臣は、内輪話に、こちらにはれっきとした奥方たちが長年お暮らしになっている、姫君がその方々の数に入れてもらえるはずはないのだから、なかば捨てるつもりで実の父である私に押しつけて、尚侍という役職で宮仕えをさせておき、自分のものにしてしまうつもりだろう、じつに賢明で抜かりのないやり方だと言っては、ありがたがっておられたと、たしかにある人が私に話してくれたのですよ」と中将はあらたまった様子で話す。なるほど内大臣はそのように考えていたのかと思うと、光君は困惑して、

「ずいぶんと忌々《いまいま》しい想像をなさったものだね。隅々まで気をまわしすぎるご性分だからだろうね。そのうち自然と、どうなるにせよ、はっきりしてくると思うよ。しかし考えの浅いお方だね」と、笑う。その様子は後ろめたいところなどこれっぽっちもなさそうだけれど、中将はなおも疑いを捨てきれない。光君も考える。やっぱり、こうみんながあれこれ邪推している通りになっていたら、まったく残念で見苦しいことだったろう、内大臣にも、なんとかして私はこんなに潔白だとわかってもらわなくては……。それにしても、宮仕えということにして、姫君への恋情を人に気づかれない

ようにごまかしていたのを、よくも見抜いたものだ、と気味悪く思わずにはいられない。

こうして喪服を脱ぎ、「月が変わると忌む月となるから出仕は避けたほうがいい、十月頃に……」と光君は考え、そのように伝えると、帝も待ち遠しく思い、また、以前から姫君に思いを寄せている人々は、だれも彼もが残念でたまらず、入内の前になんとか……とそれぞれ親しい女房たちを頼って泣きついている。けれどもそれは吉野の滝を堰《せ》き止めるよりも難しいことで、「どうすることもできません」と女房たちは答えている。

中将も、言わずもがなのことを打ち明けてから、姫君がどう思っているかと気掛かりで、あれこれ奔走して、じつに熱心に、ごくふつうにお世話をするように見せて、しきりと機嫌をとっている。自分の気持ちを軽々しく口にして言い寄ることはせず、とり澄まして思いを隠している。姫君の実の兄弟たちはかえって近寄るきっかけを失って、宮仕えをしてからのお世話を……と、それぞれその日を待ち遠しく思っている。頭中将（柏木）はあれほど熱心に言い寄っていたのに、ぱったりと音沙汰がなくなったのを、変わりやすいお心ですこと、と女房たちはおもしろがっているところ、内大臣の使者として本人がやってきた。未だに、実の姉弟という表向きの態度ではなく、以前はこっそりと手紙などをやりとりしていた間柄なので、月の明るい夜ゆえ、桂《かつら》の木陰にそっと隠れている。姫君も、これまではまったく取り合わなかったのに、すっかり以前と変わって、南の御簾の前に通した。

自分から直接話しかけることはやはりためらわれ、姫君は、女房である宰相《さいしょう》の君を通して応対する。

「父があえて私を選んでお遣わしになったのは、じかに伝えるように、とのたいせつなご伝言だからでしょう。こうして隔てられていては、どうしてお話しできましょうか。私は人の数にも入らないような者ですが、姉弟は切っても切れぬ縁ということわざもあるようです。なんと言いますか、古風な言いまわしですが、それを頼もしく思っていたのに」と言い、おもしろくなさそうな様子である。

「本当に長いあいだ積もり積もったお話などもしたいと思うのですが、このところ何やら気分がすぐれなくて、起き上がることもできないのです。それほどお咎《とが》めになるとは、かえって肉親とは思えないような気がします」と姫君は生真面目に伝える。

「ならばご気分がすぐれずにいらっしゃる、その几帳のそばまで行くことはお許しくださいませんか。いやいや、もういい。こんなことを言うのも気が利きませんね」と、父である内大臣の伝言をひそやかに伝える。その心配りなど、人に劣ることなく、じつに好ましい感じである。

「いつご出仕なさるのかなど、くわしいことは聞けずにいますが、内々にご相談くださったらよいと思います。何ごとも人目があるので気が引けてこちらに来ることもできず、お話もできないことを父大臣はかえって気掛かりに思っておいでです」などと話すついでに、「いやもう、今は愚かしいことを申し上げることもできませんね。しかし姉弟にしろそうでないにしろ、私のこの思いを知らんふりなさってもよいものかと、ますます恨めしく思えてきます。何よりもまず今夜のこの私のお扱いです。南の正面などではなく、北面の奥まった部屋にでもお通しくだされば……。あなたがた女房は不愉快に思うでしょうが、せめて下仕えといった人々と親しく話もしたい。こんなお扱いがありますか。何から何まで珍しい関係ですよ」と首を傾げながら恨み言を言い続けるのに心を動かされて、宰相の君は姫君にかくかくしかじかと伝える。

「本当に、いきなり親しくなりすぎると言われないか、人の目を気にしておりまして……姉弟でありながら長年ずっとこらえていた思いを吐き出すこともできないのだから、以前よりかえってつらいことが多くなりました」と、姫君がそっけなく言うので、
頭中将は決まり悪くなって何も言えなくなってしまう。

妹背山《いもせやま》ふかき道をば尋《たづ》ねずて緒絶《をだえ》の橋にふみまどひける

（実の姉弟だという深い事情を調べもせず、叶《かな》わぬ恋の道に踏み迷い、手紙《ふみ》など送ってしまった）

と恨んでみたところで、しかし自業自得なのである。姫君はこう返す。

まどひける道をば知らで妹背山たどたどしくぞ誰《たれ》もふみ見し

（恋の道に迷っていることを知らず、姉弟なのに妙なことだと思いながら手紙《ふみ》を拝見していました）

宰相の君は、「ご姉弟としてのお手紙なのかそうではないのか、姫君はおわかりにならなかったようです。何ごとも、あまりなまでに世間一般を気にされているようなので、お返事も直接はおできにならないのです。いつまでもこのままではございますまい」と言う。それももっともなことなので、

「わかった、長居するのも気まずいですね。だんだんお世話させていただいてから、直接ご奉仕させていただこう」と頭中将は座を立つ。

高く上った月は澄みわたり、空の様子も風情《ふぜい》がある。頭中将はじつに気品に満ちている上に顔立ちも美しく、直衣《のうし》姿は趣味もよくはなやいでいて、なんとも魅力的である。宰相中将（夕霧）の風采にはとても及ばないにしても、こちらもたいそううつくしい。いったいどうしてご一族、揃いも揃ってすてきな方ばかりなのかと、若い女房

たちはいつものように、それほどでもないことまで大げさに褒めあっている。

鬚黒の大将は、この頭中将が同じ右の近衛府《このえふ》の部下なので、しょっちゅう呼びつけては熱心に姫君について話し、彼を通して内大臣にもお願いをしているのだった。鬚黒の大将は人柄もじつに立派で、いずれは朝廷の後見も任されるべき人物なので、婿としてなんの問題があろうかと内大臣は思っているが、あの源氏の大臣がこうと決めて取り仕切っていることに、どうして異を唱えられよう、源氏の大臣だって考えがあってやっているのだと納得もできるので、姫君についてはすべて光君に任せている。

この鬚黒の大将は、東宮《とうぐう》の母君で、朱雀帝《すざくてい》の承香殿女御《しょうきょうでんのにょうご》であった人のきょうだいである。源氏の大臣と内大臣は別格として、それに次いで帝の信頼がたいそう篤《あつ》い人である。年齢は三十二、三くらい。正妻は、紫の上の腹違いの姉君、式部卿宮《しきぶきょうのみや》の長女である。彼女の年齢が大将より三つ四つ上なのは、たいした欠点でもないのに、人柄がどんなふうであるのか、大将はこの妻を「ばあさん」と呼んで大事にもせず、なんとかして別れたいと思っている。正妻が紫の上の姉ということもあって、大将と姫君（玉鬘）の縁談は不似合いだし、困ったことになると光君は思っているようだ。鬚黒の大将は色恋に惑うようなところのまったくない男だが、この姫君のことではじつに熱心に奔走している。「内大臣も自分との縁組みを論外とは思っていらっしゃらないようだし、姫君も宮仕えに乗り気ではないようだ」と、頭中将のようなくわしいってがあるのでそこから漏れ聞いて、「ただ源氏の大臣のご意向が違うというだけのことだろう。実の父親である内大臣の反対がないのならば……」と、姫君付きの女房、弁のおもとに仲を取り持つよう催促する。

九月になった。初霜が降りて風情あるうつくしい朝、いつものように、それぞれ仲を取り持つよう頼まれている女房たちが、そっと隠しては持ってくる幾通もの手紙を、姫君は見ることもなく、女房たちが読み上げるのをただ聞いている。大将の手紙には、「それでもやはり頼みにしていましたが、時の過ぎゆく空の景色に気が気ではなくて――

数ならばいとひもせまし長月《ながつき》に命をかくるほどぞはかなき

（結婚を忌む月、九月を、人並みの者ならば厭わしく思うだろうが、九月ならあなたは出仕しないとそれにすがって生きながらえている、はかない身の上です）」

月が変わったら出仕するという取り決めをすっかり知っているようである。

兵部卿宮（蛍宮）は、

「言っても仕方のないことは何も言いようがないけれど――

朝日さす光を見ても玉笹《たまざさ》の葉分《はわけ》の霜を消《け》たずもあらなむ

（朝日さす光のような帝の元でも、玉笹の葉分の霜のような私をどうか忘れないでください）

せめてこの思いを知ってさえくだされば、気持ちもなぐさめられましょう」と、ひどくしおれた下折れの笹の枝に結びつけて、その霜も落とさず持ってきた使者までが、いかにも宮の気持ちをあらわしているようだ。

式部卿宮の子息である左兵衛督《さひようえのかみ》は、紫の上の異母きょうだいである。六条院に親しく出入りする人で、自然と内情にもよく通じており、姫君出仕のことではやはりひどく落胆している。じつにたくさんの恨み言をつらね、

忘れなむと思ふものの悲しきをいかさまにしていかさまにせむ

（あなたを忘れたいと思うにつけても、それがまた悲しく、いったいどうしたらいいのか、どうしたら）

紙の色、墨の濃淡、薫《た》きしめた香の匂いも、みなそれぞれにすばらしいので、女房たちは、

「ご出仕になられると、この方々がみんなあきらめてしまわれると思うと、さみしくなりますね」などと言う。

何を思うところがあったのか、姫君は兵部卿宮にだけは返事を、ほんの一筆、

心もて光にむかふあふひだに朝おく霜をおのれやは消《け》つ

（自分から日の光に向かう葵《あおい》でさえも、朝置く霜をみずから消すでしょうか。ましてて望んだわけではなく出仕する私があなたを忘れたりはしません）

とほのかにしたためてあるのを、宮はめったにないことと思って見るにつけ、姫君自身は自分の思いをわかってくれているように詠んであるので、ほんの一言ではあるが、じつにうれしいのだった。このように、なんということはないのだが、さまざまな人からの恨み言も多い。

女の心構えとしてこの姫君を手本にすべしと、光君も内大臣も評定したとか。

真木柱《まきばしら》

思いも寄らない結末

玉鬘の姫君の宿縁については、光君すら、
まったく思いも寄らなかったことなのでした。

*登場人物系図
△は故人

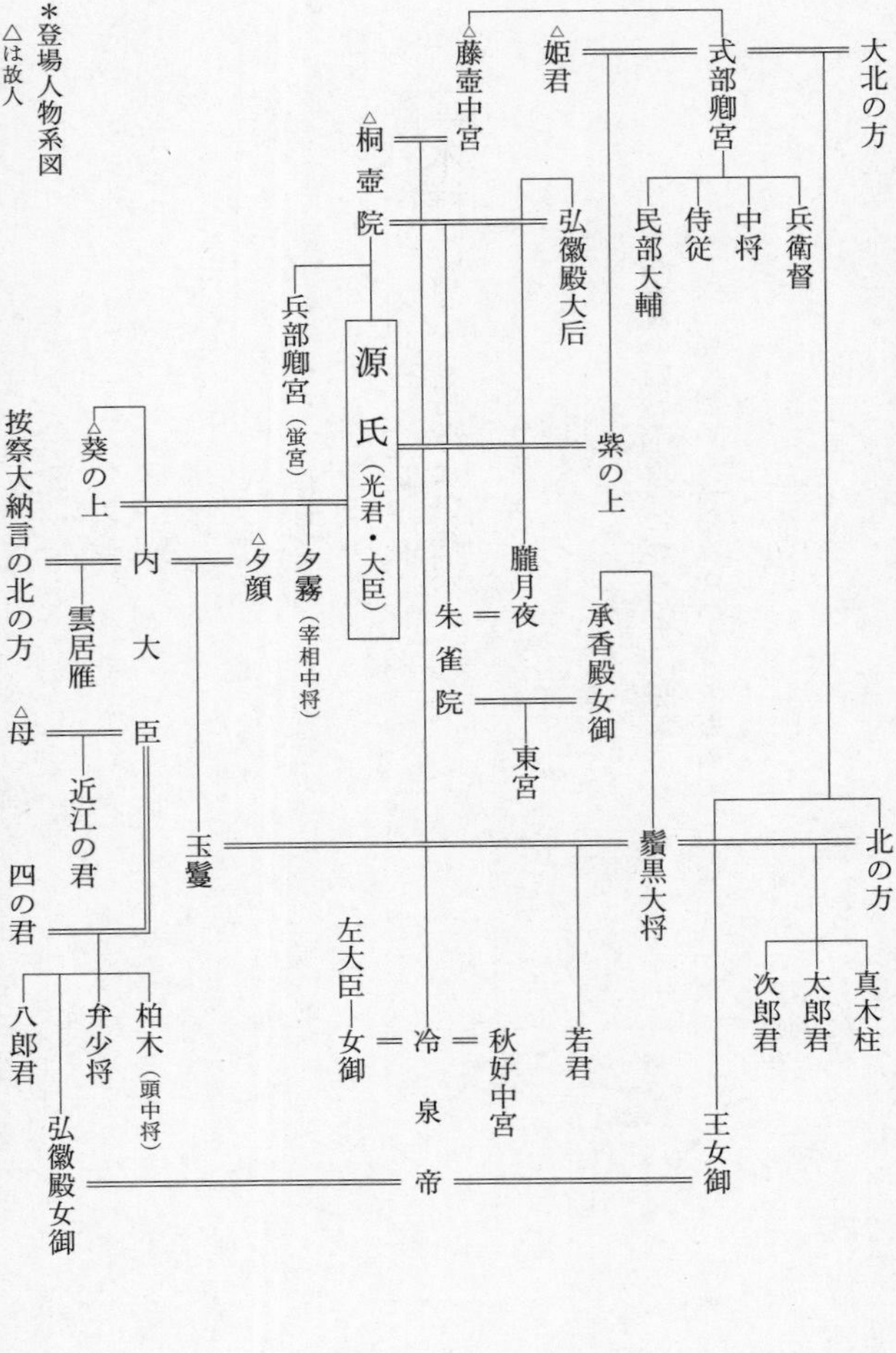

大北の方
式部卿宮
△姫君
△藤壺中宮
兵衛督
中将
侍従
民部大輔
△桐壺院
弘徽殿大后
兵部卿宮（蛍宮）
源氏（光君・大臣）
紫の上
△葵の上
按察大納言の北の方
内大臣
△夕顔
夕霧（宰相中将）
朧月夜
朱雀院
承香殿女御
東宮
雲居雁
△母
近江の君
四の君
玉鬘
鬚黒大将
北の方
真木柱
太郎君
次郎君
左大臣
女御
冷泉帝
秋好中宮
若君
八郎君
弁少将
柏木（頭中将）
弘徽殿女御
王女御

「こんなことを帝《みかど》がお聞きになったら畏れ多いことです。しばらくだれにも知られないように」と光君《ひかるきみ》は注意するのだが、鬚黒《ひげくろ》の大将はそう隠し通していることもできない。大将が女君（玉鬘《たまかずら》）の元に通うようになってから時がたっても、女君はまるで心を開く様子もなく、思っていたよりずっと情けない運命だったのだといつまでも思いつめている様子なので、大将は、ひどいではないか、と思うものの、並大抵ではない前世の宿縁の深さをしみじみうれしく思っている。見れば見るほどすばらしく、理想通りの顔立ちであり姿である女君を、あやうく他の男のものにしてしまうところだったと思うだけでも胸がつぶれる気がする。石山寺《いしやまでら》の仏さまと、仲立ちをした弁のおもとを並べて拝みたいほどだが、女君が、心底不快に思って弁のおもとを嫌うので、おもとは仕えることもできず実家にこもって出てこない。

本当に、大勢の求婚者の、気の毒な例をあれこれ見てきたけれど、結局、考えなしの弁のおもとにこそ、石山寺のご利益があったということになった次第で……。

光君も、不本意であるし残念でもあるが、もうどうしようもないことで、だれも彼もがもうこのことを承知してしまったので、今さら認めないという態度を見せても、大将には気の毒であり、筋の通らないことになってしまうと思い、婿として迎える儀式をまたとなく立派に執り行う。

一日も早く自分の邸《やしき》に女君を引き取ろうと大将は支度を進めている。けれど、そんなふうに軽々しく気を許して大将の邸に移っても、そちらにはこのことをおもしろく思わない大将の北の方（正妻）が待ちかまえている、それでは女君がかわいそうだ、と光君はそれを口実に、

「やはりそう急がず、穏便に、そっと目立たないようにして、どなたからも非難や恨みを買わないように気をつけてことを運んだほうがいい」と注意する。

実の父の内大臣は、「かえって無難なことだ。とくに親身に世話する人もいないのに、なまじ色めいたこともあるだろう宮仕えに出て、つらい目に遭うのではないかと心配だったのだ。私もこの娘をだいじに思うが、入内《じゅだい》させた娘、弘徽殿女御《こきでんのにょうご》がいるのをさしおいて、どう世話すればいいというのか」などと、内々では言っている。たしかに、いくら相手が帝とはいっても、ほかの妃《きさき》たちより軽く思われて、ごくたまにお

情けをいただくだけで、重々しく扱ってもらえないのだとすれば、その宮仕えは軽率だったということになる。結婚三日目の夜の祝いの便りを、親代わりの光君が鬚黒と取り交わしたことを内大臣は人伝《ひとづて》に聞き、光君の心づかいをしみじみとありがたく、めったにない親切さだと感謝している。

こうしてひそやかに執り行われた縁組みではあったが、自然と、だれ彼となく興味のある話題として噂《うわさ》が広がり、次から次へと漏れ聞いて、珍しい世間話としてひそひそと言い合っている。帝もその噂を耳にした。

「残念なことに、私とは縁のなかった人だけれど、もともと尚侍《ないしのかみ》として出仕すると考えていたのだから……。同じ宮仕えでも、女御としての入内ならば断念もするだろうけれど……」などと言うのだった。

十一月になった。この月は神事が多く、内侍所《ないしどころ》も忙しい時期なので、内侍司《ないしのつかさ》の掌侍《ないしのじょう》や女官たちが、尚侍である女君（玉鬘）の元にやってきて、はなやかににぎわっている。鬚黒の大将は昼間でもこっそりと隠れるようにして女君の部屋にこもっていて、それを女君はとても嫌だと思っている。兵部卿宮《ひょうぶきょうのみや》（蛍宮《ほたるのみや》）などは、この件について、なおのこと残念がっている。式部卿宮《しきぶきょうのみや》の息子で、紫の上《むらさきのうえ》の異母きょうだいである兵衛督《ひょうえのかみ》は、自分の妹である大将の北の方までが世間のもの笑いにされているのを嘆き悲しみ、女君への思いがかなわなかったことにも加えて、深く悩み煩っている。けれどここで愚かしくも恨み言を言っても何もならないと思いなおす。大将は、堅物として有名で、長年、道を踏み外すような振る舞いなどまったくせずに過ごしてきたのだが、その名残《なごり》もなく、別人のように女君に夢中になり、宵暁《よいあかつき》の人目を忍ぶ六条院への出入りも、うきうきと洒落《しゃれ》た仕草であるのを、女房たちはおかしく思って見ている。

女君は、快活で陽気な本来の性格を押し殺し、ひどくふさぎこんでいる。望んでこうなったわけではないのはだれの目にも明らかだけれど、それでも光君は今どう思っているかと思い、また、兵部卿宮の気持ちが深くこまやかだったことなどを思い出すと、いたたまれなくなり、本当に残念に思えて仕方なく、ずっと不機嫌を隠さずにいる。

光君も、女君にとっては不憫《ふびん》な、だれも彼もが疑っていた自分との関係については、みずからの潔白を明らかにしたこととなる。自分の心ながら、恋情のままに見苦しい振る舞いをするようなことはできない性分だったのだと、昔からのことも思い出し、紫の上にも「あなたも疑っていたね」などと言う。そして、今さら面倒な恋に惹《ひ》かれる癖は控えなければと思うのだが、恋しさにたえかねていた時は、我がものにしてしまおうかと思ったくらいだから、やはりきっぱりと忘れることはできないのである。

大将がいない昼頃、光君は女君の部屋に行った。女君は妙に気分が悪いのが続いているようで、すっきりすることもなく沈んでいたが、こうして光君があらわれたので起き出して、几帳《きちよう》に隠れている。光君も、あらたまった態度でよそよそしく振る舞い、ひととおりの世間話などをする。女君はこのところ、おもしろみのない平凡な夫とばかり会っているので、なおのこと言いようもない光君の姿や振る舞いがしみじみとわかり、思いも寄らないことになった我が身が、どうにも恥ずかしくてたまらず涙がこぼれてくる。次第に親しげな話になり、光君は近くの脇息《きようそく》に寄りかかり、几帳の中を少しのぞくようにして話す。じつにうつくしく面やつれした女君は、ずっと見ていたいほどで、いじらしさも感じられて、この人を他人のものとして手放すのはあまりにもうかつだったと、今さらながら悔やまれる。

「おりたちて汲《く》みは見ねどもわたり川人の瀬《せ》とはた契《ちぎ》らざりしを

（あなたとは立ち入って親しい仲になれなかったけれど、あなたが三途《さんず》の川を渡る時、私以外の男に背負われて渡るとは約束しなかったのに）

思ってもいなかったことです」と光君は言い、洟《はな》をかむその様子は、しみじみとなつかしく思える。女君は顔を隠して、

みつせ川わたらぬさきにいかでなほ涙のみをの泡《あわ》と消えなむ

（三途の川を渡る前に、どうにかして、涙の川の流れの泡となって消えてしまいたい）

「泡となって消えたいとは、幼い考えですよ。それにしても、三途の川はどうしても渡らなければならないのだから、あなたの手の先くらいは引いてお助けしたいものです」と、光君はほほえみ、「真面目《まじめ》な話、あなたにも思い当たることがあるでしょう。私ほど愚かで、だからこそ安心できる男は世の中にそういるものではないと、さすがにわかってくれただろうと頼もしく思いますよ」と言う。女君はそれを聞くのがひどくつらそうなので、光君は気の毒になり、話をそらす。

「帝が残念がっていらっしゃっておいたわしいですから、やはりちょっとでも出仕できるよう取りはからいましょう。大将がすっかりあなたを我がものとしてしまってからでは、そうした宮仕えも難しくなるのが夫婦というものだから。最初に私が考えていたこととは違ってしまったけれど、二条の大臣《おとど》（内大臣）は満足の様子ですから私も安心です」などとこまごまと話す。女君は、しみじみと身に染みる思いで、また決まり悪い思いで聞きながら、ただ涙に濡《ぬ》れているばかりである。そんな女君の様子が光君にはいたわしく、光君は心のままに不埒《ふらち》な振る舞いはせず、ただ宮仕えの際の作法や心づもりを教える。大将の邸に移ることを、そうすぐには許さないような様子である。

宮中に女君が出仕することを大将は不安に思っているが、これをいい機会に、宮中を退出する時は自分の邸に引き取ろうと腹づもりをし、ほんのしばらくの参内《さんだい》を許した。大将は、こうして人目を忍んで女の元へ通うなど経験がなく苦しい思いだったので、自分の邸を手入れしようと、長年荒れるにまかせ、埃《ほこり》に埋もれて放っておいた部屋の調度を整え、万事の儀式の準備を進めるのだった。

北《きた》の方《かた》が嘆き悲しんでいるのを大将は気にもとめず、かわいがっていた子どもたちのことも今は目にも入らない。恋愛経験を積んでこまやかな心づかいも身につけた人ならば、あれやこれや、その人にとって恥になりそうなことは、相手を思いやって気を遣ったりもするのだろうが、大将はわき目もふらない一本気な性格で、人の気持ちを逆撫《さかな》ですることが多いのである。この北の方は、だれに引けを取るようなところがあるわけでもない。人柄も、あの高貴な父親王《みこ》（式部卿宮）がそれはだいじに育てたという世評も高く、顔立ちなどもじつにうつくしいのだが、どうしたことか、執念深い物《もの》の怪《け》に取り憑《つ》かれて患っている。常人のようではなくなって何年にもなり、正気を失うこともしばしばなので、夫の気持ちも離れてしまって久しいのだった。けれども北の方として、他に並ぶ者もないほど大将はだいじに思っていたのである。しかし珍しく心を移した相手が並みの女ならばともかく、だれよりも抜きん出てうつくしく、しかも例の、だれもが疑念を持っていた光君との仲も、何もなく清らかなままであることがわかり、なかなかそうはできない立派なことだと、大将の女君への思いはますます募るのも、もっともなこと……。

北の方の父である式部卿宮がこの件について聞きつけ、「こうなっては、その若い女君を邸に迎え入れて、邸中がちやほやしているその片隅で、居心地《いごこち》悪くしがみついているのも人聞きが悪いだろう。私が生きているあいだは、人に笑われながら相手の言いなりになることはない。きちんと面倒をみよう」と言って、自邸の東の対《たい》をきれいに片づけ、娘をそこへ引き取ろうとした。けれど彼女は、「父宮のお邸とはいえ、一度は嫁いだ身で、今さら出戻って顔を合わせるなんて……」と思い悩んでいるうちに、ますます心の病も悪化して、ずっと臥《ふ》している。この北の方はもともともの静かで気立てがよく、子どものようにおっとりとした人なのだが、ときどき発作を起こして、人に嫌われても仕方のないようなことがたびたびあるのだった。

住まいは異様なほど散らかっていて、きれいにすることもなくみすぼらしい有様で、むっつりと引きこもって過ごしている。玉を磨いたような女君を見てきた大将の目には、気持ちも萎えてしまうのだが、それでも長年連れ添った愛情は急に変わるものでもなく、心の中ではかわいそうなことだと思っている。

「昨日今日いっしょになったような浅い縁でも、ある程度の身分の人になれば、みな辛抱があってこそ添い遂げるもの。あなたがいかにも苦しそうにしているので、言わねばならぬことも口に出さないでいるのだ。長年約束してきたではないか、ふつうではない病気のあなたを最後まで面倒みようと。ここまでずいぶん我慢して過ごしてきたが、あなたは私のように我慢ができずに私を嫌うのだね。幼い子どもたちもいるのだから、どちらにしたっておろそかにしたりしないと言い続けてきたのに、混乱した女心にまかせて、こうしてずっと私を恨んでいる。約束が本当かどうか見極めないうちはそれも仕方ないかもしれないが、私にまかせてもうしばらく見届けてほしい。父宮が噂を聞いて私を疎んじて、さっさとあなたを引き取ろうとお思いになり、またそうもおっしゃっているというが、かえって軽率ではないか。本当にそうお考えになっているのか、それとも私を懲《こ》らしめたいだけだろうか」と、笑いながら言っている。それが北の方には馬鹿にされたようでおもしろくない。

召人《めしうど》として親しく仕えている木工《もく》の君《きみ》、中将のおもとなどという女房たちも、それぞれの身分なりに、心穏やかではいられず、ひどいと思っている。まして北の方は正気の時で、たいそうしおらしく泣いている。

「私のことをぼけているとか、ふつうではないとか言って辱めるのはもっともなことです。でも父宮のことまでいっしょくたにして言うのは、もしお耳に入ったらおいたわしいし、私のせいで父宮も見下されているみたいで……。私はもう聞き馴《な》れていますから今さらなんとも思いません」と横を向いている姿はいかにもいじらしい。たいそう小柄である上、常日頃の病で痩せ衰えてしまい、見るからに弱々しい。髪もたいそううつくしく長かったのだが、今ではごっそり分け取ったように抜け落ちてしまい、櫛《くし》を入れることもほとんどなく、涙でもつれて固まっているのは、じつに痛々しい。輝くようなうつくしさはなくとも父宮に似て優美な顔立ちではあるのだが、身なりにもかまわないので、はなやかさがどこにあろう。

「父宮のことをどうして見下したりするものか。そんな、おそろしく人聞きの悪いことを言うな」と大将は北の方をなだめ、「私の通う六条邸はそれはもうまばゆい玉の台《うてな》で、この私がいかにももの馴れずに堅苦しい恰好《かっこう》で出入りするのも、あれこれ人目に立って決まり悪いから、もっと楽にあの人に逢えるように、この邸に引き取ろうと思っているのだ。源氏の大臣の、ああした世に比べる者もないご評判は今さら言うまでもないが、気後れするくらい何もかも行き届いたあのお邸に、あなたとあの人とのことでよからぬ噂が伝わりでもしたら、みっともないし申し訳ない。穏やかに、あの人と二人仲よくつきあって過ごしてほしい。もしあなたが父宮のところに移ったとしても、私はあなたを忘れることはないよ。どちらにしても、今さら私の気持ちが離れることはないけれど、世間でもの笑いの種になるだろうし、私としても体裁が悪いから、長年の約束を守って互いに助け合っていこうではないか」となだめる。

「あなたのつらいお仕打ちはなんとも思いません。ふつうの人とは違う私の不運を父宮はずっと嘆いてくださっていたのに、その上この件で笑い者になることだろうと心を痛めてくださって、それがおいたわしくて、どうして顔を見せたりできますか。源氏の大臣の北の方（紫の上）も、私とは他人とお思いでしょうか。そのお方は、父親は私と同じですが私の知らないところでお育ちになった方です。父宮は、今頃になって、あなたの迎えようとしているお方の母親顔に振る舞っているのはひどい、と思っていらっしゃるようですが私はなんとも思っていません。あなたのなさることを見ているだけです」

「ずいぶんものわかりよく言うけれど、いつもの心の発作が出たら困ったことが起きるだろう。今度の話は源氏の大臣の奥さまは知らないことだ。あのお方は秘蔵の姫君のようにだいじにされているから、この女君（玉鬘）のことまで知るはずがないではないか。それに、人の親めいた振る舞いなどなさらない方のようだ。こんな話がもし六条邸に聞かれたら本当に困るんだ」と、大将はその日一日北の方の部屋にこもっていろいろと話して聞かせるのだった。

日が暮れて、大将は浮き足立つような気持ちになり、なんとかして女君（玉鬘）のところへ行こうとするが、雪がひどく降っている。こんな空模様のなかわざわざ出かけていくのも目立つだろうし、北の方の様子も、憎らしく嫉妬して恨み言でも並べたてもすれば、かえってそれにかこつけて、こちらも逆に腹を立てて出かけられるが、いかにもおっとりとかまえて平静にしているのが不憫に思えてならない。どうしようかと大将は思い悩み、格子なども上げたまま、端近いところに座ってぼんやり外を眺めている。北の方はその様子を見て、

「あいにくの雪……。どう踏み分けてお出かけになるのでしょう。夜も更けてしまいますよ」と外出を促す。もうおしまいなのだ、引き止めても無駄だろう、と思案しているその様子はなんとも痛々しい。

「こんな雪で出かけられるか」と大将は言うものの、「やはり、ここしばらくのあいだだけは見過ごしてほしい。私の本心も知らずに、とやかく人が噂し、源氏の大臣や内大臣もそうした噂を聞いたらどうお思いだろうと気掛かりだから、訪問が途絶える

のは具合が悪い。あなたは心を鎮めて、どうか私の本心を信じてほしい。彼女をこちらに迎え入れたら大臣たちに気を遣うこともなくなるよ。こんなふうに発作もなくふつうでいる時は、ほかの女に心を移す気にもならずにあなたがしみじみいとしいと思うよ」などとやさしく話して聞かせる。

「ここに留《とど》まってくださっても、お心がどこかほかにあるのなら、かえってつらいことです。よそにいらしても、私を思い出してくださるのなら、袖の氷った涙もとけるというもの」などと、北の方は穏やかに言う。

北の方は香炉を取り寄せて、大将の装束《しょうぞく》にさらにかぐわしく香を薫《た》きしめる。北の方自身はよれよれの衣裳《いしょう》を重ねた普段着姿で、たいそう痩せていて、なんとも弱々しい。うち沈んでいる様子がじつに不憫に思える。目をひどく泣きはらしているのが少々うっとうしいけれど、しみじみといとしく思う時はそんなことも気にならず、この長い年月をよくぞいっしょに過ごしてきたと思う。それを忘れてすっかり別の女に心を移した自分は軽い男なのだとも思う。思うけれども、やはり女君への気持ちは募る。大将はわざとらしくため息をつきつき装束を整え、ちいさな香炉を取り寄せて、袖に入れて香を薫きしめる。やわらかく着馴れた装束を着た大将の顔かたちは、光君のあの比類ないうつくしさには及ぶべくもないが、それでもすっきり男らしい容姿で、いかにも貴人らしく、だれもが気後れするほどの立派さである。

侍所《さぶらいどころ》（家臣の詰所）から人々の声がする。「雪が小やみになっております。夜が更けてしまいます」などと、さすがにあからさまにではないが外出を促して、それぞれ咳払《せきばら》いしている。木工の君、中将のおもとなどは、「悲しいご夫婦」とため息をついて話しながら横になっている。北の方本人は、じっと心を鎮めていじらしく脇息に寄り臥している——と見るや、がばりと起き上がり大きな伏籠《ふせご》の下から香炉を取って大将の背後にまわり、ぱっと灰を浴びせかけた。何が起きたのかわからないほどの一瞬のことで、大将は驚きのあまり茫然《ぼうぜん》としている。あのこまかい灰が目にも鼻にも入り、何も見えずわけがわからない。灰を払うが、あたりに立ちこめているので装束を脱ぐ。正気でこういうことをしたと思うと二度と見向く気になれず、あきれるばかりだが、例の物の怪が、人から嫌われるようにわざとやっているのだと思うと、仕えている女房たちも北の方が気の毒に思えてならない。大将は大騒ぎで装束を着替えているが、おびただしい灰が鬢《びん》のあたりにも降りかかり、どこもかしこも灰まみれに感じられて、あの隅々までうつくしい女君の邸にそのまま出かけていくわけにもいかない。乱心のせいとはいえ、こんなことはあり得ない、今まで見たこともない妻の姿だと思うと、愛想も尽きてほとほと嫌になり、さっきいとしく思った気持ちも消え失せてしまう。

けれど今、ことを荒だててはたいへんなことになろうと怒りを鎮め、夜中になってしまっているが僧などを呼び、物の怪を祓《はら》うための加持祈禱《かじきとう》を行う騒ぎとなる。物の怪のしわざとはいえ北の方が大声でわめいている声など、大将が疎むのも仕方のないことである。

一晩中、物の怪に憑かれた北の方は加持僧から打たれたり引き倒されたりし、泣き騒いで朝を迎えた。ようやく少し眠ったところをみはからって、大将は女君の元に手紙を送る。

「昨夜、急に息も絶えそうな病人が出まして、雪も降っていたので出かけづらく、ぐずぐずしているうちに、この身もすっかり冷えてしまいました。あなたがどんなお気持ちでいらしたかはもとより、おそばの人もどうお思いになるでしょうか」と、生真面目に書き、

「心さへ空に乱れし雪もよにひとり冴《さ》えつる片敷《かたしき》の袖

（私の心まで空に迷い乱れたこの大雪に、片敷の袖の冷え冷えとしたひとり寝でした）

こらえきれぬ思いです」

と、白い薄様に重々しく書いてあるけれど、格別に風情があるというわけでもない。

筆跡はじつにこぎれいである。この大将は漢学の才のすぐれた人なのである。尚侍《かん》の君《きみ》（玉鬘）は、夜の訪問がないことをなんとも思っていないので、大将がこうしてどぎまぎと書いた手紙に見向きもせず、返事もない。大将は胸もつぶれる思いで一日中気が気ではない。

北の方はなおも苦しそうなので、あらためて祈禱などをはじめさせる。大将も心の内で、せめてここしばらくのあいだだけでも、何ごともなく正気でいさせてくださいと祈る。本当の気性がやさしいことを知らなければ、とてもこうして黙って見過ごせない気味悪さだと大将は思う。

日が暮れると、いつものように大将は女君の元に急いで出かける。だが北の方がこのような状態で、装束などもきちんと整えることができず、いかにもみっともなく、ぴったりしないものばかりで、大将は機嫌が悪い。すっきりした直衣《のうし》を間に合わせることができず、じつに見苦しい。昨夜のは焼け穴ができて、焦げて嫌な匂いがしているのも異様である。下着にもその匂いが染みついている。嫉妬されてひと悶着《もんちゃく》あったことが明らかで、女君も愛想を尽かすに決まっているので、脱ぎかえて湯浴みをしたりと、身だしなみを整える。木工の君が衣裳に香を薫きしめながら、

「ひとりゐてこがるる胸の苦しきに思ひあまれる炎《ほのほ》とぞ見し

（奥さまがおひとり残され、恋い焦がれる胸の苦しさから、思いあまって燃え出た炎なのだと思います）

すっかり見限ったようなお扱いは、拝見している私たちですら、どうして平気でいられましょう」と言い、手で口元を覆っているが、そのうつくしい目元はとがめだてをするかのようだ。それなのに大将は、いったい何を思ってこんな女を口説いてしまったのだろう、などと思うのである。なんて薄情なこと……。

「憂《う》きことを思ひ騒げばさまざまにくゆる煙《けぶり》ぞいとど立ちそふ

（昨夜の嫌なことを思い出して気持ちがざわつくと、くゆる煙のように、あれこれ後悔の念が湧いてくる）

まったくとんでもない昨夜の騒ぎが、もし先方の耳に入ったら、私はあちらからも疎まれてどっちつかずの身になってしまうだろう」とため息をついて大将は出かけていく。

一晩逢《あ》わなかっただけなのに、また一段と新鮮なうつくしさを覚えてしまう女君の様子に、いよいよほかの女に心を向ける気にもならず、北の方のことも気が滅入るので、この女君のところに大将は入り浸ってしまう。

北の方のほうでは修法《ずほう》などをして大騒ぎであるが、おびただしい物の怪が出てきてわめいている、という噂を耳にして、大将は、そんなふうではまたとんでもなく不面目なことになったり、恥をかかされるようなことが起きるに違いないと、おそろしくなって近づくこともしない。女君の六条邸から自分の家に帰っても、北の方からは離れた部屋で、子どもたちばかりを呼んで会うのである。年のほど十二、三歳ぐらいの姫君がひとり、その下に男君が二人である。ここ数年というもの夫婦のあいだに距離ができてはいるが、れっきとした本妻として肩を並べる人もなく暮らしていたのに、これでもうおしまいだろうと北の方自身が思っているのを見ては、仕える女房たちもひどく悲しんでいる。

父親である式部卿宮がこうした話を聞いて、

「今は、大将がそんなふうに他人のような態度を取っているのに、妻のあなたがそこまで我慢しているのは恥ずかしいことだし、笑い者にされる。私が生きている限りは、そう無理して相手の言いなりになることもなかろう」と言い、急いで迎えを差し向けた。北の方は、少し気分が平常に戻り、夫との仲はどうしようもないと心を痛めていたところに、こうして父宮から迎えにきたとの話があったので、たしかに無理に踏みとどまって、夫に見捨てられるのを見届けてからあきらめをつけるなんて、なおのこと笑い者になるばかりだろう……などと心を決めた。彼女の兄弟のうち、兵衛督《ひようえのかみ》は上《かん》達部《だちめ》なのでことが仰々しくなるとして、その弟の中将、侍従、民部大輔《みんぶのたいふ》などが車を三両ほど連ねてやってきた。いつかはこうなるだろうとかねてから思ってはいたが、いよいよ今日で最後になると思うと、仕える女房たちもほろほろとみな泣いている。

「長年離れておられたご実家でのお暮らしは、さぞや手狭で落ち着かなくお感じでしょう。ですから大勢の者がお供するわけにはいきません。何人か、それぞれ実家に下がって、あちらに落ち着かれましたら……」などと決めて、女房たちはめいめい身のまわりのものを実家に運び出しては、散り散りに去っていくようだ。

北の方の調度類は、必要なものをみな荷造りしてまとめるのにも、身分の上の者も下の者も泣き騒いでいるのは、まったく縁起でもない光景である。

幼い子どもたちは何もわからず無邪気に歩きまわっている。母である彼女はみんなを呼んで座らせる。

「私はこんなにも情けない身の上なのだと今はすっかりあきらめましたから、この世に未練を持たないようにして、この先成り行きにまかせます。ただあなたたちが、まだまだ先は長いというのに、散り散りになっていくのが悲しくてなりません。姫君はたとえどうなろうと私についていらっしゃい。男君たちは、この先も父君におすがりするほかありませんが、父君が気に掛けてくださるはずもないでしょうから、どっちつかずで頼りない気持ちになるでしょう。祖父宮が生きていらっしゃるあいだはかたちばかり宮仕えができるとしても、あの源氏の大臣や内大臣の思いのままの世の中ですから、こう気の許せない宮家の一族だとさすがに目を付けられていては、出世も難しいでしょう。かといって、あなたたちまでが私といっしょに山や林に引きこもっては、後の世まで浮かばれない思いです」と泣くので、子どもたちは深い事情はわからないけれど、顔をしかめて泣きだしてしまう。北の方はさらに「昔の物語を見ても、世間並みに愛情深い親でも、時代や人におもねって、すっかり薄情になるものです。ましてあの人には親子なんてかたちばかりで、現に今の今からすっかり忘れてしまっているようなお心では、この先頼りになるはずもない」と言い、乳母《めのと》たちも集まって嘆いている。

日も暮れて、雪の降り出しそうな空模様も、心細いように見える夕べである。「ひどい降りになりそうだ。早く」と迎えの兄弟たちは急《せ》かしながらも、目を拭っては空を眺めている。姫君は、今まで大将がたいへんかわいがっていたので、「父君にこの先会えないでどうして暮らしていけよう、今行きますとお別れも伝えずに、これから二度と会えなくなってしまったらどうしよう」と悲しくなってうつ臥してしまい、とてもここを出ていけないと思っている。

「そんなお気持ちでいるとは情けない」と母がなだめる。すぐにも父君に来てほしいと姫君は待っているけれども、こうして日も暮れようという時に、あの大将が女君の元を離れるはずもなく……。自分がいつも寄りかかっている東面《ひがしおもて》の柱が、これからは他人のものになってしまう気がしてやるせなくなる。姫君は檜皮色《ひわだいろ》の紙を重ねたものにほんの少し書きつけて、柱のひび割れた隙間に、髪結道具の笄《こうがい》の先で押しこむ。

今はとて宿かれぬとも馴《な》れ来つる真木《まき》の柱はわれを忘るな

（今を限りにこの家を離れても、馴れ親しんできた真木の柱は私を忘れないでね）

最後まで書くこともできず泣き出してしまう。母は、「何をそんなに……」と、

馴れきとは思ひ出づとも何により立ちとまるべき真木の柱ぞ

（馴れ親しんだ真木の柱が思い出してくれるとしても、それは私たちがここに留まる理由になるでしょうか）

そばに仕える女房たちもそれぞれ悲しい思いで、ふだんはなんとも思わない庭前《にわさき》の木草まできっと恋しく思えてくるのだろうと、じっと目に留めて洟《はな》をすすり合っている。

木工の君は、大将の召人としてここに残るので、中将のおもとは、

「浅けれど石間《いしま》の水は澄み果てて宿もる君やかけ離るべき
（石間にたまる水が浅いのにどこまでも澄んでいて――殿と縁の浅いあなたがいつまでもここに住んでいて、この家をお守りになるべき北の方が立ち去られるなんて、あってもいいのでしょうか）

思いも寄らなかったことです。こうしてお別れすることになるなんて」と言うと、木工は、

「ともかくも岩間《いはま》の水の結《むす》ぼほれかけとむべくも思ほえぬ世を
（岩間の水が凍りつくように、私もなんとも言えない悲しみに閉ざされています。私とていつまでここにいられるかもわからない殿との仲ですから）

いえ、そんな……」と言って泣いている。

車を引き出して、北の方はふり返って見る。もう二度と見ることもないのだろうと心細くなる。邸の梢《こずえ》にも目を留める。「君が住む宿の梢を行《ゆ》くと隠るるまでもかへりみしはや（拾遺集／いとしいあなたが住む家の梢を、遠ざかっていきながら隠れるまでふり返って見ていた）」の歌のように、「いとしいあなたが住む」わけではないが、長年住んできた住まいがなつかしくないはずはないのである。

式部卿宮邸では娘の到着を待ち、なんと不憫なことだと思っている。母、大北の方

は泣いて騒ぎ、「源氏の大臣をすばらしい親類だと思っていらっしゃるようですが、どんな前世からの仇敵《あだかたき》かと思いますよ。私どもの娘である王女御《おうにょうご》のことでも、何かにつけてつれない仕打ちをなさいました。それは、須磨《すま》退居の時の恨みがまだ解けないことを思い知れ、というおつもりなのだろうとあなたはお思いだし、おっしゃってもいましたね。世間でもそのように取り沙汰していました。けれどそんなことがあっていいものか、あの紫の上おひとりをだいじになさるからには、その縁につながる私たちもその恩恵にあずかるような例は世間にも多いのに、と納得できなかったのです。その上今頃になって、どこの馬の骨だかわからない継娘《ままむすめ》の世話をなさって、ご自分で飽きるまでもてあそばれて、それがかわいそうだからと、律儀な、浮気などしそうもない大将を夫にとお考えになったのでしょう。それで大将をうまく取りこんでちやほやなさっているなんて、あまりにもひどい仕打ちです」と大声でわめくように言い続ける。式部卿宮は、

「なんと聞き苦しいことを。世間で何ひとつ非難されるところのない源氏の大臣を、言いたい放題に悪く言うのはやめなさい。あの賢いお方は、前々から深くお考えになって、こうした仕返しをしてやろうと思っていらしたのでしょう。そう思われているこの私が不運だということだ。あの大臣は何気ないふりで、あの須磨に退居されてい

た当時のそれぞれへの報いを、引き上げたり沈めたり、じつに巧妙に手を打っていらっしゃるようだ。しかしこの私だけは、しかるべき縁《ゆかり》ある者と思っているから、先年も私の五十の賀を、世間の評判になるほど盛大に、この家には不相応なほどに催してくださったのだ。それを一生の名誉として満足しなければならない」と言うので、母君はますます腹を立て、忌々《いまいま》しいようなことを言い散らしている。——この大北の方という人は、まったく手に負えない人なのでした。

大将（鬚黒）は、こうして北の方が父宮のところに戻ったと聞き、なんと見苦しいことを、と思う。まるで若々しい夫婦が嫉妬してふくれっ面をしているみたいではないか。しかし北の方本人はそうきっぱりと思い切ったことのできる性分ではないから、きっと父宮がこうした軽率なことをしたのだろう。子どもたちもいるし、世間体も悪いので大将は思い悩み、尚侍の君（玉鬘）に、

「こんなおかしなことが起きたようです。かえって肩の荷が下りた思いですが、ああして片隅でひっそりと暮らしていてもかまわないような人で、それが気楽で安心していたのに、急にあの父宮が思い立ってやったことなのでしょう。このままだと世間的にも私が薄情者と思われますから、ちらりと顔を出してまた戻ってきます」と言って出ていった。立派な袍《ほう》に柳の下襲《したがさね》、青鈍色《あおにびいろ》の薄織物の指貫《さしぬき》を着て、身なりを整えた姿

は、まことに堂々たるものだ。その姿を見て、これならまったく女君にお似合いだと女房たちは思うが、尚侍の君は大将からこうした事情を聞くにつけても身の上の情けなさをつくづく思い知らされて、大将を見ようともしない。

父宮に文句を言おうとその邸に行くついでに、大将はまず自邸に向かった。すると木工の君などが出てきて、どんなふうだったかを話す。「真木の柱は……」と詠んだ姫君の様子を聞いて、男らしく我慢していたけれど、ほろほろと涙がこぼれ落ちるのがなんともいたわしい。

「それにしても、ふつうとは言いがたいおかしな振る舞いのあれこれを、ずっと長いあいだ大目に見てきた私の気持ちを、まったくわかっていなかったのか。もしこれがわがままな夫だったら、とても今まで辛抱してともに暮らせたはずがない。まあいい、妻本人はいずれにせよどこで暮らしても同じことだ。しかし幼い子どもたちのことはいったいどうするつもりなのだろう」と思わずため息を漏らしながら、話に出た真木柱を見る。筆跡は幼いけれど、歌にこめられた心の内がしみじみと胸に染みて恋しくなり、道すがら涙を拭いつつ父宮の邸に向かうが、北の方は大将と会おうともしない。

「なんの、会うことはない。ただ時世におもねる大将の心変わりは、今はじめてのことではない。この数年というもの、あちらの女君にうつつを抜かしていると噂を耳にしてからずいぶんたつが、いったいいつまで待てば、その気持ちが改まるだろうか。いっそうあなたのみっともない姿をさらすことになるだけだ」と父宮が娘の北の方に言い諭《さと》すのももっともなこと。

「まったく大人げないやり方だと思う。見捨てられるはずもない子どもたちがいるのだからと、のんきにかまえていた私の怠け心は返す返すお詫《わ》びのしようもない。今はただ穏便に、大目に見てはくれまいか。この私がぜんぶ悪いのだと世間の人によく納得してもらった上で、それからこちらに移ったらいいのではないか」と、大将は苦しい説得をはじめる。「姫君だけにでも会わせてくれ」と言うが、北の方が姫君を出すはずもない。息子たちのうち、十歳になる君は童殿上《わらわてんじょう》しているが、じつにかわいらしい。世間の評判もよく、顔立ちはそうすばらしいわけでもないが、たいへん利発で、ものごとの分別もだんだんついてきている。次男の君は八歳ほどで、非常に可憐《かれん》な様子は姫君にも似ているので、大将はこの君を掻《か》き撫《な》でて、「これからはそなたを恋しい姫君の形見と思うことにしよう」と、涙を流して話している。父宮にもお目に掛かりたいと伝え、意向を訊《き》いてみるが、「風邪がひどくて休んでいますので」という返事なので、ばつの悪い思いでその場を去る。

幼い息子二人を車に乗せて、大将は話をする。女君のいる六条院にはとても連れていけないので、自邸に残して、「やはりここにいなさい。私が会いにくるのにも気が楽だから」と言う。ぼんやりと、なんとも心細そうに自分を見送る二人の様子がかわいそうでたまらず、心配の種がまたひとつ増えたような思いである。しかし、女君の容姿がすばらしくうつくしく、あのおかしくなってしまった妻の様子を思い比べても天と地ほどの違いで、何もかもそれになぐさめられるのである。

大将は、その後式部卿宮邸にぱったりと足を運ばなくなった。ばつの悪い思いをしたのをその口実にしているようなので、父宮は、なんと失礼な、と嘆いている。紫の上もそれを耳にして、「この私まで恨まれるのはつらいことです」と嘆いている。光君は不憫に思い、

「難しいことだ。私の一存ではどうすることもできない人のことで、帝も私のことをおもしろからずお思いのようだ。兵部卿宮（蛍宮）もお恨みだと聞いたけれど、そうはいっても思慮深いお方だから、事情を聞いて納得して、私への恨みも解いてくれたようだ。男女の仲というものは、隠しているつもりでも、やはり自然と知られてしまうものだから、そんなに気に病むようなあやまちはこちらにはないと思う」と話す。

こうしたさまざまな騒ぎがあるせいで、尚侍の君の気分はますます晴れることがない。それを大将は不憫に思い、あれこれと気を遣って「このたびご出仕するはずだっ

たのもそのままになってしまって、私が妨げてしまったことを、帝も、無礼な、何か考えあってのことだとお思いだろうし、源氏の大臣たちもおもしろくは思っておられまい。朝廷にお仕えする人を妻にしている人もいなくはないのだから……」と思いなおして、年が明けてから尚侍の君を参内させた。その年は男踏歌《おとことうか》が催されたので、ちょうどその折に、支度もまたとないほど立派にして宮中に向かう。太政大臣である光君、内大臣、さらにこの大将の威勢も加わって、宰相中将《さいしょうのちゅうじょう》（夕霧《ゆうぎり》）も懇切丁寧に心を配って世話をする。尚侍の君の兄弟の君達もこうした機会にと集まって、ちやほやとだいじに世話をする様子は、申し分なくすばらしい。尚侍の君の部屋は、承香殿《しょうきょうでん》の東側にしつらえてある。西側は式部卿宮の娘、王女御の部屋なので、この承香殿の東側と西側とはただ馬道《めどう》（殿舎内の廊下）の隔てがあるくらいだけれど、心の内ははるか遠く隔たったものだったはず……。

帝に仕える妃《きさき》たちはだれも彼も互いに競い合い、宮中は奥ゆかしく、魅力的な時世である。家柄の低い更衣などは、それほど多く仕えてはいない。（秋好《あきこのむ》）中宮《ちゅうぐう》や弘徽殿女御、この式部卿宮の王女御、左大臣の女御などが伺候している。そのほか、中納言や宰相の娘が二人ばかり仕えている。

男踏歌には、妃たちそれぞれの住む殿舎に実家の女房たちもやってきて、いつもとは違ってじつににぎやかな見物《みもの》なので、だれもみな贅美を尽くし、御簾《みす》の下から出した女房たちの出衣《いだしぎぬ》の袖口の重なりも、仰々しいほどみごとに整えている。東宮《とうぐう》の母である女御（承香殿女御、鬚黒の妹）もそれははなやかに装って、東宮は十二歳とまだ若いけれど、何もかもが洗練されている。

男踏歌の一行は、帝の御前から（秋好）中宮へ、それから朱雀院《すざくいん》へと行き、夜もひどく更けてしまったので、六条院は、今年は仰々しいのでと辞退した。そこで一行は朱雀院から宮中に戻り、東宮の御所（梨壺《なしつぼ》）のあたりをめぐっているうちに夜が明けた。ほのぼのと風情のある明け方に、一行はひどく酔っぱらって催馬楽《さいばら》「竹河《たけかわ》」をうたっている。四、五人、殿上人の中でも際立って声がよく、顔立ちも整った内大臣の子息たちが揃っているのがじつにすばらしいことである。まだ殿上童《てんじようわらわ》である八郎君は本妻腹で、内大臣は非常にたいせつに育てているが、じつにかわいらしい。大将（鬚黒）の長男である太郎君と並んで立っているのを、尚侍の君も、他人とは思えずに目が留まる。重々しい身分で宮仕えに馴れている妃たちよりも、この尚侍の君の部屋の女房たちの出衣の袖口は、全体的に洒落ていて、同じような色合いや重なりであっても、一段と目立ってはなやかな感じである。尚侍の君本人も女房たちも、こんなふうに晴れやかな気持ちでしばらく暮らせたら、と思っている。踏歌の人々に、どこでも同じように褒美として被《かず》ける綿も、格別に巧みな趣向をこらしている。尚侍の君の部屋は、酒や食べもので一行をもてなす「水駅《みずうまや》」だったのだが、踏歌の男たちはこのにぎやかな女房たちの目を意識して、いたく心づかいしている。決まりのあるごちそうなどの支度も、とくべつに気を配って大将が準備させたのである。

大将は宿直所《とのいどころ》に詰めていて、一日中くり返し尚侍の君に伝えていることといえば、

「夜になったらいっしょに退出しましょう。こうした機会にこのまま宮仕えしよう、などとお心が変わらないか心配ですから」と、そればかりを迫るように言うのだが、尚侍の君からの返事はない。女房たちが、

「源氏の大臣が、あわただしく退出することなく、時たまの参内なのだから、帝のご満足いくまでここにいらして、お許しをいただいた上で退出するように、とおっしゃっていました。今夜というのはあまりにも急ぎすぎでしょう」と言ってくるので、大将はたまらない思いで、

「あれほど言ったのに、なんと思い通りにならない仲だろう」とため息をついている。

兵部卿宮（蛍宮）は帝の御前で催される管絃《かんげん》の遊びに出席していて、気もそぞろで、この尚侍の君の部屋のあたりが気になってたまらず、我慢できずに手紙を送る。大将はこの時近衛府《このえふ》の詰所にいた。その詰所からの手紙だと言って女房が取り次いだので、

尚侍の君はしぶしぶ見る。

「深山木《みやまぎ》に羽《はね》うちかはしゐる鳥のまたなくねたき春にもあるかな

（深山木で睦《むつ》まじく羽を交える鳥のような大将殿とあなたの仲が、またとなく妬ましい春である）

そのさえずる声にもつい聞き耳を立ててしまいます」とある。

尚侍の君は困ってしまって、顔を赤らめ、返事のしようもないと思っているところに帝があらわれる。

明るい月の光に、帝の顔立ちは言いようもないほどうつくしく、ただあの光君に寸分たがわずそっくりである。こんなにうつくしい人がここにもいらっしゃったのかと尚侍の君は思う。光君の気持ちはけっして浅いものではなかったが、それでも厭《いと》わしい悩みがつきものだった。しかし帝にそのような気持ちがあろうはずもない。いかにもやさしく、彼女の出仕について思っていたようにならなかったと恨み言を言うので、尚侍の君は顔も合わせられない思いでいる。顔を隠して何も返事をできずにいると、

「どういうわけか黙っているのですね。このたびの昇進のことから、私の気持ちもわかっているだろうと思っていたのに、何も気にも留めていないようなのは、こうしたご性分だったからなのですね」と帝は言って、

「などてかくはひあひがたき紫を心に深く思ひそめけむ
（どうしてこうも逢うことのできない紫の衣《三位《さんみ》》の人を、私は心に深く思い染めてしまったのか）

これ以上親しくはなれないのだろうか」

そう続ける様子はじつに若々しくうつくしく、気後れするほど立派である。いや、尚侍《ないしの》光君とどこに違うところがあろうかと尚侍の君は心を落ち着かせて返事をする。

侍《かみ》として宮仕えの功労もないのに、今年三位を賜ったお礼の気持ちでしょうか——、

「いかならむ色とも知らぬ紫を心してこそ人は染めけれ
（どのような意味のことなのか存じませんでした紫の色は、とくべつな思し召《おぼめ》しで賜ったのですね）

これからはよく心得てお仕えいたします」との返事。

笑みを浮かべ、「今からそんなふうに心得てもらってもどうしようもないことなのです。私の訴えを聞いてくれる人があるのなら、なぜ私があきらめなければならないのか、その道理を聞かせてもらいたいものです」と恨み言を言い募る帝の様子が真剣なので、尚侍の君は困ったことになったと思う。こんなことならもう愛想のいいそぶりはやめよう、男女の間柄とはこうも煩わしいものと決まっているのか、と思い、生

真面目にとりつくろって控えているので、帝は心のままに思いを口にすることもできず、そのうちだんだん馴染《なじ》んでもらえるだろうと思うのである。

大将は、帝がこうして尚侍の君を訪れたと聞くや、いよいよ心を落ち着けることができず、あわてて尚侍の君の退出をせき立てる。尚侍の君自身も、このままでは、あってはならぬことも起きかねない身の上なのだ、と情けなく思っているので、ゆっくりなどしていられない。退出するべき口実をあれこれと作り出し、父である内大臣もうまく手立てを考えて、やっと暇が許された。

「それなら仕方がない。これに懲りて二度と出仕させないと言い出す人がいても困るから。しかしなんともつらいことだ。だれよりも先にあなたを思っていたのに、先を越されて、先を越した人の機嫌を取らなければならないとはね。昔のだれそれの例を引き合いに出したいような気持ちだ」と、帝は心の底から残念に思っている。かねて噂で聞いていたよりも、近くで見ると格段にうつくしい尚侍の君を、はじめからそうした気持ちがなくてさえ、放っておくことなどできそうもない。それだけになおさらじつにくやしく、あきらめきれない思いである。けれど、無茶を通す浅はかな男だと思われて疎んじられないよう、それは心をこめてねんごろにのちのちのことを約束し、好かれようとしている。しかしそれも尚侍の君にとっては畏れ多くて、大将の妻となった私はもうどうにもできない身の上なのに……と考えるのである。

尚侍の君の乗る輦車《てぐるま》を寄せて、光君、内大臣、両大臣の寄越した迎えの人たちも、早く退出を、とやきもきし、大将も、目障りなほどそばをうろついてはせき立てるが、帝は尚侍の君から離れることができない。「こうも厳重に近くにつきっきりで番をしているとは、うるさくてたまらない」と帝も腹立たしい思いである。

九重《ここのへ》に霞《かすみ》隔てば梅の花ただかばかりも匂ひ来《こ》じとや
（幾重にも霞に隔てられることとなれば、梅の花の香りさえも匂ってこないのだろうか——こんな邪魔だてによって、あなたはもう束の間も参内できないのだろうか）

あまり際立つところのない歌ではあるけれど、帝の姿や様子を前にしてみれば、あるいは味わい深く感じられたかもしれません。さらに「春の野に菫《すみれ》摘みにと来《こ》しわれぞ野をなつかしみ一夜《ひとよ》寝にける（万葉集／春の野にすみれを摘みにきたけれど、野のうつくしさに心惹《こころひ》かれて、一夜を明かしてしまった）」の歌をふまえて、「『野をなつかしみ一夜を明かして』しまいたいところだけれど、手放すのを惜しんでいるだろう人も、我が身につまされるように気の毒だから……。さて、これからどのようにお便りすればいいだろう」と帝が思い悩んでいる様子なのも、尚侍の君はひたすらかたじけない思いである。

かばかりは風にもつてよ花の枝《え》に立ち並ぶべきにほひなくとも

（香りばかりは――ちょっとしたお便りは、風にでもお言づけください。ほかの花の枝――ほかの御方々のうつくしさには並ぶべくもない私ですが）

さすがにきっぱり拒むわけでもない態度を、帝はしみじみいとしく思いながら、後ろ髪を引かれる思いで帰っていく。

このまま尚侍の君を自邸に、という心づもりであるが、前もってそれを言い出したのでは、とても内大臣の許可が出そうにないので、大将はそれについては触れないでいる。

「急にひどい風邪をひきまして具合が悪いので、気楽な自宅でちょっと休もうと思います。そのあいだ妻と別々におりますのも、気掛かりなことですから……」と、穏やかに、いかにも本当らしく言い、そのまま尚侍の君を自邸に連れていってしまう。父の内大臣はあまりに急なことなので、軽々しく扱いすぎではないかと思うが、あえてその程度のことに口出しをして邪魔するのも、大将が気を悪くするだろうと思い、

「おまかせしましょう。もともと私の自由にはならないお人なのですから」と、返事をする。

光君は、あまりに出しぬけのことで不本意に思うが、どうにもしようがなし……。女君（玉鬘）も、古歌の「須磨の海士《あま》の塩焼く煙《けぶり》風をいたみ思はぬ方にたなびきにけり（古今集／須磨の海士が塩焼く煙が、強い風にあおられて思わぬ方に流れていく）」の「塩焼く煙」のごとく、思いもしなかった成り行きに呆然とするばかりである。ただ大将だけが、宝物を盗み取ってでもきたかのような気持ちで、うれしくてたまらず、やっと気持ちも落ち着いている。あの、帝が女君の部屋にやってきたことについて大将はぐちぐちと恨みつらみを言うが、女君には不愉快であり、なんと平凡なつまらない夫だろうと思えてきて、まったく心を閉ざしてよそよそしい態度で、いよいよ機嫌が悪いのである。式部卿宮家では、大将にああも強く出たものの、今はどうしていいのか困りきっているのだが、大将はまったく訪ねようとしない。願いかなって手に入れたこの女君のお世話に、明けても暮れてもせわしなく過ごしているのである。

二月になった。光君は、「それにしてもなんと無情な大将の仕打ちではないか。こうもはっきり我がものにしてしまうとは思いもせず、油断していたのがくやしい」と、見苦しいほど、尚侍《かん》の君《きみ》のことが心を離れる時はなく、恋しく思い出している。「前世からの縁というものはどうにもならないものだが、自分があまりにもうかつすぎたために、自業自得の悩みに苦しむことになった」と寝ても覚めても、女君の面影が浮かぶのである。大将のような、風情もなければ愛想もない人に連れ添っていては、ちょっとした冗談を言うのも憚《はばか》られ、また不釣り合いなことに思えて、光君は便りを送るのを我慢している。雨がひどく降り続いて、じつにしんみりした気分になり、このような晴らしようのない気持ちを紛らわそうと、光君は女君の暮らしていた部屋に向かう。かつて語り合っていた時の様子などがたまらなく恋しくなり、手紙をしたためる。侍女の右近《うこん》の元にこっそりと送り続けるが、一方では、右近がどう思うか気になってしまい、何ごともくわしくは書けず、ただ相手の察するに任せたようなことしか書けないのである。

「かきたれてのどけきころの春雨《はるさめ》にふるさと人をいかに偲《しの》ぶや

（降り続くのどかなこの春雨に、古里の人である私を、あなたはどのように思い出してくれていますか）

晴らしようのない気持ちに加えて、恨めしく思い出さずにいられないことが多いのですが、どうしてそれをお話しできるでしょう」などとある。

右近が、大将のいない隙にこっそりと手紙を見せると、女君は泣き出してしまう。

自身の心にも、時がたつにつれて思い出さずにはいられないその姿を、思いのままに、「ああ恋しい、なんとしてでもお目に掛かりたい」などとは言うことのできない仮の親なので、本当に、どうして会うことができようかと悲しくなるのである。ときどきどう対応したらいいのかわからない光君の振る舞いを、厭《いと》わしいと思っていたことなどは、右近にも打ち明けてはいなかったので、ただひとり胸の内にしまって思い悩んでいたのだが、右近はうすうす事情を知っていたのである。しかしながら、実際はどのようなことが二人にあったのかまでは未だに合点がいっていない。「申し上げるのも恥ずかしいですが、返事がなくてはご心配なさるでしょうから」と、女君は返事を書く。

「ながめする軒《のき》のしづくに袖ぬれてうたかた人を偲《しの》ばざらめや

(長雨の降る軒の雫《しずく》とともに、もの思いに沈む私は袖を濡《ぬ》らしながら、かりそめにもあなたを思い出さないことなどあるでしょうか)

久しくお目に掛かれずにおりますと、お言葉通り、晴らしようのない気持ちも募ってまいります。あなかしこ」

と、いかにも礼儀正しく書いてある。

この返事を引き広げて、光君は軒の玉水のように涙をこぼしそうな気持ちになるが、人が見たらどうしたことかと不審がるだろうと、平静を装っている。けれども胸がいっぱいになり、その昔、朧月夜《おぼろづきよ》の尚侍の君を、弘徽殿大后《こきでんのおおきさき》が何がなんでも逢《あ》わせないようにした時のことなどを思い出すのだが、しかしこの場合は、まさに今さしあたってのことだからか、世に比べるものもないほど悲しみが胸に染みるのだった。

色を好む人というものは、みずから進んで悩みを増やしているのだ、今さらなんのために心を乱そうというのか、あの人は自分にはふさわしくない恋の相手ではないか、と、募る思いを冷まそうとしてもうまくいかず、琴を掻《か》き鳴《な》らせば、女君がやさしく弾いた爪音《つまおと》が思い出されてしまう。和琴《わごん》の調べを掻き鳴らして「玉藻《たまも》はな刈りそ」と思いに任せてうたう姿を、恋しいあの女君に見せたら、心を動かされるに違いない有様である。

帝《みかど》も、ほのかに見た尚侍の君の顔立ちや雰囲気が忘れられず、心に留めていて、「立ちて思ひ居てもぞ思ふ紅《くれなゐ》の赤裳《あかも》垂《た》れ引き去《い》にし姿を（古今六帖／立っていても座っていても思い続ける、紅《くれない》の赤い衣裳《いしょう》の裾を引いて去っていったあなたの姿を）」から引いた「赤裳垂れ引き去にし姿を」と、いかにも聞き苦しい古歌の一節が口癖となって、もの思いに沈んでいる。帝からの手紙は、人目を忍んでときどき送られた。尚侍の君は、我が身のつらさをしみじみと思い知って、こうしたなぐさみごとも自分とは関係なく思ってしまうので、打ち解けた返事をすることもない。やはりあの、ほかのだれとも異なる光君の心のほどが、何かにつけてありがたく思い出されて、忘れられないのだった。

三月になり、六条院の庭の藤や山吹の色が夕闇に冴えるのを見ても、あの女君（玉《たま》鬘《かずら》）のいくら見ても見飽きることのない姿がまず思い出されて、光君は春の御殿の庭を去り、昔の女君の部屋（夏の町の西の対《たい》）に行って庭を眺める。呉竹《くれたけ》の垣根に、山吹が自然と花を咲きかからせている、その花の色がじつにうつくしい。「梔子《くちなし》の色に衣を染めしより言はで心にものをこそ思へ（古今六帖／梔子色《山吹色》に衣を染めてから、口には出さずただ心に秘めてあなたを思っている）」から、光君は「色に衣を」などとつぶやいて、

「思はずに井手《ゐで》の中道《なかみち》隔つとも言はでぞ恋ふる山吹の花

（思いがけず私たちの仲は井出の中道に隔てられてしまったが、心の中では山吹の花——あなたを恋しく思う）

面影がちらついて……」と言っても、聞く人もいない。こうしてさすがに遠く隔たってしまったことを、今こそ実感するのだった。まったく妙に気まぐれな心ですこと。

鴨《かり》の卵《こ》がずいぶんたくさんあるのを見て、みかんや橘《たちばな》の実のように細工して、わざとらしくないようにして女君に贈る。手紙は、あまり人目につかないようにと気遣い、あっさりと、

「お目に掛からないうちに月日がたってしまいました。思いもよらないお仕打ちだと恨んでみたところで、あなたのご一存というわけでもないと聞いておりますので、何か格別の機会でもなければ、お目に掛かるのも難しいでしょう。残念に思います」

などと、実の親のような書きようで、

「おなじ巣にかへりしかひの見えぬかないかなる人か手ににぎるらむ

（せっかく同じ巣でかえった――あなたを育てた甲斐《かい》もなく、その卵《かひ》のひとつが見あたらない。いったいどんな人の手に握られているのだろうか）

ここまであなたを独り占めしなくても……と、心が痛みます」

などと書いてあるのを、大将も見て苦笑し、

「女というものは、実の親の家にも気軽に出向いて会ったりするなど、何かの用事でもない限りすべきではないのに。まして実の親でもない源氏の大臣が、なぜ折々あきらめもせずに恨み言をおっしゃるのだろうか」とぶつぶつ言うのを、女君は憎らしい

と思って聞いている。

「お返事は、私からは差し上げられません」と女君が書きにくそうにしていると、

「では私が書こう」と代筆を買って出るのも、女君には見苦しく思える。

「巣隠れて数にもあらぬかりの子をいづかたにかは取り返すべき
(巣の片隅《かたすみ》に隠れて育った、お子の数にも入らない鴨の卵《かりこ》――仮の子を、どこに返したりするでしょうか)

ご機嫌が悪いのに驚きまして。歌の代作など私の柄ではありませんが」と書く。

光君は、「この大将がこんな歌を詠むなど、今まで聞いたこともなかった。珍しいこともあるものだ」と笑う。内心では、大将がこうして女君を独占しているのを、じつに忌々しいと思っている。

実家に帰った大将の元の北の方は、月日がたつにつれて、あまりにもひどいことだと気持ちが沈み、ますます虚《うつ》けてしまった。大将が、ひととおりの面倒は何ごともこまかく心を配り、息子たちを相変わらず大切にしているので、北の方は縁を切ってしまうこともできず、暮らし向きの面では今まで通り大将を頼りにするしかないのだった。大将は「真木の柱は……」と詠んだ姫君のことをたまらなく恋しく思っているけれど、北の方はぜったいに会わせようとしない。姫君は幼心にも、式部卿宮家のだれ

もが父君のことを容赦なく恨んで、ますます遠ざけようとしてばかりいるので、心細くて悲しい思いをしている。しかし弟の男君たちは父君の元にしょっちゅう出入りしているので、尚侍《かん》の君《きみ》の様子なども自然と話題にする。

「私たちのこともかわいがってやさしくしてくれます。あの方は明けても暮れても風流なことばかりして暮らしてますよ」などと言うので、姫君はうらやましくて、こんなふうに自由に振る舞える男の身にどうして生まれなかったのだろう、と嘆いている。……どういうわけだか、男にも女にも、人にもの思いをさせてしまうのが尚侍の君という人で……。

その年の十一月に、尚侍の君はじつにかわいらしい男の子まで産んだので、大将も、願い通りになって本当にめでたいと、この若君をこの上なくだいじにしている。そのあいだの様子などは、言わなくても充分想像できるはず。

実の父、内大臣も、この女君に自然と願ったりかなったりの運が向いてきたとよろこんでいる。内大臣がとくべつだいじにしている娘たちにも、容姿など少しも引けを取らない。内大臣の長男、頭中将《とうのちゅうじょう》（柏木《かしわぎ》）もこの尚侍の君を、心から親しみを覚える姉としてつきあっているが、それでもやはりあきらめきれない様子をときおり見せる。尚侍《ないしのかみ》として入内《じゅだい》して、その甲斐あっての出産だったらよかったのに、と、この若君がかわいらしいのにつけても、「今まで皇子《みこ》がお生まれにならない帝の嘆きを拝見しているだけに、これが帝の御子であったらどんなに名誉なことだったろう」と、あまりに勝手なことを考えたり、口にしたりしている。尚侍としての公務は、しかるべく対処しているが、出仕の件はこのまま実現せずに終わってしまうようである。それも当然のことなのでしょうね。

そういえば、内大臣が引き取った近江《おうみ》の君《きみ》を覚えていますか。あの、尚侍になりたいと願っていた女君も、ああいう類の者によくある癖で、色気づいて浮かれた気持ちが出てきて、内大臣は手を焼いている。弘徽殿女御《こきでんのにょうご》も、この女君がいつかは軽はずみなことをしでかすだろうと、何かにつけてはらはらしているが、近江の君は、「もうこれからは人前に出てはならぬ」と内大臣が止めるのもまったく聞かず、まだうろうろと出しゃばっている。

どういった折だったか、殿上人《てんじょうびと》が大勢、それも評判の高い人たちばかり弘徽殿女御の御殿にやってきて、管絃《かんげん》を演奏し、なごやかにくつろいで拍子を打ってたのしんでいた。そうした秋のある風情ある夕べに、宰相中将《さいしょうのちゅうじょう》（夕霧《ゆうぎり》）も立ち寄って、いつになくくだけた冗談などを言っているのを、女房たちが珍しがって、「やはり他の方とは違っていらっしゃる」と褒めていると、この近江の君が女房たちを押し分けて出てきた。「やだ、困ったわ。どうしましょう」と奥に引き入れようとするけれど、近江の君はいかにもかたくなな顔つきでにらんで動かないので、厄介なことになったと始末に困り「軽はずみなことを言ったりしないかしら」とつつき合っていると、この世にもまれなる堅物の中将を、「この人よ、この人だよ」などと褒め称え、小声で騒ぎ立てる声がはっきりと聞こえる。女房たちは困り切っているのに、声はまったくさっぱりした調子で、

「おきつ舟よるべ波路《なみぢ》にただよはば棹《さを》さし寄らむ泊《とま》り教へよ

（沖の船が寄る辺なく波路を漂うように、あなたのご縁が決まらずにいるのなら、私が棹《さお》をさし寄せておそばに行きましょう。どこにお泊まりか教えてください）

『棚なし小舟《をぶねこ》漕ぎかへり、同じ人をや』……恰好《かっこう》悪いわ」と言う。

「堀江《ほりえ》漕ぐ棚なし小舟《をぶね》漕ぎかへり同じ人にや恋ひわたりなむ（古今集／ちいさな棚なし船が水路を漕ぎ出ては戻ってくるように、同じ人に恋をし続けるのか）」と古歌の一節で一途《いちず》な思いをからかわれた中将は、合点がいかず、この女御のところにこんなぶしつけなことを言う者がいると聞いていないのに……と考え、ああ、これがあの噂《うわさ》の人かとおかしくなって、

よるべなみ風の騒がす舟人《ふなびと》も思はぬかたに磯づたひせず
(寄る辺なく風にもてあそばれる舟人も、思いもしない磯には近づきません。
縁の決まっていない私でも好きでもない人は断りますよ)
と返し、近江の君はさぞや決まり悪かったことでしょう、……とか。

梅枝《うめがえ》

裳着の儀を祝う、女君たちの香

光君の依頼によって調合されたそれぞれの香は、
女君たちをよくあらわしていたのでした。

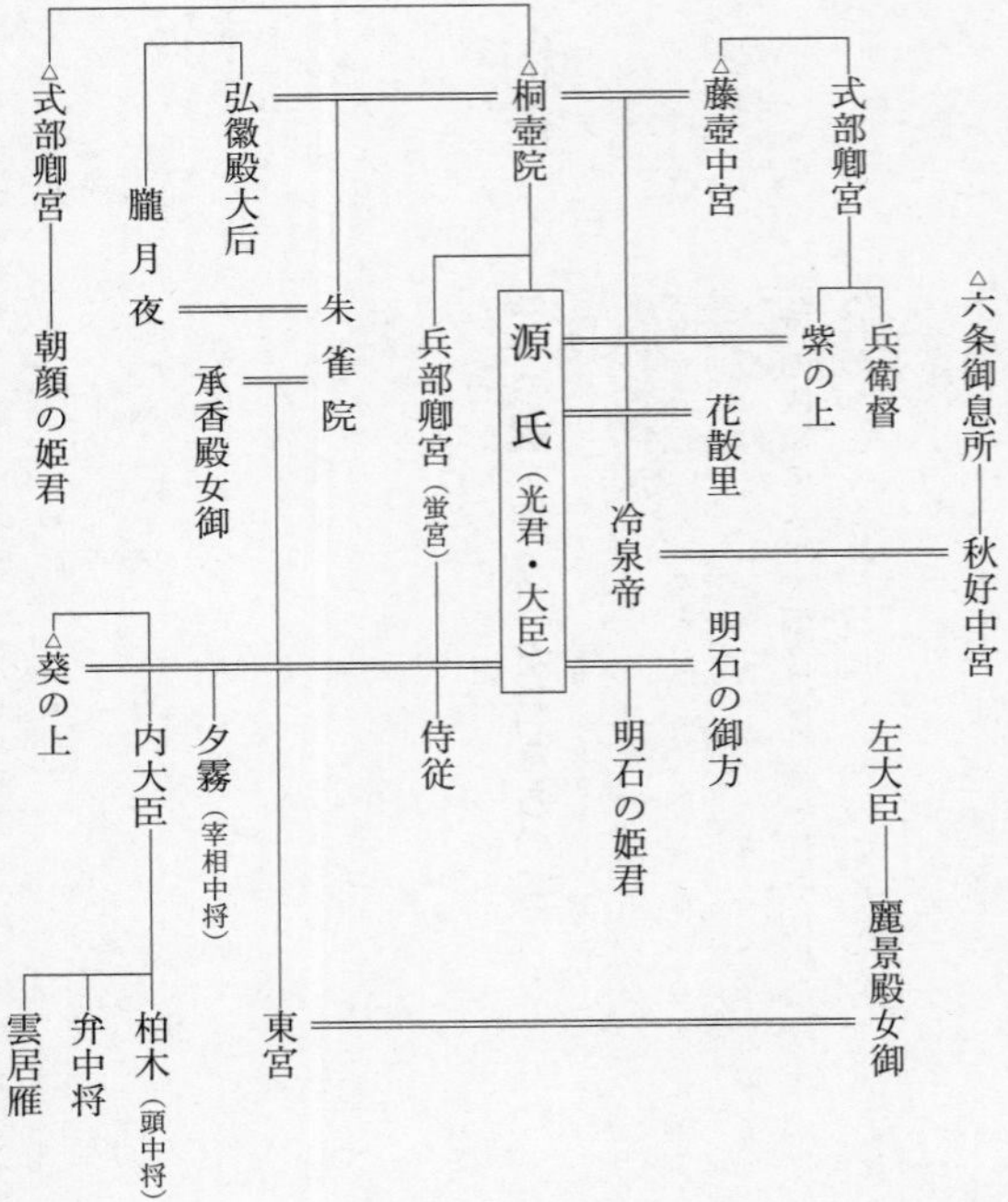
△六条御息所
秋好中宮
式部卿宮
兵衛督
紫の上
△藤壺中宮
花散里
冷泉帝
明石の御方
明石の姫君
左大臣
麗景殿女御
源氏（光君・大臣）
△桐壺院
兵部卿宮（蛍宮）
侍従
弘徽殿大后
朱雀院
承香殿女御
朧月夜
東宮
△式部卿宮
朝顔の姫君
△葵の上
夕霧（宰相中将）
内大臣
柏木（頭中将）
弁中将
雲居雁

＊登場人物系図
△は故人

明石《あかし》の姫君の、裳着《もぎ》の儀を準備する光君《ひかるきみ》の心配りは、並大抵のものではない。朱雀《すざく》院《いん》の皇子《みこ》である東宮《とうぐう》も同じ二月に元服の儀があるはずで、その後、姫君の東宮妃としての入内《じゅだい》のことなども決まってくるのだろう。

正月の末で、公私ともにのんびりしている時期なので、光君は薫物《たきもの》を調合する。大《だ》宰大弐《ざいのだいに》が献上した香木の数々を見て、やはり昔のものには劣っているのではないかと思い、旧邸である二条院の倉を開けさせ、中国渡来の品々を取り寄せて大弐の献上品と比べてみる。

「香だけでなく、錦や綾《あや》といった絹織物も、やはり古いもののほうがしっくりくるし、上質にできているものだ」と、姫君が身辺に使う調度類の覆い、敷物、褥《しとね》など、それぞれの縁《へり》に、故桐壺院《きりつぼいん》の治世のはじめ頃に高麗人《こまうど》の献上した綾や、緋色《ひいろ》の金襴《きんらん》など、今とは比べることもできないものを入念に検分しては、しかるべきものを仕立てさせ、

大弐からの綾や羅《うすもの》などは女房たちに与えた。香木は、昔のものや今のものを取り揃《そろ》えて、女君たちに割り当てて、

「二種類ずつ調合してください」とお願いする。裳着の参列者への贈りもの、上達部《かんだちめ》への祝儀など、世にまたとないほど立派なものをと、邸《やしき》の内でも外でも忙しく用意している。それに加えて、女君たちのところでも、香木を選び調え、それらを搗《つ》いて粉にする鉄臼《かなうす》の音がやかましく聞こえる今日この頃である。

光君はひとり離れて寝殿におり、承和《じようわ》の帝《みかど》（仁明《にんみよう》天皇）の秘伝の調合法を、どのようにして伝え聞いたのか、一心に行っている。紫《むらさき》の上《うえ》は東の対《たい》の放出《はなちいで》（母屋と廂《ひさし》をひと続きにした空間）に、とくべつ奥深く座をしつらえて、伝え受けた八条の式部卿《しきぶきよう》（仁明天皇の皇子）の調合法で、光君と競って調合している。そのあいだ、紫の上がたいそう秘密にしているので、「薫物の匂いの深さ浅さについても勝ち負けを決めよう」と光君が言う。子どもを持つ親らしくもない競争心ではある。二人とも、そばにあまり大勢の女房を付けていない。姫君の入内のための調度類も一流のうつくしいものを揃えているが、その中でもいくつもの香壺《こうご》の箱の作り様、壺のかたち、香炉の意匠も目あたらしくはなやかに、今までと趣向を変えて作らせている。そこに女君たちが心をこめて調合した香の、すぐれたできばえのものを嗅ぎ比べた上で入れようと思

っているのである。

二月の十日、雨が少し降り、庭前《にわさき》の紅梅も盛りで、その色も香りもまたとないほどすばらしい。そこへ兵部卿宮《ひょうぶきょうのみや》（蛍宮《ほたるのみや》）があらわれる。裳着の支度が今日明日を残すばかりになった忙しさへの陣中見舞いである。光君と弟の宮は昔からとくべつ仲がよかったので、心置きなくあれやこれやと話し合って梅の花を愛《め》でていると、前斎院《ぜんさいいん》（朝顔《あさがお》）からだと、花がおおかた散ってしまった梅の枝に結びつけた手紙が届いた。光君と前斎院の噂《うわさ》を耳にしたことのある兵部卿宮は、

「わざわざ向こうからどんなお知らせがあるのですか」と興味深そうである。光君は笑みを浮かべて、

「じつに無遠慮なことをお願いしていたのだが、几帳面《きちようめん》にさっそくお作りくださったのでしょう」と言い、手紙はすっと隠してしまう。

沈《じん》（香木）で作った箱に瑠璃《るり》（ガラス）の香壺を二つ置き、大粒に丸めた薫物を入れている。贈りもの用の作り枝である心葉《こころば》、青い瑠璃の壺には五葉の松の枝、白い瑠璃の壺には梅を選び、同じように引き結んである飾り糸も、やさしく優雅にこしらえている。

「なんとも言えないうつくしさですね」と宮が目を留めていると、

花の香《か》は散りにし枝にとまらねどうつらむ袖に浅くしまめや

（花の香りは、花の散った枝には残っていませんが――この薫物は盛りを過ぎた私には無用ですが、薫《た》きしめてくださる姫君の袖には深く染みこむことでしょう）

うっすらと書いてあるのが目に入り、宮はわざとらしく口ずさむ。宰相中将《さいしようのちゆうじよう》（夕《ゆう》霧《ぎり》）が、前斎院の使者をさがして引き止め、充分に酒を振る舞う。紅梅襲《こうばいがさね》の唐の細長を添えた女衣裳《おんないしよう》一揃えを与える。光君の返事も紅梅襲と同じ色の紙に、庭前の紅梅を折らせて添える。

「どんな内容なのか気になる手紙ですね。どんな隠しごとがあるのでしょう、ずいぶん隠しているけれど」と兵部卿宮は恨み言を言い、ひどく見たそうにしている。

「なんの隠しごとがあるものか。何か隠しているなどと思われると困ってしまう」と、返事を書いたついでに、

花の枝《え》にいとど心をしむるかな人のとがめむ香をばつつめど

（花の散った枝にますます心惹《こころひ》かれます、その花の移り香を人に咎《とが》められはしないかとおそれながら）

などと、書いたのでしょうか……。

「じつのところ、こんなにも薫物に熱中しているのはもの好きのようだけれど、かけがえのない娘のことなので、こうするのが親として当然の務めだろうと考えてね。娘は器量よしではないので、そう親しくもない人に腰結《こしゆい》の役を頼むのも決まり悪い、(秋好《あきこのむ》)中宮《ちゆうぐう》に退出していただいてお願いできればと思っているのだ。中宮とは親しくつきあっていただいているが、こちらとしては気恥ずかしいほど立派な方だ、何ごとも世間並みの支度でお目に掛けるのも恐縮なものだから」などと光君は言う。

「后《きさき》となった中宮にあやかるためにも、なるほどそうお考えになるのは当然でしたね」と兵部卿宮は同意する。

この機会にと、女君たちの調合した数々の薫物を、それぞれ使者を出して「今日の夕暮れに試しましょう。ちょうど雨上がりで湿っているから」と伝えた。女君たちはさまざまに趣向をこらした薫物を光君の元に届ける。

「この優劣を判断してください」と光君は宮に言う。「『だれにか見せむ』(君ならで誰にか見せむ梅の花色をも香をも知る人ぞ知る《古今集／あなた以外にだれに見せましょう、この梅の花の色も香りもわかる人にしかわからない》)だよ」と言い、いくつか火取香炉を取り寄せて、薫物を試す。

「私は『知る人』でもないですが」と兵部卿宮は謙遜するけれど、なんとも言えないすばらしい数々の薫物の、強すぎるとか足りないとかいった、材料ひとつのほんのちょっとした欠点も嗅ぎ分けて、なんとか優劣をはっきりさせる。あの、光君が寝殿で調合していた二種の薫物をいよいよ取り出させる。右近《うこん》の陣《じん》（右近衛府《えふ》の詰所）の溝の汀《みぎわ》近くに埋めておく例に習って、西の渡殿《わたどの》の下から流れる遣水《やりみず》の汀近くに埋めておいた薫物を、惟光《これみつ》の子である兵衛尉《ひょうえのじょう》が掘り起こしてくる。宰相中将がそれを受け取って持っていく。宮は、「まったく難しい判者役を任されたものだ。なんとも煙たくてつらい」と困っている。薫物は、同じ調合法がどこにでも伝わって広まっていくはずのものだが、人々が思い思いに調合した薫物の深さ浅さを嗅ぎ合わせてみると、たいへんに興のそそられることが多いのである。

まったく優劣がつけられない中で、前斎院の合わせた黒方《くろぼう》（冬の香）は、あのように謙遜してもやはり奥ゆかしくしっとりとした匂いが格別である。侍従《じじゅう》（秋の香）は、光君のものが抜きん出て優美であると宮は判定する。紫の上のものは、冬、秋、春と三種ある中で、梅花香《ばいかこう》（春の香）がはなやかで洒落《しゃれ》ていて、心持ち鋭く匂いの立つように工夫されていて、珍しい香りが加わっている。「今頃の春風に香らせるのには、これにまさる匂いはありませんな」と宮は褒める。夏の御方（花散里《はなちるさと》）は、女君たちがこうして思い思いに競い合う中で、そう数多く出すこともないだろうと、煙を立てるのも遠慮する気持ちで、ただ荷葉《かよう》（蓮《はす》。夏の香）を一種だけ調合した。それはじつに趣の変わったしっとりとした香りで、しみじみとなつかしい。冬の御方（明石の上）は、季節季節にふさわしい香りが決まっているけれど、春に冬の香りで引けをとるのもつまらないと考え、そもそも衣服に薫きしめる薫衣香でも、ことにすぐれたものには、宇多《うだ》の帝の調合法を朱雀院が引き継いで、公忠朝臣《きんただのあそん》がとくに吟味して作った百歩《ひゃくぶ》の方《ほう》がある、と思いつき、この世のものとは思えない優美な香りを調合している。その趣向がすぐれていると、宮がだれのことも褒めるので、

「なんだかはっきりしない判者だね」と光君は言う。

月が上ってきたので、酒など飲みながら昔話をする。朧月《おぼろづき》の光が奥ゆかしく、雨上がりの風が少し吹いて、紅梅の香りがやさしく漂い、邸内のあたりはなんとも言えない薫物の匂いが満ちて、人々はうっとりとした気持ちでいる。

六条院内の蔵人《くろうど》の詰所のほうでも、明日行われる管絃《かんげん》の遊びの練習にと、楽器類の手入れをし、殿上人《てんじょうびと》などもたくさんやってきて笛の音がおもしろく聞こえてくる。内大臣の長男、頭中将《とうのちゅうじょう》（柏木《かしわぎ》）やその弟、弁少将《べんのしょうしょう》なども、参上した旨の記帳だけで帰ろうとするのを引き止められ、琴なども取り寄せる。兵部卿宮の前には琵琶《びわ》、光君に箏《そう》の琴《こと》、頭中将は和琴《わごん》を担当し、はなやかな音色で弾きはじめると、その響きはじつ

に趣深く聴こえる。宰相中将は横笛を吹く。今の季節に合った調子で、天にも届くほど吹きたてる。弁少将が拍子をとって、催馬楽《さいばら》「梅が枝《うめえ》」をうたい出した様子はじつにおもしろい。……覚えているでしょうか、童《わらわ》の頃、韻塞《いんふた》ぎの時に「高砂《たかさご》」をうたった人ですよ。宮も光君もいっしょにうたいはじめ、あらたまった催しではないものの、風情《ふぜい》ある夜の遊びである。盃《さかずき》を光君にまわす時、宮が、

「鶯《うぐひす》の声にやいとどあくがれむ心しめつる花のあたりに

（鶯のようなうつくしい声に、心が体を抜け出してさまよってしまいそうです、心奪われる花のあたりで）

いつまでもここにいたい気分です」と言うと、光君は、

色も香《か》もうつるばかりにこの春は花咲く宿をかれずもあらなむ

（花の色も香りも身に染みつくほど、今年の春は花咲くこの家に絶えずおいでいただきたいものです）

頭中将に盃をまわすと、彼はそれを受け取り宰相中将に勧める。

鶯のねぐらの枝もなびくまでなほ吹きとほせ夜半《よは》の笛竹《ふえたけ》

（鶯がねぐらにしている枝もたわむほど、夜通しその笛を吹き続けてください）

と頭中将が詠むと、宰相中将、
「心ありて風の避《よ》くめる花の木にとりあへぬまで吹きや寄るべき
（風さえも、花を散らすまいとの心づかいで、この木を避けて吹いているのに、
私が鳥もいたたまれないくらい吹き寄っていいのでしょうか）
それでは思いやりがないでしょう」と言い、みなが笑う。弁少将、
霞《かすみ》だに月と花とをへだてずはねぐらの鳥もほころびなまし
（せめて霞が月と花とを隔てなければ、月の光にもう夜明けかと、梅の枝の鳥
も鳴き出すでしょう）
実際に夜が明けるまでその場にいて、兵部卿宮は帰っていった。宮への贈りものに、
光君は自身の持ちものから直衣《のうし》の装束一揃い、まだ手をつけていない薫物二壺を添え
て、宮の車まで届けさせる。宮は、
花の香をえならぬ袖にうつしもてことあやまりと妹《いも》やとがめむ
（この花の香りをいただいたみごとな装束に薫きしめて帰ったら、女とあやま
ちを犯したのではないかと妻が咎めるかもしれない）
と詠むので、光君は「ひどく弱気なんだな」と笑う。車に牛をつける頃、追いかけ
て、

「めづらしと故里人《ふるさとびと》も待ちぞ見む花の錦《にしき》を着てかへる君
（家で待つ人も、花の錦を着て帰るあなたを見て新鮮に思うことでしょう）
めったにないことだと家の人も思うだろうね」と言うので、宮は、まいったという様子である。そのほかの君達《きんだち》にも、大げさにならないようにして、細長や小袿《こうちき》を贈った。

明けて十一日、戌《いぬ》の刻（午後七時から九時頃）に、西の御殿に光君は向かう。（秋好）中宮の住む西の放出《はなちいで》を裳着の場所としてしつらえ、髪上《かみあげ》役の内侍《ないし》なども、中宮といっしょにこの御殿にやってくる。紫の上も、この機会に中宮に対面した。中宮、紫の上、双方の女房が集まっているが、数え切れないほどの人数である。子《ね》の刻（午後十一時から午前一時頃）に姫君が裳を着ける。燈台の火はかすかで薄暗いけれど、明石の姫君の様子はじつに立派だと中宮は思う。光君は、

「まさかあなたがお見捨てになるはずはあるまいと、それを頼りにして、失礼な姿を進んでお目に掛けたのです。中宮に腰結の役をお願いするなど前例のないことですが、これが後代の例になるのではないかと、親の狭い了見ながら、ありがたく思っております」と言う。

「どのようにすればいいのか、なんのわきまえもありませんのに、後代の例などとた

いそうに言っていただきますと、かえって気が引けてしまいます」と、こともなげに言う中宮の様子が、じつに若々しく魅力的なので、光君も、申し分のないすばらしい方々がこうして一門に集っていることに満足せずにはいられない。母君が、このような時にも姫君に会えないことを悲しがっていたことを思うと、心苦しく、いっそこの儀式に参加させようかと思ったが、世間の人がなんと言うかに気兼ねして、そのままにしてしまった。このような邸のしきたりは、ふつうの場合でもじつに面倒なことが多いし、今回もほんの一端だけを、いつものようにだらだらと書き記すのもどうかと思うので、くわしくは書かないこととします。

東宮の元服は、二月二十日過ぎ頃に行われた。東宮はたいそう大人びているので、しかるべき人々が娘たちを入内させたいと願っている。しかし光君の、姫君を入内させようという決意が並々ならぬものなので、かの姫君がいるのならばかえってなまじな宮仕えなどさせないほうがいいのでは、と左大臣なども思いとどまっているらしい。その噂を光君が聞きつけ、

「とんでもないことだ。宮仕えというものは、大勢お仕えしている方々の中から、ちょっとした優劣を競ってこそ本筋でしょう。多くのすぐれた姫君たちが家に引きこもってしまうなら、まるでつまらないことになる」と言い、明石の姫君の入内は延期と

なった。明石の姫君が入内してから次々に、と控えていたのだが、光君のこの意向を聞いて、まず左大臣家の三《さん》の君《きみ》が入内することとなった。麗景殿《れいけいでん》を与えられた。

この明石の姫君の部屋には、昔、光君の宿直所《とのいどころ》だった淑景舎《しげいさ》を改装し、設備を整えた。入内は延期となったが、東宮も待ち遠しく思っているので、四月に、と決める。

数々の道具類も、以前からあるものの上にさらに調え、光君自身も、道具類の雛形《ひながた》や図柄をよく調べては、それぞれの道にすぐれた人たちを呼び集めて、念入りに作らせる。草子《そうし》（綴《と》じ本）箱におさめるべき数々の草子で、そのまま姫君が習字の手本にもできそうなものを選ぶ。昔の、最高級の名筆家たちで、後世に名を残した人々の筆跡も、じつにたくさん所有しているのである。

「何ごとにおいても、昔に比べるとだんだん劣ってきて、深みのなくなっていく末世ではあるけれど、仮名に関しては、今のほうが、果てしなくよくなってきているよ。昔の字は、決まりに則《のっと》った書き方であるけれど、のびのびしたところがないし、どれもひとつの型にはまった感じがするものだ。巧妙でみごとな字は、この頃になって書きはじめる人が出てきたけれど……。私が女手《おんなで》（仮名）を熱心に習っていた時、立派な手本をたくさん集めたものだが、中宮の母君である六条御息所《ろくじょうのみやすどころ》の、何気なく走り書きした一行ほどの、どうということもないものを手に入れて、格段にすぐれた筆跡だと思ったものだった。まあ、そんなことがあって、あるまじき浮き名を流すようなことになったわけなのだ。御息所は私とのことを心から後悔していたけれど、私はそう不誠実なことはしなかったつもりだよ。中宮に、こうして後見役としてお世話していることを、あの方は思慮深くていらっしゃったから、あの方のたましいもきっと私を見なおしてくれているでしょう。中宮の筆跡はていねいで風情があるけれど、才気は乏しいようだね」と、紫の上に小声で話す。「亡き藤壺《ふじつぼ》の宮の筆跡は、じつに深みがあって優美ではあったが、か弱いところがあって、はなやかさに欠けていた。朱雀院の尚侍《ないしのかみ》（朧月夜《おぼろづきよ》）こそは当代の名手であるが、あまりに洒落ていて癖があるようだ。とはいえ、尚侍の君《かんのきみ》（朧月夜）と、前斎院（朝顔）と、それにあなたとが、やはり書き手としてはうまいと思うよ」と、紫の上を上手のひとりとして認めるものだから、「その方々のお仲間入りは気が引けます」と紫の上は言う。

「そんなに遠慮しなさるな。ものやわらかでやさしい点では、あなたの筆は格別なのに。男でも、漢字が上達するわりに、仮名は下手な字が交じることも多いようだね」と、まだ何も書かれていない草子を新しく作り、表紙や綴じ紐などをそれは立派に調えている。「兵部卿宮や左衛門督《さえもんのかみ》にも書いてもらおう。私自身も上下の一揃いは書こう。二人が意気込んでも、私だって負けないと思うよ」と自慢する。

墨も筆も最上のものを選び出し、香の時と同じように、女君たちにとくべつな依頼状を出すが、難儀なことだと思い辞退する人もいるので、光君は真剣にお願いをする。高麗《こま》の紙の薄様ふうのものがじつに優美なので、「この風流好みの若者たちを試してみよう」と、宰相中将、式部卿宮《しきぶきょうのみや》（紫の上の父）の子息である兵衛督《ひょうえのかみ》、内大臣の長男である頭中将などにも、「葦手《あしで》（水辺の光景に、葦や鳥のかたちに隠し文字を置く）でも歌絵でもいい、好きなようにお書きなさい」と命じたので、みな思い思いに腕を競うようである。

以前と同様、光君はひとり寝殿に離れて草子を書く。桜の盛りは過ぎて、浅緑の空もうららかなこの時、光君は心静かにあれこれと古歌などを思い浮かべて、満足のいくまで、草仮名《そうがな》もふつうの仮名も、女手の字も、この上なくみごとに書き尽くしていく。周囲には大勢の人を置かず、墨などをすらせ、由緒ある古い歌集の歌を、これはどうだろうと選び出すのにきちんと相手になれそうな女房、二、三人ばかりが控えている。御簾《みす》をぜんぶ上げて、脇息《きょうそく》の上に草子をのせ、部屋の端近くに気楽な恰好《かっこう》で、筆の尻をくわえて思いめぐらせている光君の姿は、見飽きることのないすばらしさだ。白い紙や赤い紙など、文字の墨色がくっきり浮き立つものは、筆を取りなおし、よく注意して書いているその様子は、見る目のある者なら感嘆せずにはいられないだろう。

「兵部卿宮さまがいらっしゃいました」と女房が言うと、光君は驚いて直衣《のうし》を着、敷物をもうひとつ持ってこさせて、そのままそこで待ち受ける。入ってきた宮はたいそう身ぎれいで、階段をさっそうと上がってくるその姿を、御簾の内の女房たちものぞき見ている。礼儀正しく、二人ともきちんと挨拶を交わす様子は、これ以上ないほどのうつくしさである。

「することもなく部屋にこもっているのもつらく思えるほど、この頃は暇なものだから、ちょうどいい時に来てくれた」と光君は歓迎する。宮は、依頼された草子を持ってやってきたのだった。すぐにその場で草子を見ると、それほどすぐれた筆跡ではないが、ただ長所として、すっきりした筆使いで書かれている。歌も、技巧をこらした、一癖ある古歌ばかり選んで、一首をただ三行ほどに、漢字をあまり使わずに好ましく書いている。光君はそれを見て驚き、

「これほど上手とは思わなかった。私はもう筆を投げ捨てたい気分だ」とくやしがる。

「こんな上手な人たちに囲まれながら、臆面もなく書こうというのですから、いくらなんでもそうひどくはありませんよ」と、宮は冗談を言う。

光君の書いていたいくつかの草子も、隠すべきではないので、取り出してお互いに見る。ごわごわした唐紙に草仮名を書いたものが、格段にすばらしいと宮は思うが、

高麗の、きめ細かでやわらかくやさしい感じの、色も派手派手しくはなく優雅な紙に、ゆったりとした平仮名で、きちんと心を配って書いてあるものはたとえようもなくみごとだ。それを見る人の感動の涙すら、筆跡に添って流れていく気がして、見飽きるということがない。その上さらに、我が国の紙屋院《かんやいん》の色紙で、色合いのはなやかなものに、乱れ書きの草仮名の歌を筆の勢いにまかせて自在に書いているのも、限りなくすばらしいのである。自由奔放で魅力があり、ずっと見ていたいほどなので、宮はほかの人々が書いた草子には目もくれない。

左衛門督は、仰々しくもったいぶった書風ばかりを好んで書いているが、筆使いが垢抜《あかぬ》けておらず、技巧にこりすぎた感じである。歌も、わざとらしいものを選んで書いている。

女君たちのものは、はっきりと取り出して見せることをしない。前斎院（朝顔）などは、なおのこと取り出したりしないのである。若者たちに書かせたいくつかの葦手《あしで》の草子は、思い思いに書かれていて、なんということもなくおもしろい。宰相中将（夕霧）のは、水の流れをゆったりと書き、乱れ立つ葦の生え具合など、難波の浦の景色に似ていて、文字と葦とがあちこち入り交じって、じつに澄みきった風情がある。また、はなやかに趣を変えて、文字のかたちや石の様子を洒落て書いた紙面もある。

「見たこともないほどのすばらしさだ。見るのに時間がかかりそうだね」と宮はおもしろがって褒める。宮は何ごとにおいても凝り性で、風流ぶるのが好きなので、非常に感心して褒めちぎっている。

今日はまた、一日中筆跡のことをあれこれと話し合って過ごし、いろいろに紙を継ぎ合わせた手本をいくつか選び出したついでに、兵部卿宮の子息である侍従に命じて、宮の邸にあるいくつかの手本を取り寄せた。嵯峨《さが》の帝《みかど》が、『古万葉集』から選び出した歌を書いた四巻、延喜《えんぎ》の帝（醍醐《だいご》天皇）が『古今和歌集』を、唐の薄い縹色《はなだいろ》の紙を継いで巻物にし、同じ縹色で濃い模様のある綺《き》の表紙、やはり同じ色の玉の軸、だんだら模様の平組の紐などで優雅に飾り、一巻ごとに書体を変えながら、これ以上ないほどのすばらしさで書き尽くしたものを、燈台の火を低くして鑑賞する。

「いつまでも見飽きることがないな。近頃の人は、ただちょっとした技巧をこらしているにすぎないね」などと、それらを褒める。そのままこの二つをこの場に置いておくこととする。

「こういったものは、たとえ娘がいても、見る目がない者には伝えたいとも思えないものですが、まして娘のいない私には、宝の持ち腐れですから」と宮はそれらを光君に贈る。光君は侍従に、唐の手本などでとくに立派なものを沈《じん》の箱に入れて、みごとな高麗笛を添えて贈る。

またこの頃は、光君はもっぱら仮名の書の論評をしていて、世間で書に長《た》けていると評判の人々を、身分の上下なくさがし出しては、それぞれにふさわしいものを考えては書かせている。しかし姫君に贈るこの箱には、身分の低い者の書は入れずに、その人の家柄や地位などを入念に吟味して、草子、巻物とみな書かせたのである。何から何まですべてが珍しい宝物で、異国の朝廷にもめったにないものばかりである。その中でも、この幾冊かの手本をこそ見たいと心を動かされる若者が多かった。絵をいくつか用意する中で、あの須磨《すま》の日記は、子孫にも伝え知らせたいと思うものの、姫君がもう少し世間のこともわかるようになった時に、と思いなおして、まだ取り出さないでおいた。

内大臣は、この姫君入内の準備のことを他人《ひと》ごととして聞くにつけても、ひどく気に掛かり、また、なんとなくさみしく感じている。自身の姫君（雲居雁《くもいのかり》）の様子は、二十歳《はたち》になって娘盛りに成長し、もったいないほどうつくしい。所在なげにふさぎこんでいる様子は、父親としてもたいそう嘆きの種であるのに、あの男君（夕霧）の様子といえば、今までと変わらず落ち着いているので、こちらから弱気になって折れて出るのも体裁が悪いし、こんなことなら相手が熱心に望んでいた時に言う通りにしていれば……などと、人知れず心を痛めていて、ただ相手ばかりを悪者にすることもできないでいる。こんなふうに内大臣がくよくよしていると宰相の君（夕霧）は耳にするけれど、一時つらくあたられたことを恨めしく思っているので、平静を装い気持ちを静めているが、それでも他の女性に心を移す気にはなれない。そんな気持ちでいるので、恋しくてやるせない時も多いのだが、浅緑の袖の六位風情と馬鹿にした乳母《めのと》たちに、納言に昇進した姿を見せてやるのだという深い意地があるのでしょうね……。

光君は、この息子のいつまでも身が固まらないのはどうしたものかと心配し、

「あちらの姫君のことをあきらめたのなら、右大臣や中務宮《なかつかさのみや》などが、婿にとの意向をお伝えになっているようだから、どちらかにお決めなさい」と言うが、宰相の君は何も言わずにかしこまった様子で控えている。

「このようなことは、この私も父帝の畏れ多い教えにも従おうとしなかったのだから、あなたにも口を出しにくいのだが、今になって考え合わせてみると、あの教えこそ今にも通じるものだった。所在なくひとりでいると何か思うところがあるのだろうと世の中の人も邪推する。かといって宿縁に引きずられて、無難に落ち着くというのも、何か尻すぼみで体裁が悪い。しかしどんなに高望みをしたところで、思い通りになるとも限らない、無理なものは無理だが、だからといって浮気心を起こしなさるな。私

は幼い頃から宮中で育って、自由に振る舞うこともできず、窮屈に暮らしていた。ほんの少しでも間違いを犯したら、軽率だという非難を受けるだろうと慎んでいたが、やはり好色な振る舞いが多いと咎《とが》められて、世間から冷たくあたられた。あなたはまだ位も高くないし気楽な身分だからと、気を許して、思いのままに振る舞ったりしてはならないよ。自分でも気づかないうちにいい気になっていると、浮気心をおさえてくれる妻もいない場合、賢い人でもしくじるという例が昔にもあった。恋するべきではない人に心を寄せて、相手も噂になって、自分も恨みを買ってしまうなんて、往生の妨げになる。それから、もし間違った相手といっしょになって、その人が気に入らず、どうも辛抱できないような場合でも、やはり思いなおして添い遂げようとする気持ちを持ち続けなさい。女の親の気持ちに免じて、あるいは親がおらず満足な暮らしのできない相手であっても、人柄がいじらしいと思えるなら、それをひとつの取り柄だとして連れ添いなさい。自分のためにも、相手のためにも、結局はよくなるように、と思う心掛けがだいじなのだ」などと、とくに用事もなく暇な折は、このような心得をもっぱら教えている。

宰相の君は光君のこのような教えに従って、冗談にせよ、ほかの女に心を移すなど姫君がかわいそうだと、ほかから言われるまでもなく思うのである。姫君も、いつにもまして内大臣の悩みが深そうな様子なので、顔向けできないほど恥ずかしく、なんと情けない身の上かと沈んでいるが、うわべはさりげなくおっとりと装いながら、もの思いに耽《ふけ》る日々を過ごしている。

宰相の君の手紙は、恋しい思いがあふれるような折々に、しみじみと深い愛情をこめた文面で送られてくる。「いつはりと思ふものから今さらに誰《た》がまことをか我は頼まむ（古今集／きっと偽りだと思っても、今さらだれの心を頼りにしたらいいのだろう）」という古歌のように、「誰がまことをか」と思いつつも、恋愛馴れした人ならやみに男の心を疑いもするものだが、姫君はそうした手紙には深く胸打たれることが多かった。

「中務宮が、源氏の大臣《おとど》のご意向をうかがって、ご縁談をまとめようかとなさっているそうです」と女房から報告を受け、内大臣はあらためて胸のふさがる思いをしたはず。こっそりと姫君に、

「こんな噂を聞いた。薄情な人だったのだね。あなたたちのことを源氏の大臣が口添えした時に私が強情にも認めなかったものだから、無理矢理ほかに話を持っていったのだろう。今さら弱気になって折れてみても、もの笑いになるだろうし」などと、涙を浮かべて打ち明ける。姫君は、恥ずかしく思うにつけても、なんとはなしに涙がこ

ぼれるので、決まり悪くなって顔を背ける。その姿も限りなくいじらしい。どうしたものやら、やはりこちらから進んで先方の意向を訊《き》いてみようか、などと内大臣が思い悩みながら出ていった後も、姫君はそのまま部屋の端近くでもの思いに沈んでいる。どうしてだろう、泣きたくないのに涙が出る。父君はどう思われただろう……、などと姫君があれこれ思案しているところへ、宰相の君から手紙がある。恨めしく思いながらも、さすがに見ないわけにはいかない。こまごまと書いてあり、

つれなさは憂《う》き世の常になりゆくを忘れぬ人や人にことなる

（あなたのつれなさは、このつらい世間の人並みになっていくけれど、あなたを忘れられない私はふつうではないのでしょうか）

と、ある。縁談のことにちらりとも触れないとは、なんとよそよそしい、と思ってしまうのはつらいけれど、

限りとて忘れがたきを忘るるもこや世になびく心なるらむ

（忘れられないとおっしゃるこの私を、もはやこれまでと忘れてしまうのも、世間の人並みの気持ちなのでしょうか）

と書く。宰相の君は、いったいなんのことだろうと、姫君からの手紙を下に置くこともできず、首を傾げてじっと見ている。

藤裏葉《ふじのうらば》

夕霧、長年の恋の結実

内大臣によって引き裂かれたあの幼い恋は、
長い時をへて、ようやく実ったということです。

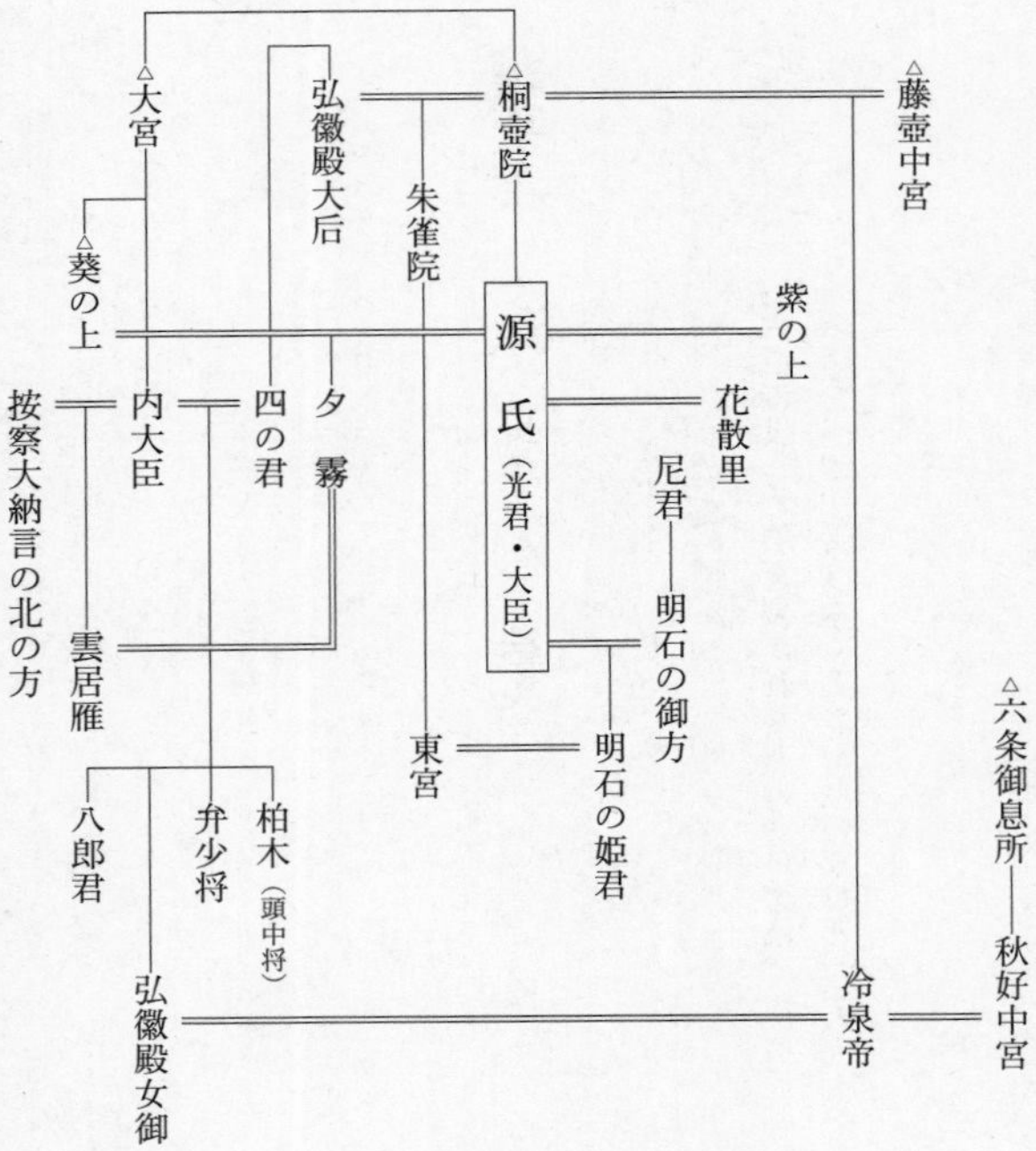

△藤壺中宮
△桐壺院
弘徽殿大后
△大宮
朱雀院
△葵の上
源氏（光君・大臣）
紫の上
夕霧
四の君
内大臣
按察大納言の北の方
花散里
尼君
明石の御方
雲居雁
東宮
明石の姫君
八郎君
弁少将
柏木（頭中将）
弘徽殿女御
冷泉帝
△六条御息所
秋好中宮

＊登場人物系図
△は故人

明石《あかし》の姫君の東宮《とうぐう》への入内《じゅだい》の支度をしている最中も、宰相中将《さいしょうのちゅうじょう》（夕霧《ゆうぎり》）はもの思いにとらわれて、虚《うつ》けたような心持ちでいる。自分でも不思議な気持ちがする。我ながらこんなに執念深いとは……。これほどまでに一途《いちず》に恋しいならば、関守《せきもり》のように邪魔立てをする内大臣が、二人の仲には目をつぶろうかというほど弱気になっていると噂《うわさ》に聞く今こそ、と思いもするが、いや、同じことなら、みっともなくこちらから折れたりせずに、最後まで見届けてみようと我慢しようとするも、それも苦しくて、思い悩んでいる。女君（雲居雁《くもいのかり》）も、父大臣《おとど》がほのめかしていた宰相の君の縁談が本当のことならば、あの方は私のことなどすっかり忘れてしまうのだろうと悲しんでいる。

そんなふうに、妙な具合に背を向け合っていながらも、心は相思相愛の二人なのです。

内大臣もあれほど強気で二人を引き離したものの、なかなかうまくことが進まないのに思いあぐねている。あの中務宮《なかつかさのみや》も、宰相の君を婿にと決めてしまったのだとしたら、こちらは姫君の婿選びに、またどれ彼と難儀しなくてはならない。そうなると婿となる相手もやりづらいだろうし、こちらとしてもの笑いの種となって、おのずと品格を落とすようなことになるかもしれない。いくら隠しても、あの二人の関係はすでに世間に知られているだろうし……。なんとか世間体を取り繕って、ここは私が折れるしかないようだ。内大臣はようやくそう思った。

しかしながら、表面上は内大臣も宰相の君もさりげなく振る舞ってはいるものの、内心ではまだ恨みの残る間柄である。だしぬけに本題を持ちかけるのもどうかと憚《はばか》られ、かといって今さら仰々しく申し出るのも世間に馬鹿にされると思い、何かいいきっかけがないものかと内大臣は考えている。

三月二十日、母である大宮の命日なので、内大臣は極楽寺《ごくらくじ》にお参りすることになった。子息たちを全員連れて、この上ないほどの威勢で、上達部《かんだちめ》たちも大勢集まっている。その中でも宰相の君はだれにも引けをとることなく堂々としていて、顔立ちも、今が盛りに立派に成人し、どこから見ても申し分ない様子である。この内大臣のことをひどい人だと思うようになってから、会うだけでも緊張してしまうので、今日も充分に用心し、冷静に振る舞っているのを、内大臣も、ふだんよりよほど注意して眺めている。誦経《ずきょう》の供養などは、六条院からも依頼して届けさせた。宰相の君はだれにもまして法事のいっさいを引き受けて、祖母君のために誠心誠意奉仕する。

夕方になり、みなが帰る頃、桜の花はすっかり散り乱れ、霞《かすみ》がたちこめてあたりがかすんでくると、内大臣は昔のことを思い出し、優雅に小声で何かを口ずさんでもの思いに沈む。宰相の君も胸に染みいるような夕暮れの景色に、いっそうしんみりした面持ちで、「雨になりそうだ」と人々が騒いでいるのに、なおもぼんやりとあたりを眺めている。その様子を見て、これは、と期待するところがあったのか、内大臣は宰相の君の袖を引いて、

「どうしてそんなにひどく私を責めるのです。今日のご法事の縁に免じて、私の罪は許してくださいよ。余命も少なくなった身なのに私を見捨てるのは、お恨みしますよ」と言う。宰相の君はかしこまって、

「亡き大宮のご意向としても、大臣をお頼りするようにと、かねがね聞いていたこともあるのですが、お許しのないご様子なので遠慮しております」と言う。

あわただしい雨風となり、人々は散り散りに先を競うように帰っていった。

宰相の君は、内大臣はいったいどういうつもりでいつになく思わせぶりなことをお

っしゃったのだろうと、ずっと気に掛けていることだったので、ほんの一言ではあるのに耳に残って、ああでもないこうでもないと考えながら一夜を明かした。

ずいぶん長いこと女君を思い続けてきた甲斐《かい》があったのか、あの内大臣も以前とは打って変わって弱気になり、ちょっとしたついでに、そう改まらずに、とはいえそれにふさわしい折に……と二人のことを考えている。

四月のはじめ頃、庭前《にわさき》の藤の花がたいそうみごとに咲き乱れて、ありふれた色でもなく、そのまま散るに任せては惜しいほどの盛りなので、邸《やしき》で管絃《かんげん》の遊びなどをした際に、日の暮れるにつれますます花の色がすばらしいからと、内大臣は長男の頭中《とうのちゅう》将《じょう》（柏木《かしわぎ》）に宰相の君宛の便りを託す。頭中将は口頭で、

「先日の花の下《もと》でお目に掛かっただけではもの足りませんので、もしお暇があればお立ち寄りくださいませんか」と伝える。手紙には、

わが宿の藤の色濃きたそかれに尋ねやは来《こ》ぬ春の名残を

（私の家の藤の花が色うつくしく咲いているこの夕暮れに、春の名残《なごり》を求めて訪ねてはくださいませんか）

とあり、じつにみごとな藤の枝に結びつけてある。宰相の君は待ちに待ったことなのだが、胸がどきどきして、恐縮してお礼を述べる。

　なかなかに折りやまどはむ藤の花たそかれ時のたどたどしくは
　（かえって藤の花を手折ってもいいのか迷うでしょう、はっきり見えない夕暮れ時では）

「情なくも気後れしてしまった。よろしく取り繕って伝えてください」と宰相の君が言うので、頭中将は、

「私がお供しようか」と言うが、

「面倒なお供はいらないよ」と、先に帰してしまう。

　宰相の君は光君《ひかるきみ》に、このような次第ですと手紙を見せた。光君は、

「何かお考えがあってこのようにお招きになったのだろう。あちらから進んで折れてくれるのならば、昔、大宮の気持ちに背いた親不孝な内大臣への私の恨みも解けるというものだ」と言う。そらごらんと言いたげな光君の得意顔は、まったく憎らしいほど……。

「そういうことでもないかもしれません。対屋《たいのや》の前の藤が、いつもよりもみごとに咲いているそうですから、そう忙しくない折とて管絃の遊びでもしようというのでしょう」と宰相の君は言うが、

「わざわざ使者を遣わせたのだから、早く行きなさい」と許可を出す。いったいどう

いうことなのだろうと、宰相の君は内心では不安で落ち着かない。

「その直衣《のうし》ではあまりに色が濃くて軽々しい。非参議とか、これという役職のない若者なら二藍《ふたあい》（藍と紅で染めた色）でもいいのだろうが、宰相なのだからもっときちんとしなさい」と、自身の持っているものの中から、格別な直衣に、極上の袿《うちき》を何枚も取り揃えて、宰相のお供に持たせた。

宰相の君は自分の部屋で念入りに身繕いし、夕暮れ時も過ぎ、先方も気を揉《も》んでいるだろう頃に到着した。接待側の子息たちが頭中将をはじめとして七、八人連れだって迎え入れる。子息たちはみなすばらしい容姿だけれど、宰相の君はさらにだれよりも際だってうつくしいばかりか、優美で、風格があり、人が気後れするほどの気品がある。宰相の席を調えさせたりしている内大臣の心づかいは並大抵のものではない。

内大臣は礼装用の冠をつけて席に出ようという時、妻や、その若い女房たちに、「のぞいて見てごらん。年を重ねるごとにじつに立派になっていく人だ。振る舞いも落ち着いて、堂々たるものだよ。はっきりと群を抜いて大人っぽくなっていく様子は、父大臣にもまさっているほどだろうね。父大臣のほうは、ただもう優雅で魅力的で、会うとついほほえまずにはいられなくて、この世のつらさも忘れる心地になる。公の政務には、真面目《まじめ》とばかりは言いがたい、くだけたところもあるが、それもあの方には当然のことだ。一方この宰相は、学才のほどもすぐれていて、気の持ちようも男らしく、しっかりしていて申し分ないと世間では評判のようだ」などと言い、宰相の君と対面する。堅苦しく儀式張った挨拶はそこそこに、藤の花の宴に移る。

「春の花の、どれもみな花開くその色ごとに、目が覚めるようなうつくしさですが、こちらの気持ちにもかまわずに気ぜわしく散ってしまうのが恨めしく思えるこの頃です。けれどこの藤だけは遅れて、夏まで咲いているのが、妙に奥ゆかしく可憐《かれん》に感じられます。この花の色がまた紫で、これもなつかしいゆかりといえましょう」と意味ありげにほほえむ内大臣は、いかにも風格があり輝くようにうつくしい。

月は上ってはいるが、花の色ははっきり見えない時分なのに、花を観賞するつもりで酒を飲み、合奏をする。そのうち内大臣は酔っぱらったふりをして、やたらと酒を勧めて酔わせようとするので、宰相の君はそれを見越して、どう辞退しようかと困っている。

「あなたはこの末の世にはもったいないほどの、天下の識者だということだけれど、私のような年寄りを見限るのが恨めしかったのです。昔の書物にも、親族の礼儀ということが書かれているではありませんか。どこぞの聖人の教えもよくご存じでしょうに、ずいぶん私を苦しめるものだと恨みを言いたいほどですよ」などと言って、酔い泣きというのか、うまく胸の内をほのめかす。

「どうしてそのようなことがありますか。母や祖母という亡き人たちを思い出すかわりに、私はあなたに身を捨ててもお仕えしようと心から思っていますのに、なんとお思いになってそのようにおっしゃるのですか。これも元より私の至らなさのせいなのでしょう」と宰相の君はお詫《わ》びを口にする。内大臣は、頃合いを見はからってにぎやかにはやしたて、「藤の裏葉の」と口ずさむ。

「春日《はるび》さす藤の裏葉のうらとけて君し思はば我も頼まむ（後撰集《ごせんしゅう》／春の陽が射す藤の裏葉のように、あなたも心の隔てなく私を思ってくれるのなら、私もあなたを頼りにします）」、つまり娘を思ってくれるのなら、ということだとその心を受けて、頭中将は、色の濃い、とくに房の長い藤を折って、客人の盃《さかずき》に添える。宰相の君は受け取りながらもどうしていいのかまごついていると、内大臣が、

紫にかことはかけむ藤の花まつより過ぎてうれたけれども
（今まで待たせたあなたを忌々しいと思うけれども、文句はあなたではなく、藤の花の紫——娘に言いましょう）

宰相の君は盃を持ったまま、ほんの形ばかりの拝舞をする。その姿はなんとも優雅である。

いくかへり露けき春を過ぐし来て花のひもとくをりにあふらむ
（これまで幾度も涙を流した春を過ごして、ようやく花開く時——望み通り逢《あ》える時がやってきたのですね）

と宰相の君から頭中将に盃が渡されると、

たをやめの袖にまがへる藤の花見る人からや色もまさらむ
（たおやかな女の袖にも似た藤の花は、見る人によって一段とうつくしくなるだろう）

と、めぐる盃とともに次々と歌が詠まれたようですけれど、酔いにまかせているからか、あまりたいしたものはなく、これらにまさるものはなかったようですね。

七日の夕月の光はほのかではあるが、池は鏡のようにのどかに澄みわたっている。まだどの梢《こずえ》も、葉が出はじめたばかりの季節だが、みごとな枝ぶりで横に広がった松の、さほど小高くはない枝にかかる藤の花は、あまり見られないほどみごとである。あの歌のうまい弁少将《べんのしょうしょう》がうっとりするような声で催馬楽《さいばら》の「葦垣《あしがき》」をうたう。男が垣を越えて、娘を背負って盗んでいく歌に、内大臣は「ずいぶん妙な歌をうたうものだ」と冗談交じりに言い、「とどろける　この家の（権勢を誇るこの家の）」という歌の一部を、「年経《へ》にける　この家の（古い家であるわが家の）」と謙遜して替え、いっしょにうたうその声はじつにすばらしい。ほどほどにおもしろく、くつろいだ遊びとなり、わだかまりもすっかりなくなったようである。次第に夜が更けていくうち、宰相の君はひどく酔っぱらったふりをして、

「気分が悪くてどうしようもありません、おいとましても帰り道が危なっかしくなってしまったようです。今夜はあなたのお部屋を貸してくれませんか」と頭中将に嘆願する。内大臣は、

「朝臣《あそん》よ、お休みになる部屋を用意しなさい。この年寄りはひどく酔いすぎて失礼だから、引っ込むとしよう」と言い置いて奥へと入った。

頭中将が、「花の陰に一夜の仮寝か。どうしたものか、私もつらい案内人だ」と言うと、宰相の君は、

「色を変えることのない松と契るのだから、浮気な花であるはずがない。仮寝なんて縁起でもないことを言って」と、中将を急《せ》かす。中将は、内心では、妹の元に連れていくのは癪《しゃく》に障る気がしないでもない。しかし宰相の君の人柄が申し分なく立派であり、長年こうなってほしいと願ってきたことではあるので、安心して女君の部屋に案内した。

男君は、夢ではないかと思うにつけ、ここまでこぎ着けた自分は本当にたいしたも

のだと思ったことでしょう……。

女君は、恥ずかしくてたまらない気持ちでいるのだが、すっかり成熟したその有様は、ますます何ひとつ不足なくうつくしい。

「死ぬほどの恋患いで世間の語りぐさになりかねなかったこの私だが、その一途な心に免じて内大臣もこうして許してくださったのだろう。それなのに、私の気持ちをわかってくれないとは、あり得ないお仕打ちだ」と男君は恥じらう女君に恨み言を言う。

「弁少将がわざとうたい出した『葦垣』の歌の意味はわかった？　ひどい人だよ。『河《かわ》口《ぐち》の』とうたい返してやりたかったよ」

親の目を盗んで抜け出し、男と共寝をしたとうたう催馬楽「河口」を持ち出すと、女君は耳をふさぎたい思いで、

「浅き名を言ひ流しける河口はいかが漏《も》らしし関の荒垣《あらがき》

（昔、私たちの噂が立ったのは、あなたの口の軽さのせいでしょう。どんなふうに関の荒垣から漏らしたの？）

ひどい人」という様子は、まだあどけない。男君は少々笑って、

「もりにける岫《くき》田《だ》の関を河口の浅きにのみはおほせざらなむ

（あれはお守り役の父大臣のせいなのに、河口の浅さ――私のせいだとばかり

言わないでほしい)
長いあいだ思いを積もらせて、本当にせつなくて苦しかった。もう何も考えられない」と、酔いにかこつけて苦しそうにして、夜が明けるのも知らん顔……。
女房たちが起こしかねているのを、内大臣は「いい気になって朝寝をして」と文句を言う。それでも男君は夜がすっかり明けてしまう前には帰っていく。寝乱れた朝の男君のその顔は、なんとも見がいがあるというもの。
後朝《きぬぎぬ》の文《ふみ》は、今までと同様、人目を忍んで慎重に届けられたが、女君は昨日の今日でかえって返事を書くこともできずにいる。口の悪い女房たちがお互いにつつきあっているところへ、内大臣がやってきて男君からの手紙を見るので、女君はほとほと困ってしまう。その手紙は、
「どこまでも打ち解けてくださらないので、ますます我が身のほどが思い知らされます。たえられそうもなく、また命も消えそうな思いですが、
とがむなよ忍びにしぼる手もたゆみ今日あらはるる袖のしづくを
(咎《とが》めないで。今まで涙で濡れた袖を隠れて絞っていたけれど、その手も疲れて力が入らないから、雫《しずく》の垂れる袖を今日は見せてしまうことを)」
などと、いかにも馴《な》れ馴《な》れしい書きようだ。内大臣は思わずほほえみ、

「字がとてもうまくなったね」などと言う。かつて彼を遠ざけていた気配は今、みじんもない。女君がなかなか返事を書けずにいるのを、「みっともないぞ」と言いつつ、自分がいればさぞ書きにくかろうとも思い、部屋を出ていく。後朝の文の使いへの褒美は、並々ならぬ品々を用意して与えた。頭中将も、使いに風情《ふぜい》あるもてなしをする。今までずっと、手紙を隠しては人目を忍んでやってきていた使いの者は、今日はひとかどの者のように振る舞っているようだ。右近将監《うこんのぞう》を務めている人で、宰相の君が親身に思い、使っている人物である。

六条院の光君も、ことの次第を聞いた。宰相の君が、いつもより一段と光り輝く様子であらわれたので、じっと見つめ、

「今朝はどうだった。手紙などは差し上げたのか。賢い人でも女のこととなると心乱れる例があるが、見苦しいほど悩んだり、焦ったりせずに今日まで過ごしてきたのは、いささか人よりすぐれたあなたの人柄ゆえと思う。内大臣のやり方があまりにも頑固で、それが今になってすっかり崩れてしまったことを、世間もあれこれ噂するだろう。だからといって自分のほうが勝ったつもりで、おごった気持ちで浮気心など起こしてはいけないよ。内大臣はああしていかにも鷹揚《おうよう》で、度量の大きい性格に見えるけれど、内心は男らしくもないしまっすぐでもなくて、つきあいにくいところもある方だか

ら」などと、いつものように教えさとす。この縁組みを、釣り合いもよく似合いの夫婦だと光君は思っているのである。光君は、宰相の君が息子であるとは思えないほど若々しく、ほんの少し年上に見えるくらいである。二人別々にいる時は、同じ顔を写し取ったかのように思えるけれど、こうしていっしょにいると、それぞれのすばらしさがある。光君は薄い縹色《はなだいろ》の直衣《のうし》に、白い袿の唐織風の生地で、模様がはっきり浮き出て、つやつやと透けて見えるのを身につけて、どこまでも気品にあふれて優美である。宰相の君は、少し濃い縹色の直衣に、丁子染めの、焦げ茶色に見えるほど濃い袿、白い綾《あや》のやわらかそうな装束を着、改まった雰囲気で優雅に見える。

その日は釈迦《しゃか》の誕生を祝う灌仏会《かんぶつえ》で、誕生仏を寺から運び入れる。法会を行う導師が遅くに参上したので、日が暮れてから、六条院の女君たちから使者として女童《めのわらわ》が差し向けられ、お布施など、公の行事と変わることなく思い思いに行った。帝《みかど》の前で行う儀式に倣い、君達《きんだち》なども集まってきて、なまじ格式張った宮中での儀式よりも妙に緊張し、つい気後れしてしまうほどだ。

宰相の君は落ち着かず、いよいよめかしこんで衣裳《いしょう》を整え、女君の元に出かけていく。これといった扱いではないものの、宰相の君が情けをかけている若い女房たちの中には、恨めしく思っている者もいる。長年の積もり積もった思いも加わり、理想的な夫婦仲のようなので、この二人のあいだには一滴の水の漏れる隙もあるはずがない。主人《あるじ》の内大臣は、近くで見ればますますよさの際立つ婿君を、いとしく思い、それはたいせつに面倒をみる。こちらから折れたくやしさは未だに忘れていないけれど、そんなことはどうでもよくなるほど、宰相の君が真面目な性格で、長年ほかの女に心変わりすることもなく過ごしてきたのを、なかなかできないことだと二人を認めたのである。異母姉である弘徽殿女御《こきでんのにょうご》よりも、この女君のほうがはなやかに祝福され、理想的ですらあるので、女御の母君や女御お付きの女房たちはおもしろくない思いで、またそう口にもしているけれど、それがなんの問題になろうか。女君の母君である、按察使大納言《あぜちだいなごん》の北の方も、この縁組みをじつにうれしく思っているのだった。

こうして、六条院で支度中である明石《あかし》の姫君の入内《じゅだい》は、四月の二十日過ぎのこととなった。紫の上《むらさきのうえ》が、賀茂《かも》神社に参詣するというので、例によって光君はほかの女君たちも誘うけれど、紫の上のお供のようではおもしろくないだろうと思い、だれも彼もみな同行を見合わせた。それでさほど仰々しくはなく、車など二十ばかりの一行で、先払いもあまりわずらわしい人数ではなく、簡素なものとなったが、それがかえって特別な雰囲気の参詣となった。

葵祭《あおいまつり》の当日、一行は明け方に賀茂神社に参詣し、帰りは、朝廷からの勅使の行列を見物するための桟敷《さじき》に向かう。六条院のほかの女君付きの女房たちはそれぞれ車を連ねて、桟敷の前に場所を占めている。その様子はじつに盛大で、あれがそうだと遠目にもわかるほどの威勢である。

光君は、(秋好《あきこのむ》)中宮《ちゅうぐう》の母、六条御息所《ろくじょうのみやすどころ》が見物の車を後ろに押し下げられた時のことを思い出し、

「権勢を笠《かさ》にきて驕《おご》り高ぶって、ああしたことをしたのは心ない仕打ちだった。あのお方をないがしろにした人(葵の上)も、彼女の嘆きを負ったように亡くなってしまった」と、その死の詳細については触れず、「残された人々にしても、息子の宰相中将(夕霧)は、こうして臣下として少しずつ出世していくにすぎないだろう。反して六条御息所の娘である中宮は、並ぶ者のいない后《きさき》の位にいるのだから、しみじみと深く考えてしまうね。こうしてすべてさだめなき世の中なのだから、生きている限りは、思い通りに出家して仏道修行に専念したいものだが、後に残るあなたが、晩年になって見る影もなく落ちぶれてしまうのではないかと、つい心配で、好き勝手というわけには……」など、ぽつぽつと話す。そのうち上達部《かんだちめ》たちも桟敷に集まりはじめたので、

光君はそちらに移る。

近衛府《このえつかさ》から立てられる今日の祭の勅使は頭中将《とうのちゅうじょう》（柏木《かしわぎ》）だった。頭中将の父である内大臣の邸《やしき》に集まって、そこから上達部たちは光君の桟敷へとやってきたのである。藤典侍《とうないしのすけ》（惟光《これみつ》の娘）も内侍所からの使いだった。この人は世間の評判も格別で、帝、東宮《とうぐう》をはじめ、光君からもお祝いの品々が所狭しと届けられ、その好意のほどはたいへんなものである。宰相の君は、典侍の出発のところにまでわざわざ手紙を届けさせた。人目を忍んで思いを交わす間柄なので、こうして宰相が立派な女性との縁を確たるものにしてしまったことを、典侍は心穏やかでなく悲しんでいたのである。

「何とかや今日のかざしよかつ見つつおぼめくまでもなりにけるかな

（なんという名だったか、今日の挿頭《かざし》の草は。それを目の前にしながら思い出せないくらい、あなたと逢《あ》えずに日がたってしまった）

我ながらあきれてしまう」とある。機を逃さずに便りをしただけのことだが、典侍はどう思ったのか、車に乗りこむじつにあわただしい時ではあったが、

「かざしてもかつたどらるる草の名は桂《かつら》を折りし人や知るらむ

（ご自分で頭に挿頭《かざ》しながら思い出せないという草の名は、私も知りません。桂を手折った――進士及第なさったあなたなら、よくご存じでしょう）

あなたのような学者でなければわかりません」

としたためた。どうということもない歌だけれど、うまい返しだと宰相の君は思う。やはりこの典侍のことは忘れることができず、人目を忍んでこれからも逢《あ》うことになるのでは……。

さて、姫君の入内には、母親が付き添うのが慣例であるが、「紫の上は母代わりではあるものの、そういつまでも長くは付き添っていられないだろうし、こうした機会に、あの実の母、明石《あかし》の御方をお世話役として付き添わせようか」と光君は考える。紫の上も、「最終的に親子はいっしょになるべきもの。こう離ればなれで暮らしているのを、あの方もずっと不本意だと内心では悲しんでいるでしょう。姫君のほうも、今はだんだんと母君が気掛かりになって、恋しく思っているのではないかしら。お二人から疎んじられてもつまらないし……」と考えて、

「この機会に実の母君に付き添ってもらいましょう。姫君はまだか弱いお年頃で心配ですし、お付きの女房といっても年若い人ばかりです。乳母《めのと》たちの目の届くところも気遣いにも限りがあるでしょうから。私はいつもおそばにいられませんし、そのような時も安心できますように」と光君に言う。

よく気がついてくれたと光君は思い、「このように言ってくれています」と紫の上の言葉を明石の御方に話して聞かせる。御方はそれはもううれしくて仕方なく、望みがすっかりかなった気持ちになって、女房の衣裳やそのほかのことも、やんごとなき紫の上に劣ることがないようにと、立派に支度をはじめる。御方の母、尼君も、やはり孫である姫君の将来を見届けたいと深く思っている。もう一度会えることもあろうかと、命にも強く執着して長生きを念じていたのだったが、入内してしまったらもう会えることもなかろう、と思うのも悲しいことである。

入内の夜は紫の上が付き添って参内《さんだい》する。姫君の乗る輦車《てぐるま》に、明石の御方はその身分上、乗ることができないからである。歩いてついていけば世間体が悪いだろう、自分ならどう思われてもかまわない、けれどもこうまで立派に磨き上げた玉のような姫君の、それこそ疵《きず》となってはいけないと、こうして生きながらえていることも御方は心苦しく思う。姫君の入内の儀式は、人目を驚かすようなものにはしたくないと光君は遠慮しているけれど、それでもやはり世間並みというわけにはいかないもの。紫の上は姫君をこの上なくうつくしく着飾らせ、心からいとしく、かわいく思うにつけても、この子をだれにも渡したくないと思い、本当の子がこうして入内するのだったらどれほどいいだろう、とも思うのだった。光君も、宰相の君も、ただひとつそのことだけを残念に思うのである。入内後三日を過ごして、紫の上は宮中を退出した。

紫の上に代わって明石の御方が参上する夜、二人ははじめて顔を合わせた。

「ご覧のように姫君はこんなにもご成長なさいました。姫君をお預かりした年月の長さも目に見えるようですから、私たちのあいだに他人行儀の遠慮はありはしませんね」と紫の上が親しげに言い、あれこれと世間話をする。これも二人が打ち解ける糸口となったはず。

明石の御方が何かものを言う時の様子など、なるほど光君がこの人を大事にするのももっともだと、紫の上は意外な思いで彼女を見る。また御方のほうでも、たいそう気高く、女盛りである紫の上の容姿に圧倒される思いで、なるほど、大勢いらっしゃる方々の中でも、特別のご寵愛《ちょうあい》をお受けになって、並ぶ者のない位置に定まっていらっしゃるのも、まことにもっともなこと、と納得させられる。このようなお方とこうして肩を並べる私の運勢も、たいしたものではないかと思うものの、紫の上の退出する儀式は格別に美々しく、輦車に乗るお許しもあり、女御《にょうご》の扱いと変わるところがないのを見て、ついわが身と比べてしまい、御方はその違いのほどを思い知らされるのである。

じつにかわいらしい雛人形《ひなにんぎょう》のような姫君の姿を、夢心地で見るにつけても、御方の涙は止まることとなく流れる。悲しい時に流すものと同じだとはとても思えない涙である。長いあいだずっと何かにつけて嘆き悲しみ、とかくつらい運命なのだと悲観してきたのに、その命も今はもっと生き延びたいと願うほどに晴れやかな気持ちで、本当に住吉《すみよし》の神さまは霊験あらたかだと御方は思い知る。

明石の御方は姫君をそれはたいせつにお世話し、少しでも行き届かぬところなどまるでないほどきちんとした人なので、姫君の世間の人々からの評判もよいのはもちろんのこと、並外れてうつくしいその有様や容姿に、まだ年若い東宮も格別に心を寄せている。明石の姫君と張り合っている妃《きさき》たち付きの女房たちは、この母君が姫君に付き添っているのを、それが疵でもあるかのように言ったりしているが、そんなことで姫君のすばらしさが消えるはずもない。いかにも威厳に満ちて比類ないことはいうまでもないが、さらに、奥ゆかしく品格ある姫君の、ほんのちょっとしたことでもこの母君が申し分なく面倒をみているので、殿上人《てんじょうびと》たちも風流の才を競えるめったにない場所と考えて集うようになる。彼らが思いを寄せる、姫君付きの女房たちのたしなみや物腰までにも、明石の御方はじつに気を遣って仕込んでいるのである。

紫の上もしかるべき折には参内する。御方との仲もうまく打ち解けていくが、だからといって御方が出過ぎた馴れ馴れしい振る舞いをすることなく、また、軽んじられるような態度をとるわけでもなく、不思議なほど行動も心ばえもよくできた人なのである。

光君も、さだめなき世のこと、長くないかもしれない命のあるうちに、と思っていた姫君の入内も望み通りになったことだし、自業自得とはいえ身も固まらず、世間体の悪かった宰相の君も、今はなんの不足もなく無難な暮らしに落ち着いたのだから、これでもう安心して、かねてから願っていた出家を遂げてしまおうと思う。ただ紫の上の身の上が気に掛かるけれど、養女である（秋好《あきこのむ》）中宮《ちゅうぐう》がいるのだから、彼女が力強い味方となるだろう。この明石の姫君にしても、表立った親としてはまず第一に紫の上を大事に思うだろうから、もう何があっても大丈夫だろうと、この人々にまかせるつもりでいる。夏の御方（花散里《はなちるさと》）は、晴れがましい折々もなくなるだろうけれど、息子のような宰相の君がいるから安心だ、と、みなそれぞれ、心配することはないという気持ちになっていく。

明くる年に光君は四十歳になる。その祝賀のため、帝《みかど》（冷泉帝《れいぜいてい》）をはじめとして、世を挙げてのたいへんな準備である。その年の秋に、光君は太上天皇《だじょう》（上皇）に準じる位を授与され、御封《みふ》（俸禄）も加わり、年官、年爵など給与も増えることとなった。

それでなくともこの世のことで望み通りにならないことはないのだが、それでもめったにないことだった昔の例のままに院司《いんし》など、院の事務を行う人々を任命したので、格段に重々しい威厳に満ちてしまい、これは気楽に宮中に参内もしづらくなるな、と一方では残念に思うのだった。これでもまだ帝は不足に思え、世間を憚《はばか》って帝の位を譲ることができないのを、朝に夕に嘆いているのである。

内大臣は太政大臣に昇進し、宰相中将は中納言になった。中納言（夕霧《ゆうぎり》）は昇進のお礼の挨拶に出かける。ますます光り輝くような容姿をはじめ、何ひとつ不足なく立派な娘婿を見て、太政大臣も、かえって人に負けることのある宮仕えよりはよかった、と思いなおしている。

中納言は、女君付きの大輔《たいふ》の乳母《めのと》が「六位風情《ふぜい》が」とつぶやいた夜のことを何かにつけて思い出すので、白菊がじつにうつくしく紫に色変わりしたのを贈り、

「浅緑《あさみどり》 若葉の菊を露にても濃き紫の色とかけきや

（浅緑の菊の若葉を見て、いつか濃い紫の花が咲くと思ったことがあるか——六位の浅緑の袍《ほう》を着ていた私が、紫の袍を着るとは思わなかったろう）

つらい思いをさせたあの一言は忘れないよ」と、ぱっと花咲くような笑顔で歌を贈る。大輔の乳母は顔向けもできずに困ったことになったと思いながらも、そう言う彼

をかわいらしく思うのである。

「二葉《ふたば》より名たたる園《その》の菊なれば浅き色わく露もなかりき

(二葉の時から名だたる園に咲いた菊ですもの、浅緑だからといって分け隔てするつもりはありませんでした——名門のご子息であるあなたさまがいつまでも六位であるはずないと思っておりましたよ)

どんな誤解をなさってお気を悪くなさったのでしょう」と、もの馴れたふうに苦しい言い訳をする。

中納言となって威勢も増して、太政大臣の邸も手狭になったので、かつて大宮が暮らしていた三条の御殿に移る。少々荒れていたが、たいそう立派に修理し、かつて大宮が暮らしていた部屋を改装して、そこに住む。昔のことが思い出されて、しみじみとなつかしくならずにはいられない、望み通りの住まいとなった。庭前《にわさき》の木々なども、あの当時はまだちいさな木だったものが、今ではみごとに茂って木陰を作っている。一カ所、薄《すすき》がのび放題に生い茂っていたが、それも手入れをさせた。遣水《やりみず》の水草も掻《か》き払ってきれいにしたので、いかにも気持ちよさそうに水も流れている。

あるうつくしい夕暮れどき、二人は庭を眺め、情けなく悲しい気持ちにさせられた、あの幼い頃の思い出話などをする。昔が恋しくなることも多く、また女房たちもなんと思っていたことかと、女君は恥ずかしく思い起こす。昔から仕えている女房たちで、その後暇をとることもなく部屋部屋に居残って仕えている者たちは、二人の前に次々と集まり、じつにうれしそうである。男君、

なれこそは岩もるあるじ見し人のゆくへは知るや宿の真清水《ましみづ》

（この邸の真清水よ、おまえこそは岩から漏れてこの家を守る主だが、昔ここでおまえを見ていた亡き人の行方《ゆくえ》は知っているか）

女君は、

なき人のかげだに見えずつれなくて心をやれるいさらゐの水

（このちいさな泉をのぞいてみても、亡き大宮の姿も映らないけれど、知らぬ顔で気持ちよさそうに流れていますね）

などと詠む。折しも宮中から退出してきた太政大臣が、この邸の紅葉《もみじ》の色にふと目を留めて立ち寄った。

昔、大宮が存命の時の様子とそれほど変わることもなく、どこもかしこも落ち着いて住んでいる二人の様子が、晴れやかに明るいのを見るにつけても、しみじみと感慨深く思う。中納言もあらたまった表情で、涙で少し顔を赤らめ、いつも以上にしんみりとしている。申し分なく、いかにもかわいらしい夫婦である。女のほうは、このく

らいの容姿ならばほかにいないわけでもないと思える。しかし男は、この上なくうつくしい。古くからいる女房たちが二人の前に座り、大昔のことを話している。先ほど二人が書きつけた歌があたりに散らばっているのを見つけ、大臣は深く感じ入る。

「私もこの遣水の気持ちを尋ねてみたいけれど、年寄りはぐずぐず言わないほうがいいようだ」と太政大臣は言い、

そのかみの老木《おいき》はむべも朽ちぬらむ植ゑし小松も苔生《こけお》ひにけり

(その昔の老木は朽ちているだろうが、無理もない。その頃植えた小松も苔が生えるほどなのだから)

男君の宰相の乳母は、この君に冷たかった大臣の心を忘れていないので、ここぞという顔をして、

いづれをも蔭《かげ》とぞ頼む二葉《ふたば》より根ざしかはせる松のすゑずゑ

(お二人のどちらをも蔭として頼りにしましょう。二葉の頃から深く根ざしを交わし合った松のようなお二人なのですから)

年老いた女房たちも、このような意味合いの歌をいろいろ詠んでいるのを、中納言はおもしろく思う。女君は決まり悪くなって顔を赤らめ、聞き苦しく思っている。

十月の二十日過ぎ、六条院に帝《みかど》（冷泉帝《れいぜいてい》）のお出ましがある。紅葉の真っ盛りで、このたびはさぞや興趣も深い行幸《ぎょうこう》になりそうなので、帝は朱雀院《すざくいん》にも便りを送り、院もまた同行するというので、世にも珍しい盛儀だと世間の人々も心をわきたたせている。迎える六条院側でも心配りの限りを尽くし、目にもまばゆいばかりの準備をしている。

巳《み》の刻（午前九時から十一時頃）に行幸があり、まず馬場殿《うまばどの》では、左右の馬寮《うまづかさ》の馬をずらりと並べ、そこに左右近衛府《このえづかさ》の武官が居並ぶ作法は、朝廷での五月の節会《せちえ》と見分けがつかないほど似ている。未《ひつじ》の刻（午後二時過ぎ）頃、一行は南（春）の町の寝殿に移る。通り道の反橋《そりばし》や渡殿《わたどの》には錦を敷き、外から見渡せるところには軟障《ぜじょう》を引きめぐらせ、荘厳にしつらえてある。東の池には数隻《せき》の船を浮かべ、宮中の御厨子所《みずしどころ》（調理場）の鵜飼《うかい》の長《おさ》と、六条院の鵜飼との双方を並べ、池に鵜を放させる。鵜はちいさな鮒《ふな》を幾匹もくわえている。あらたまって見物するような催しではないけれど、通り道の一興としたのである。築山《つきやま》の紅葉《もみじ》はどれも劣らずすばらしいのだが、（秋《あき》好《このむ》）中宮《ちゅうぐう》の西の町はとくべつにうつくしいので、南の町との仕切りの廊の壁を崩し、中門を開け放って、さえぎる霧すらもないほど充分に眺められるようにしてある。帝と上皇の二席を立派に整え、光君の席は一段下げてあるのを、帝からのお言葉により同列に並べなおさせる。それはすばらしい光景であるのだが、帝はそれでも、父である光君に決まり以上の礼を尽くして見せられないことを残念に思っている。左少将が池の魚を受け取り、蔵人所《くろうどどころ》の鷹飼《たかがい》が北野で狩った鳥ひとつがいを右少将が捧げ持ち、寝殿の東より進み出て、階段の左右に膝をついて献上の由を奏上する。太政大臣が帝のお言葉を二人に伝え、調理して膳に供する。親王《みこ》たち、上達部《かんだちめ》たちの食事も、いつもとは趣向を変えた珍しい料理が用意された。みな酒に酔い、日が暮れかかる頃に楽《がく》所《しょ》（音楽の教習・演奏にたずさわる役所）の楽人を召す。儀式張った舞楽ではなく、優美な演奏をし、殿上童《てんじょうわらわ》たちが舞う。人々は例によって、あの昔の、桐壺帝《きりつぼてい》在位の時に催された紅葉《もみじ》の賀《が》を思い出さずにはいられない。「賀王恩《がおうおん》」という曲を演奏する時に、十歳ほどになる太政大臣の末の子がじつに上手に舞う。帝は御衣《おんぞ》を脱いで褒美に与える。太政大臣も庭に下りてお礼の舞を舞う。主人の光君は菊を折らせて、あの時「青海波《せいがいは》」を舞ったことを思い出している。

色まさる籬《まがき》の菊もをりをりに袖うちかけし秋を恋ふらし

（色が一段とうつくしくなった籬の菊も——昇進なさったあなたも、折にふれて袖うちかけて舞ったあの秋を恋しく思い出していることでしょう）

太政大臣は、あの時は同じ舞をこの光君と並んで舞ったけれど、自分も人よりすぐれた身の上とはいえ、やはり准太上天皇となった光君の身分は桁違いに上だったと思い知る。時雨《しぐれ》も、その時を心得ているように降りはじめる。

「紫の雲にまがへる菊の花濁りなき世の星かとぞ見る

（紫雲と見まごうほどの菊の花――格段に高い身分となられたあなたは、濁りなき御代《みよ》の星のように見える）

いよいよお栄えになりましたね」と太政大臣は言う。

夕風が吹いて庭に散る紅葉は、濃い色薄い色とさまざまで、錦を敷いた渡殿かと見まごうほどである。その庭に容姿のうつくしい童たち、みな高貴な家柄の子息たちであるが、青白橡《あおしらつるばみ》や赤白橡《あかしらつるばみ》の袍《ほう》に、蘇芳《すおう》や葡萄《えび》染《ぞ》めの下襲《したがさね》といった装束を着て、例のごとく髪をみずらに結い、額に天冠をつけただけの飾りで、短い曲をわずかに舞っては紅葉の陰に戻っていく姿が、日が暮れてしまうのが惜しいほどのみごとさである。庭の楽所（楽人たちの演奏する場所）も大げさなしつらえにはしていない。やがて屋内での演奏がはじまると、書司《ふんのつかさ》（書物・文具などを管理する役所）の琴をいくつか取り寄せる。

興も高まった頃に、帝、上皇、光君三人の前にもそれぞれ琴が渡される。宇多《うだ》法皇の愛用していた和琴《わごん》「宇陀《うだ》の法師」の昔ながらの音色も、朱雀院にはずいぶん久しぶりで、しみじみと感慨深く聴いている。

秋をへて時雨《しぐれ》ふりぬる里人《さとびと》もかかる紅葉《もみぢ》のをりをこそ見ね

（幾たびかの秋を経て、時雨降るように古る年を重ね里住まいの私も、こんなみごとな紅葉を見たことがない——私の在位の頃にはこのような紅葉の佳宴《かえん》はついぞなかった）

と朱雀院がいかにも恨めしそうにしているのを見て、帝は、

世の常の紅葉とや見るいにしへのためしにひける庭の錦を

（よくある紅葉とご覧になるのですか、かつての紅葉の賀にならった庭の錦ですから、東宮《とうぐう》だったあなたも見たことはあるはずですよ）

と応える。帝は、年齢を重ねるごとにいよいよ容姿も立派になって、光君とまったくうりふたつに見えるのだが、同じ場に控えている中納言の顔が、この二人とこれまたそっくりであるのも、驚くべきこと。気品があってすばらしい雰囲気はというと、思いなしか優劣もあろうが、はなやかなうつくしさは、中納言がまさっているようにも見える。その中納言は笛の役を務めているのがじつにすばらしい。唱歌をする殿上《てんじょう》人《びと》が階段のところに控えているが、その中でも弁少《べんのしょう》将の声がやはり抜きん出ている。やはり、すばらしい宿縁にめぐまれているのだと思わざるを得ない、光君と太政大

臣のご両家のようですね。

文庫版あとがき

四巻の主役は玉鬘《たまかずら》であるともいえる。玉鬘十帖と呼ばれるうちの、「初音《はつね》」から「真木柱《まきばしら》」、そして続く二帖までが収録されている。

玉鬘は若き日の夕顔と頭中将の娘である。幼いころに夕顔が亡くなってしまったので、仕えていた女房が夫の転勤先である筑紫に連れていき、そこで育った姫君だ。ようやく京に戻ってきて、めでたく光君に見出され、引き取られるまでが三巻「玉鬘」に描かれる。

自身の娘として引き取ったものの、光君はこのうつくしい玉鬘が気になってしかたがない。なんといっても彼女は、光君がどうにも忘れられない夕顔のおもかげを宿し、なおかつ、夕顔にはなかった才気がある。口説き落としたくてたまらないが、一方で、ほかの男たちが彼女に夢中になる様子を見たくもある。四巻における光君はかっこよくないだけでなく、なんだかいやらしくすら思える。

言い寄られる玉鬘の胸中は、「うたて」「疎まし」「心苦し」「憂き」「悲しき」「なやましげ」「心やまし」(『新編日本古典文学全集』小学館より)といった言葉のオンパレード。

しつこくていやらしいから光君がいやだ、というのではなく、自分と照らし合わせて、身分も境遇も違いすぎるから、心を寄せてもらっても不釣り合いで、真に受けてかかわりなど持とうものなら世間で噂の種になる、それがいやなのだ、と玉鬘の気持ちは「蛍《ほたる》」に描かれているが、ずっと読んでいると、これでもかとめげずにやってきては、色恋じみた文を送ってきたり、執拗に口説いたり、手を握ったり、ついには密着してくる「その人」がいやなのだ、というとらえかたをしてしまう。なぜならその人光君は、玉鬘が彼のもとにいるしか生きるすべがないことを知っているのだから。

ここにきて、光君は今や完全無欠でもなく自信に満ちあふれているわけでもない、と私は思い知らされる。十代、二十代の光君だったら、あれよという間に姫君をさらうなり襲うなりして、そのあとで、何ごともなかったようにほかの婿を迎えたりしただろう。

光君は自分の思いどおりにはならない姫君を、兵部卿宮《ひようぶきようのみや》(蛍宮)に縁づかせるか、帝に出仕させるかで悩み、結局宮仕えさせることに決める。その頃合いまで決めていたというのに、「真木柱」では、唐突にあらたな人物が登場する。「初音」「胡蝶《こちょう》」「蛍」「常夏《とこなつ》」「篝火《かがりび》」「野分《のわき》」「行幸《みゆき》」「藤袴《ふじばかま》」と八帖ものあいだ、ずっと光君は玉鬘を思い続け、どうやって関係を持とうか、いややめておくか、ならばどうするかと考え続けていたのに、それまで影をちらつかせつつ、たんなる端役だろうと思っていた鬚黒《ひげくろ》の大将が、ひとりの男としてぬっとあらわれ、玉鬘をさらっていってしまうのだ。

しかし私が注視してしまうのは、この思わぬ展開そのものよりも、この思わぬ縁談によって、あらたな「苦しむ人」が登場することだ。

今まで描かれてきた人たちは、おもに光君が原因で苦しんできた。藤壺《ふじつぼ》をはじめ、六条御息所《ろくじょうのみやすどころ》しかり空蟬《うつせみ》しかり葵の上《あおいのうえ》しかり。その光君に、やはり苦しまされながら、それでも拒み続けた玉鬘が、鬚黒と縁づいたことによって、その妻と娘が苦しむことになる。

三巻のあとがきで私は、作者は「玉鬘」で、いきなり筆力を上げて、エンターテインメント性に富んだストーリーを書いた、と記したけれど、私はこの四巻におさめられた帖で、登場人物の描きかたにぐんと深みが増したと感じる。鬚黒の大将の妻は、ほかの女たちのように名前も与えられていないし、登場する場面も帖もそう多くはないが、しかしこの強烈さはどうだろう。

精神を病んでいてふつうに生活が送れない。身なりもかまっていないし、おうちも荒れている。それでも正気のときはやさしく、ものをわきまえた人である。

夫に若くてうつくしい愛人ができて、そちらにいきたい気持ちが夫の全身から漏れ出ている。自分にはもう気持ちがないのを承知しつつ、妻は、愛人のもとに出向く夫のために、装束を香で薫きしめてやる。雪も降り出し、早くいかないと夜も更けてしまいますよと勧めすらする。そんな妻が不憫でもあり、「なごりなう移ろふ心のいと軽きぞ」と自分を責めもするが、でもやっぱりあのうつくしい玉鬘に会いたい。よし出かけようとした夫に、がばりと立ち上がった妻は、香炉を手にして夫の背後にまわり、ざざーっと灰を浴びせかけるのである。こまかい灰が、夫の目にも鼻にも入る。

なんと鮮やかな場面だろう。これは物《もの》の怪《け》の仕業で、人に嫌われるためにわざとやっている、ということなのだけれど、私などはここで胸がすく思いがする。結局これが、二人の関係の決定的な破局の原因となってしまう。読み手はもしかしたら、玉鬘に惹かれ、こんな家に帰りたくない鬚黒の気持ちに大きく賛同するのかもしれないけれど、私は、どうせ自分に心が戻らないのなら、黙って身を引くより、灰でもなんでもぶっかけて終わらせたほうがよかったではないかと、どうしてもこの妻に肩入れしてしまう。

そして娘の真木柱。この妻が父のもとに帰ることになり、男の子どもたちは鬚黒に引き取られるが、女の子は母といっしょにそちらに移ることになる。自分を大切にしてくれた父親と離れるのがかなしくて、「真木の柱はわれを忘るな」と歌を書きつけ、泣きながら、その紙を柱のひび割れに笄《こうがい》で押しこむ。この場面も、なんとも忘れがたい。

四巻には、もうひとり、私にはとても魅力的に思える女性が登場する。光君が、どこかから自身の娘をさがし出して引き取ったという噂を聞いて、自分にもそういう娘がいるのでは、と内大臣（頭中将）が競うようにさがし、見つけたのがこの近江《おうみ》の姫君だ。

容姿は父によく似ていて、かわいらしいが、軽薄そうでみっともないほど早口で、御トイレの掃除もしますし、水を汲んで頭に乗せて運びもします、などと言う。訛りもあって態度もよろしくない。意味のとおらない歌ならば、即座にいくつも作ってみせる。教養もなく、品もない。こき下ろされているのは末摘花《すえつむはな》と同様なのだが、しかしそれでも、なんだかやけに愛嬌があって憎めない。そのように作者が書いてしまったというよりは、書かれた姫君が、勝手に生き生きと立ち上がってしまったような印象だ。あるいは、この姫君を魅力的に思う読者は多くはなくて、玉鬘との比較対象、たんなる三枚目役として忘れてしまう人のほうが多いのだろうか。

私がこの二人にある魅力を感じ、なぜか忘れがたく思ってしまうのは、たぶん、この人たちが妙に現代的だからだと思う。自分から心の離れていった夫に、そんなことをしたら決定的に終わるとわかっていても、常軌を逸した姿を見せずにはいられない妻。物の怪の仕業とはいえ、よくこんな女性を書いたものだとつい思ってしまう。

近江の姫君も、身分階級立場をわきまえることなく、ずけずけとものを言い、うれしくて調子にのったりしてしまうさまが、やっぱり今の若者めいている。

作者にとって、この二人は物語のなかの端役でしかなかったろうし、源典侍《げんのないしのすけ》オババみたいないろものとして登場させたのだろうけれども、作者の思惑を超えて、登場人物が、今この時代だからこそいのちを持ってしまった、そのわかりやすい例のような気が、私はどうしてもしてしまうのである。

もうひとつ、興味深いのが、「蛍」で語られる、光君による物語論である。

玉鬘は、世にも珍しい人の身の上の描かれた物語を読みながら、自分のような境遇はないものだ、と思っている。それを見た光君は、本当のことが書いてある物語なんて少ないのにだまされたい女の人は多いと、それを揶揄するが、真に言いたいことはそうではなく、「日本紀などはただかたそばぞかし。これらにこそ道々しくくはしきことはあらめ」（日本書紀などといった記録ではなく、物語にこそ、（ここは思いきって意訳させてください）真実の人のありようが描かれている、というような意味合いのことを言うのである。

じつは、最初に現代語訳をやっていたときは、なるほどこれが紫式部の小説観なのか、と思っただけだったのだが、文庫化に際してもう一度読み返し、はっとした。

現代語訳をやっている六年弱、私はずっと、なぜ人は物語を必要とするのかを考え続けていた。なぜ紫式部が源氏物語を書き、人々はそれを求め、読み続け、今なお、読んでいるのか。その問いは、源氏物語の魅力とはなんなのか、ということでもあるが、もっと大きな意味合いで、どうして人はかくも昔から物語——フィクション、小説を読むのか、という問いでもあった。

現代語訳を終えて私は自分なりの答えを見つけたのだけれど、それは正解ということでもなく、たんなる私の感想にすぎない。それはまたべつの場所で書くとして、そんなことをずっと考え続けていたものだから、文庫化にあたって読み返していったときに、「ここに答えが書かれている！」とぎょっとしたのである。まさにこの一文は、なぜ人は物語を必要とするのか、という問いへの、千年前から送られた答えだと私には感じられてならない。

二〇二三年十月

角田光代

主要参考文献

・『源氏物語』四　石田穣二・清水好子 校注（新潮日本古典集成）新潮社　一九七九年
・『源氏物語』三　阿部秋生・秋山虔・今井源衛・鈴木日出男 校注・訳（新編日本古典文学全集）小学館　一九九五年
・『新装版全訳　源氏物語』二・三　與謝野晶子　角川文庫　二〇〇八年
・『源氏物語』三　大塚ひかり全訳　ちくま文庫　二〇〇九年
・『ビジュアルワイド　平安大事典』倉田実 編　朝日新聞出版　二〇一五年

本書は、二〇一八年十一月に小社から刊行された『源氏物語　中』（池澤夏樹＝個人編集　日本文学全集05）より、「初音」から「藤裏葉」を収録しました。文庫化にあたり、一部加筆修正しました。

源氏物語《げんじものがたり》　4

二〇二四年　二月二〇日　初版発行
二〇二四年一〇月三〇日　2刷発行

訳　者　角田光代《かくたみつよ》
発行者　小野寺優
発行所　株式会社河出書房新社
〒一六二‐八五四四
東京都新宿区東五軒町二‐一三
電話〇三‐三四〇四‐八六一一（編集）
〇三‐三四〇四‐一二〇一（営業）
https://www.kawade.co.jp/

ロゴ・表紙デザイン　粟津潔
本文フォーマット　佐々木暁
本文組版　株式会社キャップス
印刷・製本　中央精版印刷株式会社

Printed in Japan　ISBN978-4-309-42082-0

河出文庫 古典新訳コレクション

古事記 池澤夏樹［訳］
百人一首 小池昌代［訳］
竹取物語 森見登美彦［訳］
伊勢物語 川上弘美［訳］
源氏物語1〜8 角田光代［訳］
堤中納言物語 中島京子［訳］
土左日記 堀江敏幸［訳］
枕草子1・2 酒井順子［訳］
更級日記 江國香織［訳］
平家物語1〜4 古川日出男［訳］
日本霊異記・発心集 伊藤比呂美［訳］
宇治拾遺物語 町田康［訳］
方丈記・徒然草 高橋源一郎・内田樹［訳］
能・狂言 岡田利規［訳］
好色一代男 島田雅彦［訳］
雨月物語 円城塔［訳］
通言総籬 いとうせいこう［訳］
春色梅児誉美 島本理生［訳］
曾根崎心中 いとうせいこう［訳］
女殺油地獄 桜庭一樹［訳］
菅原伝授手習鑑 三浦しをん［訳］
義経千本桜 いしいしんじ［訳］
仮名手本忠臣蔵 松井今朝子［訳］
松尾芭蕉 おくのほそ道 松浦寿輝［選・訳］
与謝蕪村 辻原登［選］
小林一茶 長谷川櫂
近現代詩 池澤夏樹［選］
近現代短歌 穂村弘［選］
近現代俳句 小澤實［選］

＊以後続巻
＊内容は変更する場合もあります

東京ゲスト・ハウス

角田光代　40760-9

半年のアジア放浪から帰った僕は、あてもなく、旅で知り合った女性の一軒家に間借りする。そこはまるで旅の続きのゲスト・ハウスのような場所だった。旅の終わりを探す、直木賞作家の青春小説。

異性

角田光代／穂村弘　41326-6

好きだから許せる？　好きだけど許せない⁉　男と女は互いにひかれあいながら、どうしてわかりあえないのか。カクちゃん&ほむほむが、男と女についてとことん考えた、恋愛考察エッセイ。

学校の青空

角田光代　41590-1

いじめ、うわさ、夏休みのお泊まり旅行…お決まりの日常から逃れるために、それぞれの少女たちが試みた、ささやかな反乱。生きることになれていない不器用なまでの切実さを直木賞作家が描く傑作青春小説集。

福袋

角田光代　41056-2

私たちはだれも、中身のわからない福袋を持たされて、この世に生まれてくるのかもしれない……人は日常生活のどんな瞬間に、思わず自分の心や人生のブラックボックスを開けてしまうのか？　八つの連作小説集。

ぷくぷく、お肉

角田光代／阿川佐和子 他　41967-1

すき焼き、ステーキ、焼肉、とんかつ、焼き鳥、マンモス⁉　古今の作家たちが「肉」について筆をふるう料理エッセイアンソロジー。読めば必ず満腹感が味わえる選りすぐりの32篇。

源氏物語　1

角田光代〔訳〕　41997-8

日本文学最大の傑作を、小説としての魅力を余すことなく現代に甦えらせた角田源氏。輝く皇子として誕生した光源氏が、数多くの恋と波瀾に満ちた運命に動かされてゆく。「桐壺」から「末摘花」までを収録。

源氏物語　2

角田光代〔訳〕　42012-7

小説として鮮やかに甦った、角田源氏。藤壺は光源氏との不義の子を出産し、正妻・葵の上は六条御息所の生霊で命を落とす。朧月夜との情事、紫の上との契り……。「紅葉賀」から「明石」までを収録。

源氏物語　3

角田光代〔訳〕　42067-7

須磨・明石から京に戻った光源氏は勢力を取り戻し、栄華の頂点へ上ってゆく。藤壺の宮との不義の子が冷泉帝となり、明石の女君が女の子を出産し、上洛。六条院が落成する。「澪標」から「玉鬘」までを収録。

平家物語　1

古川日出男〔訳〕　41998-5

混迷を深める政治、相次ぐ災害、そして戦争へ——。栄華を極める平清盛を中心に展開する諸行無常のエンターテインメント巨篇を、圧倒的な語りで完全新訳。文庫オリジナル「後白河抄」収録。

平家物語　2

古川日出男〔訳〕　42018-9

さらなる権勢を誇る平家一門だが、ついに合戦の火蓋が切られる。源平の強者や悪僧たちが入り乱れる橋合戦を皮切りに、福原遷都、富士川の遁走、奈良炎上、清盛入道の死去……。そして、木曾に義仲が立つ。

平家物語　3

古川日出男〔訳〕　42068-4

平家は都を落ち果て西へさすらい、京には源氏の白旗が満ちる。しかし木曾義仲もまた義経に追われ、最期を迎える。宇治川先陣、ひよどり越え……盛者必衰の物語はいよいよ佳境を迎える。

古事記

池澤夏樹〔訳〕　41996-1

世界の創成と、神々の誕生から国の形ができるまでを描いた最初の日本文学、古事記。神話、歌謡と系譜からなるこの作品を、斬新な訳と画期的な註釈で読ませる工夫をし、大好評の池澤古事記、ついに文庫化。

伊勢物語

川上弘美〔訳〕 41999-2

和歌の名手として名高い在原業平（と思われる「男」）を主人公に、恋と友情、別離、人生が描かれる名作『伊勢物語』。作家・川上弘美による新訳で、125段の恋物語が現代に蘇る！

更級日記

江國香織〔訳〕 42019-6

菅原孝標女の名作「更級日記」が江國香織の軽やかな訳で甦る！東国・上総で源氏物語に憧れて育った少女が上京し、宮仕えと結婚を経て晩年は寂寥感の中、仏教に帰依してゆく。読み継がれる傑作日記文学。

好色一代男

島田雅彦〔訳〕 42014-1

生涯で戯れた女性は三七四二人、男性は七二五人。伝説の色好み・世之介の一生を描いた、井原西鶴「好色一代男」。破天荒な男たちの物語が、島田雅彦の現代語訳によってよみがえる！

仮名手本忠臣蔵

松井今朝子〔訳〕 42069-1

赤穂浪士ドラマの原点であり、大星由良之助（＝大石内蔵助）の忠義やお軽勘平の悲恋などでおなじみの浄瑠璃、忠臣蔵。文楽や歌舞伎で上演され続けている名作を松井今朝子の全訳で贈る、決定版現代語訳。

百人一首

小池昌代〔訳〕 42023-3

恋に歓び、別れを嘆き、花鳥風月を愛で、人生の無常を憂う……歌人百人の秀歌を一首ずつ選び編まれた「百人一首」。小池昌代による現代詩訳と鑑賞で、今、新たに、百人の「言葉」と「心」を味わう。

現代語訳 古事記

福永武彦〔訳〕 40699-2

日本人なら誰もが知っている古典中の古典「古事記」を、実際に読んだ読者は少ない。名訳としても名高く、もっとも分かりやすい現代語訳として親しまれてきた名著をさらに読みやすい形で文庫化した決定版。

現代語訳 日本書紀

福永武彦〔訳〕 40764-7

日本人なら誰もが知っている「古事記」と「日本書紀」。好評の『古事記』に続いて待望の文庫化。最も分かりやすい現代語訳として親しまれてきた福永武彦訳の名著。『古事記』と比較しながら読む楽しみ。

現代語訳 竹取物語

川端康成〔訳〕 41261-0

光る竹から生まれた美しきかぐや姫をめぐり、五人のやんごとない貴公子たちが恋の駆け引きを繰り広げる。日本最古の物語をノーベル賞作家による美しい現代語訳で。川端自身による解説も併録。

現代語訳 義経記

高木卓〔訳〕 40727-2

源義経の生涯を描いた室町時代の軍記物語を、独文学者にして芥川賞を辞退した作家・高木卓の名訳で読む。武人の義経ではなく、落武者として平泉で落命する判官説話が軸になった特異な作品。

桃尻語訳 枕草子 上

橋本治 40531-5

むずかしいといわれている古典を、古くさい衣を脱がせて、現代の若者言葉で表現した驚異の名訳ベストセラー。全部わかるこの感動！ 詳細目次と全巻の用語索引をつけて、学校のサブテキストにも最適。

桃尻語訳 枕草子 中

橋本治 40532-2

驚異の名訳ベストセラー、その中巻は——第八十三段「カッコいいもの。本場の錦。飾り太刀。」から第百八十六段「宮仕え女（キャリアウーマン）のとこに来たりなんかする男が、そこでさ……」まで。

桃尻語訳 枕草子 下

橋本治 40533-9

驚異の名訳ベストセラー、その下巻は——第百八十七段「風は——」から第二九八段「『本当なの？　もうすぐ都から下るの？』って言った男に対して」まで。「本編あとがき」「別ヴァージョン」併録。